KB022698

츠베이트
크로이사스
제로스
세레스티나

이치쵸
나기사
코즈에
타나베 카츠히코
소우키스

겐마
에로무라
크리스틴

"이거, 여성용 장비인가요?
제가 입어볼까요?"
세레스티나는 두 손으로 블루머를
펼쳐 뚫어지게 바라봤다.
그녀도 엄연히 연구직에 발 담근
마도사라는 증거였다.

14

코토부키 야스키요 지음

JohnDee 일러스트

김장준 옮김

Contents

프롤로그 츠베이트, 야회에 나가다

이글이글 타오르는 불길.

풀무로 바람을 보내서 화력을 조절하고 집게로 잡은 쇳덩이를 불에 넣었다.

벌겋게 달아오른 쇠는 두드리는 대로 형태가 바뀔 운명이지만, 그것도 모두 대장장이의 마음과 실력에 달렸다.

제로스는 벌건 쇳덩이를 모루에 올리고 인간의 인지를 넘어선 속도로 망치를 휘둘러 메질과 접쇠를 진행했다.

가열된 쇠는 순식간에 단도의 형태를 갖추어 갔다.

"흠…… 즉흥적으로 만든 것치고는 꽤 쓸만하군. 좋아."

지금 제로스는 집에 증축한 대장간에서 작업하고 있었다.

직접 만든 대장간 설비를 확인할 목적으로 칼 한 자루를 만들어 봤는데, 별다른 문제점이 없어서 만족스럽게 고개를 끄덕거렸다.

그 후, 제로스는 시험 삼아 만든 단도를 다시 불 속으로 집어넣었다.

"후후후…… 이게 있으면 만들 수 있는 물건도 늘어나지. 역시 마도 연성에는 없는 손맛이 있다니까~♪"

모양새만 갖춘 단도는 다시 열을 머금고 붉은빛을 띠었다.

아무리 시험 제작일지라도 할 때는 제대로 하는 것이 아저씨의 스타일이었다.

제로스에게는 이 또한 놀이의 일종이었다. 하지만 놀이이기에 진지하게 임한다. 타협은 없다.

원래 제작 활동을 즐기는 제로스는 물건 제작에 자신만의 철학과 고집이 있었다.

마도 연성을 통한 금속 가공은 편하지만 점토 세공 같아서 솔직히 별로 좋아하지 않았다.

그리고 완성된 물건의 완성도도 묘하게 마음에 들지 않았다.

【소드 앤 소서리스】에서는 최고위 스킬【야공신】을 가진 제로스도 현실에서 대장간 일을 한 적은 없었다. 그렇지만 마도 연성을 할 때는 신기하게도 가공하는 금속의 상태를 제 몸처럼 알 수 있었고, 마음속의 무언가가『이건 아니다』라고 속삭였다.

아마【야공신】스킬 효과로 생각되며, 그 내면의 목소리에 몸을 맡기고 무의식중에 행동한 결과, 충동적으로 대장간을 세우고 말았다. 행동력은 대단하지만, 종잡을 수 없는 행동 원리였다.

'역시 기술자에게는 작업장이 있어야지. 그럼 이걸로 뭘 만들어 볼까?'

인벤토리에서 썩고 있는 오만가지 소재들은 새로운 모습으로 태어날 날을 고대하고 있었다. 물론 비상식적인 물건으로 태어날 것은 확정이지만.

그래도 제로스는 신경 쓰지 않았다.

오로지 즐기기 위한 취미이며, 그것을 트집 잡을 사람은 아무도 없었다. 방해꾼도 없고 말릴 사람도 없다. 취미에만 몰두할 수 있는 자신만의 세계였다.

◇ ◇ ◇ ◇ ◇ ◇ ◇

4대 공작가.

예로부터 비보 마법을 계승한 가문으로, 불의 비보 마법을 이은 【솔리스테어 가】, 바람의 비보 마법을 이은 【리비안트 가】, 물의 비보 마법을 이은 【아마르티아 가】, 땅의 비보 마법을 이은 【샌드라이크 가】로 구성되어 있으며, 이들은 4대 귀족이라고도 불린다.

비보 마법은 오랜 세월 대대로 계승되어 아주 대단할 것 같지만, 실전성 측면에서는 굉장히 쓰기 까다로운 마법이다.

솔리스테어 가의 비보 마법은 잠재의식(이데아) 영역에 술식을 인스톨할 수 있지만, 사용할 때는 상당한 마력을 소비하기 때문에 사용자는 마력 고갈로 쓰러지고 만다.

나머지 세 가문의 비보 마법은 스크롤로 남아있어 발동은 할 수 있지만, 잠재의식 영역에 넣을 수 없다거나 발동 확률이 엄청나게 낮은 문제 등 무언가 결함이 있다.

물론 발동만 하면 위력은 강력하지만, 발동해도 역시 마력 고갈은 피할 수 없다는 공통적 결함은 어쩔 도리가 없다. 심지어 스크롤이라서 도난당할 우려까지 있다.

군사나 외교적 측면에서도 고위력 마법은 억지력이나 견제용으로 유효하므로 4대 공작가의 비보 마법에 관한 정보는 기밀로 취급되고 정보 통제가 이루어진다.

그런데 왜 갑자기 4대 귀족과 비보 마법의 설명하냐면—.

"츠베이트…… 비보 마법의 마도 술식, 너무 귀찮아."

"소우키스……. 너 왜 내 방까지 와서 마도 술식을 개량하냐? 그리고 너희 집 비보 마법도 일단 국가 기밀이잖아. 다른 집안에 보여주면 안 되지."

"뭐 어때? 일단은 써먹을 수 있게 개량해 둬야지. 안 그러면 북쪽 대국이 무슨 짓을 벌일지 몰라. 최근 그 나라는 정세가 불안하니까."

"의견을 묻고 싶으면 크로이사스한테 가. 나는 사용 전문이야."

"쩨쩨하긴. 크로이사스한테 가면 언제 끝날지 모를 연설을 들어야 하잖아. 시간 아까워."

"하아…… 아니라고는 못 하겠네."

소우키스 벨 리비안트, 17세.

4대 공작 중 하나인 리비안트 공작가의 적자이자 차기 공작으로 내정된 청년이었다.

경솔한 성격과 어린애 같은 언행, 앳되고 귀여운 외모 덕에 그는 일부 귀족과 특수한 사람들에게 폭발적인 인기를 누리고 있었다.

주로 『진짜 남자라고? ……아니, 남자라도 상관없나』라거나 『정말로 남자애야? 아니, 어쩌면 낭자애일지도……』라거나 『소우땅, 모에~! 헉헉……』 같은 반응이 있는 것으로 봐서는 의도치 않게 사람을 홀리는 재주가 있는 듯했다.

하지만 정작 본인은 드레스를 입고 화장하면 영락없는 소녀로 보이는 자신의 중성적 외모를 콤플렉스처럼 생각했다.

그가 츠베이트를 따라다니는 이유는 츠베이트는 외모에 관한 이야기를 전혀 하지 않고, 부담 없이 마음을 터놓을 수 있는 몇 안 되는 친구이기 때문이었다. 원래 붙임성이 좋은 성격이기도 하지만.

같은 남자가 자기를 보고 얼굴을 붉히며 수줍게 눈 돌리는 꼬락서니를 보다 보면 불쾌할 만도 했다. 진저리가 난다고 해도 누가 책망할 수 있으랴.

이런 표현이 적절한지는 모르겠지만, 그도 어떻게 보면 외모로 손해를 보는 사람이었다.

"너도 리비안트 공작님의 대리인이라는 명목으로 야회에 참석하잖아? 시간 없으니까 슬슬 옷 갈아입어."

"뭐 어때? 빼먹자. 우리가 없어도 알아서들 이야기할 테고, 귀찮은 일은 다른 사람한테 패스☆"

"너 정말…… 차기 공작이라는 자각이 없어? 그리고 공작가 사람이 할 소리가 아니잖아. 게다가 이번 주최자는 우리 가문이야. 나는 빠질 수 없다고."

"나는 향수를 들이부은 여자들이 몰려드는 게 싫어. 숨 막히도록 향수 냄새로 충만한 곳에 가면 구역질이 나서 죽겠어."

"나도 향수 냄새는 싫지만, 포기했어……."

츠베이트도 소우키스가 하고 싶은 말은 이해한다.

야회는 만찬회보다 소규모인 귀족 연회로, 이런 종류의 연회는 정보 수집이나 의견 교환, 혹은 밀담을 은폐하기 위해서도 열린다.

동시에 젊은 귀족이나 타 가문의 후계자와 인연을 맺거나 결혼 상대를 찾는 맞선 장소라는 역할도 있다.

게다가 이번 야회는 솔리스테어 공작가가 주최기에 츠베이트는 차기 공작으로서 반드시 출석해야 하는 처지였다. 그래도 나가기 싫다는 마음은 소우키스 못지않게 강했다.

하지만 입장상 귀족의 의무를 지켜야만 했다.

"그럼 빠지자. 이스케이프~. 보이콧이라고 해도 되고."

"그게 되겠냐! 왜 나까지 공범으로 만들려고 해? 포기하고 옷이나 갈아입어."

"칫, 예복은 너무 답답해서 싫어. 하아, 가기 싫다~."

"그만 징징대고 빨리 준비해! 시간 없어. 메이드들도 한심하게 보잖아."

"츠베이트도 융통성이 없어. 더 편하게 살아도 될 텐데."

"너는 귀족의 의무를 뭐라고 생각하는 거야? 세금으로 먹고살면서 불평할 처지냐? 길어봤자 오늘 밤 안으로 끝날 업무야. 참아."

"어휴, 다음 생이 있다면 평민으로 태어나고 싶다. 귀족은 할 짓이 못 돼."

미련을 못 버리고 투덜대던 소우키스는 옷걸이에 걸린 예복으로 갈아입기 시작했다.

하지만 그때, 그는 우연히 소파 아래에서 남자 방에 있을 리 없는 물건을 발견했다.

"츠베이트~."

"왜."

"이거 뭐야?"

"또 뭘, 켁?!"

소우키스의 손에는 연두색 여성용 속옷— 흔히 팬츠 혹은 팬티라고 불리는 의복이었다.

아마 어젯밤 방에서 야간 경호를 하던 안즈가 평소대로 속옷을 만들었고, 그중 하나를 두고 간 것으로 추정됐다.

소파 옆에서 작업하다가 정리할 때 안으로 들어갔나 보다.

'그러고 보니 오늘 아침에 본 안즈는 유난히 졸려 보였지. 한숨도 안 자고 호위했나?'

나이만 보면 아직 어린애인데 직무에 충실하고 불평불만 없이 불침번까지 선다. 다소의 실수는 애교로 눈감아 줄 수 있다.

하지만 그와는 별개로, 남자 방에 여성용 속옷을 둔다면 방 주인이 의혹을 산다.

"츠베이트…… 너, 여장이라도 해?"

"할 리가 있겠냐!"

"그럼 훔쳤어? 아니, 그래도 이런 품질이면 상당히 비싸겠는데. 혹시 어머님들 방에서……. 서, 설마 중증 마더 콤플렉스?!"

"아니야! 절대로 아니야! 왜 어머니 속옷을 훔친다는 발상이 나와?! 경호원 중 한 명이 그런 옷을 만들어서 팔아. 아마 야간 경호 시간에 심심풀이로 만들었겠지. 정리하다가 하나 빠뜨린 게 분명해."

"좀 구차하지 않아?"

"반대로 묻겠는데, 너한테 지금 나는 어떤 이미지야?"

"……얼굴에 쓰거나…… 하진 않지? 머리? 아니면…… 설마 입어?!"

"너는, 나를 평소에 어떻게 보는 거야?"

부담 없이 속마음을 터놓을 수 있는 친구는 인생의 보물이지만, 츠베이트는 가끔 소우키스가 무슨 생각을 하는지 알 수 없었다.

뭐라고 해야 할까, 그는 언제나 까불거리는 탓에 어디까지가 본심인지 파악하기 힘들었다.

겉과 속이 같다고 말하면 좋게 들리지만, 귀족의— 그것도 공작가의 후계자라는 관점에서 보면 조금 모자란 행동이라고 생각할 수밖에 없었다. 장래가 불안했다.

"……장착! 포오오오오오오오오![#1]"

"그걸 왜 얼굴에 써?! 변태냐!"

츠베이트가 팬티를 얼굴에 장착한 바보에게 주먹을 갈겼다.

안즈에게는 나중에 따져도 되니까 지금은 변태 행각까지 벌이면서 시간을 끄는 바보를 조속히 예복으로 갈아입히고 야회가 열리는 홀로 가야 했다.

1초만 늦어도 아버지 델사시스에게서 불호령이 떨어질 테니까.

결국 옷을 갈아입는 동안에도 소우키스는 끈질기게 저항했고, 홀에 도착했을 때는 이미 델사시스의 인사말이 끝나 있었다.

츠베이트의 본의 아닌 결례에 델사시스의 눈초리는 무섭도록 차가워졌다. 소우키스도 두려움에 몸서리친 것은 굳이 설명할 필요도 없으리라.

가장 유능하면서도 가장 위험한 공작에게는 그 누구도 거스를 수 없었다.

#1 포오오오오오오오오! 만화 『구극!! 변태가면』의 주인공이 팬티를 뒤집어쓰고 외치는 괴성.

◇ ◇ ◇ ◇ ◇ ◇ ◇

귀족이 주최하는 야회나 무도회는 해마다 수차례씩 열린다. 왕도에서도 이런 행사가 한 해에 두 번씩은 열리는 편이다.

공작이나 후작, 백작 수준의 귀족이 인근의 하위 귀족들과 정보를 교환하는 것은 물론이고, 새롭게 귀족이 된 인물과 만나거나 후계자인 자식들을 맺어주는 맞선 장소이기도 하다.

솔직하게 말하면 이런 행사는 세금 낭비라서 자주 열린다고 좋을 게 없다.

자작이나 남작은 『준』이 붙은 사람까지 포함하면 꽤 수가 많으며, 그중에는 한 번도 이런 행사에 출석하지 않고 생을 마감하는 귀족 또한 적지 않다.

역사가 긴 가문의 귀족은 전통을 중시하는 경향이 강하고, 행사에 출석하는 귀족도 거의 변함이 없다. 이런 행사를 여는 것이 귀족의 의무라고 생각하는 자까지 있다.

하지만 케케묵은 관습에 익숙해지지 않는 이들에게는 지옥과도 같은 고행이었다.

그리고 입식 파티가 한창인 현재, 많은 귀족이 담소를 즐기거나 새로운 인연을 맺기 위해 대화를 하거나 혹은 따로 방을 잡아 밀담을 나누고 있었다.

"……왜 사무적으로 할 말만 하고 끝내지 못하지? 나는 더는 못 버티겠어."

"뭐, 그거야…… 변경의 정세나 타국의 소문이라면 그래도 되겠지만, 의견을 묻고 싶은 귀족도 있겠지. 기본적으로 수직 사회니까.”

“일일이 윗사람한테 물어보고 행동하면 정작 급할 때 늦을지도 모르잖아. 긴급 시에 다른 귀족의 체면까지 차릴 필요는 없다고 생각하는데~.”

“합리적인 의견이지만, 너는 그냥 귀찮아서 그러지?”

“정답.”

츠베이트는 의무라고 생각해서 어느 정도 정신적 피로는 각오했지만, 소우키스는 야회가 시작되고 불과 10분 만에 질려버렸다.

그 후로 약 한 시간 동안 궁시렁대는 모습을 보고 있으니 이 정신상태로 정말 공작가를 이어받을 수나 있을지, 츠베이트도 소우키스의 장래가 걱정됐다.

소우키스는 인내심이 없었다.

“츠베이트 님이셔…….”

“우리가 먼저 말을 걸어야 할까? 그렇지만 솔직히 츠베이트 님은 껄끄러워…….”

“크로이사스 님이 계시면 좋았을 텐데, 오늘은 출석하지 않으셔서 아쉽네요.”

“소우키스 님은 언제 봐도 귀여운 분이에요.”

“집에 들고 갈 수 없을까.”

“““…….”””

츠베이트에게는 귀족 여식들이 왠지 다가오려고 하지 않았다.

인사 차원에서 말을 거는 사람도 있지만, 그 외의 여성은 츠베이트의 주변에서 도망갔다.

이런 행사장에서 언제나 무뚝뚝한 태도를 취하는 것도 사람들이 피하는 이유 중 하나지만, 정작 본인은 전혀 깨닫지 못했다.

소우키스는 여성에게 인기가 있지만, 향수 냄새를 싫어해서 스스로 여성에게 다가가지 않았다.

하지만 그런 점이 또 어린아이 같아서 귀엽다며 인기를 끈다. 어떤 관점에서는 이 두 차기 공작은 대척점에 있다고 할 수 있었다.

"츠베이트는 인사하러 안 가? 여자친구 사귀고 싶다고 전에 말했잖아. 그때는 성격이 살짝 건방졌지만."

"아니, 그때는 나도 사정이 있었어……."

"욕망에 사로잡혔던 그 시절은, 솔직히 나도 못 봐주겠더라……."

"……그만하자."

예전 리비안트 가문이 주최한 입식 파티에 참석했을 때는 동기생 브레마이트의 혈통 마법에 세뇌된 영향으로 콧대가 하늘을 찌르는 재수 없는 귀족 캐릭터가 됐었다.

그때도 소우키스와 만났는데—.

『츠베이트, 잠깐 안 보는 사이에 왜 이렇게 변했어?! 뭐 잘못 먹었어?』

『소우키스, 이 형님은 욕망에 솔직한 삶을 살기로 했다. 이 세상은 첫째도 여자요, 둘째도 여자요, 셋째도 결국 여자야!』

『그렇게 여자한테 굶주렸어?!』

『무슨 수를 써서라도 여자를 천 명은 거느리고 싶어. 하렘은 남자의 꿈이잖아? ……그러고 보니 너, 잘 보니까 얼굴 예쁘장한데?』

『으아아아! 의사 불러어어어! 츠베이트가 맛이 갔어!』

—그런 소동이 벌어졌다.

츠베이트는 지금 떠올려도 얼굴이 새빨개지는 이런 흑역사를 매일같이 만들어 냈다.

"그때는 세뇌 마법에 당해서……."

"세뇌? 심각한 일이잖아?!"

"범인 중 한 명은 지금도 행방불명이야. 발견하면 반드시 죽이고 만다……."

원흉인 브레마이트는 그 후로 행방이 알려지지 않았다.

츠베이트는 가끔 그때의 일이 생각날 때마다 수치심과 분노로 치를 떨었다.

지금도 츠베이트가 쥔 주먹은 부들부들 떨렸고, 소우키스는 범인이 살짝 불쌍하다는 생각마저 들었다.

하지만 사실 브레마이트는 이미 솔리스테어 가의 인간에게 붙잡혀 착취당하고 있었다.

공작가에 위해를 가했으니 두 번 다시는 햇빛을 보지 못하리라.

그리고 피해자인 츠베이트는 자기 가문에서 벌이는 일인데도 그 사실을 알지 못했다. 평생 해소되지 않을 울분을 떠안은 셈이니 어찌 보면 불쌍하기도 했다.

"흐하하하하! 오랜만이군, 크레스톤. 저번에 만났을 때보다 더 쪼그라든 것 아닌가?"

"말 같지도 않은 소리만 하는군! 네놈이야말로 근육으로 팅팅 불었어. 과도한 근육은 몸을 무겁게 할 뿐이거늘. 빠르게 움직이지 못해서 방해만 돼."

인근 귀족이 모이는 이 야회에는 당연히 에르웰 자작가 사람도 출석했다.

그런데 거기에는 사가스 노인도 있었다.

"사가스 선생님?! 에르웰 자작가가 왔다는 이야기는 들었지만, 지금 저분은 완전히 외부인일 텐데? 왜 여기 있어?!"

"츠베이트, 누구야?"

"전술 마도 연구의 일인자야. 실전 특화 마도사의 유용성을 설파한 사람이지만, 당시 마도사단이 압력을 가해 추방했다고 해. 본인도 마도사단이 마음에 안 들었다고 하니까 미련 없이 떠나셨어. 내가 존경하는 사람이기도 해."

"그렇구나…… 뭐, 나랑은 관련 없겠네."

소우키스도 마도사 집안의 핏줄은 숨길 수 없는지 흥미가 없는 일에는 철저하게 무관심했다.

그런 두 사람이 보는 앞에서 친구이자 라이벌이기도 한 크레스톤과 사가스는 콧김을 씩씩대며 티격태격했다. 정말로 사이가 좋은 두 사람이었다.

여담이지만, 사가스는 기본적으로 흥미가 없는 일에 무관심하며 항상 역사에서 사용된 다양한 전술을 떠올리고 근접 전투가 가능한 마도사가 취해야 할 전법을 고찰했다.

그 모습이 늘 어리바리하게 보여서 어바리라는 치욕스러운 별명을 얻었지만, 본인은 신경 쓰지 않았다.

철저하리만큼 주관이 확실한 인물이었다.

"—그건 단련이 부족해서 그래. 속도 따위는 근육을 키우면 알아서 따라오는 법이야. 마법으로 보조까지 하면 가히 무적이라 할 수 있지."

"마도사가 마법 외의 싸움법을 익히는 건 나도 찬성이지만, 넌 너무 나갔어! 나는 아직도 자네가 뭘 목표로 하는지 모르겠구먼."

"그 당연한 걸 모른다고? 당연히 최정상의 경지지. 네놈도 몸을 단련하지 않으니까 나날이 쪼그라드는 것 아닌가? 옛날의 그 잘생긴 얼굴은 대체 어디 갔어?"

"남의 얼굴에 웬 참견이야! 그보다 자네가 왜 여기 있어? 『귀족 모임은 성미에 안 맞는다. 가 봤자 시간 낭비다』라고 하지 않았나."

"제자를 따라왔을 뿐이야. 그게 아니면 누가 이런 향수 냄새 지독한 곳에 올까 봐?"

소우키스는 사가스의 이 한마디에 『앗, 저 할아버지, 나랑 말이 통하겠다』라며 마음속으로 공감을 표했다. 그와는 별개로 츠베이트는 『제자』라는 말에 반응하여 반사적으로 그 인물을 찾으려고 했다.

누군가의 의도였는지, 아니면 운명의 장난인지, 그것도 아니면 단순한 우연인지 모르겠으나 그 인물은 의외로 가까운 곳에 있었다.

그리고 츠베이트와 그 인물은 때마침 서로를 돌아봤고, 눈이 맞았다.

크리스틴 드 에르웰 자작 영애였다.

""앗…….""

오늘까지 포함해 두 번째 눈과 눈이 마주친 순간.

두 사람 모두 말이 없었고, 갑작스럽게 찾아온 두근거림과 쑥스러움에 몸이 움직이지 않았다.

두 사람 사이에 사랑이라는 이름의 때아닌 폭풍이 불어닥치고 있었다.

그런 사정을 모르는 소우키스는 이상한 표정으로 츠베이트를 바라보았다.

"츠베이트, 왜 가만히 보고만 있어?"

"……."

"내 말 듣고 있어?"

"……."

"……흐음. 나 저 애 꼬셔도 돼?"

"뭣?! 너, 갑자기 무슨 소리야!"

"앗, 반응했다. 오호라, 그렇단 말이지……."

츠베이트의 태도로 소우키스는 사태를 대충 이해했다.

가벼운 발걸음으로 크리스틴에게 다가가더니『안녕? 나는 소우키스 벨 리비안트야. 미안하지만, 이름을 물어도 될까? 보다시피 친구가 저 모양이라서』라며 멋대로 이야기를 꺼냈다.

"네? 아…… 나, 아니, 저는 크리스틴 드 에르웰이라고 해요. 그, 솔리스테어 공작가를 따르는 자작가의 가주입니다……."

"오, 여자애가 가주야? 특이하네. 게다가 기사 집안이구나~."

"앗, 네……."

크리스틴은 갑자기 4대 공작가의 후계자가 말을 걸어 당황했다.

그런 크리스틴의 반응을 본 츠베이트는, 미안한 얘기지만, 귀엽다고 생각했다.

"아, 그리고 네 평소 일인칭은 보쿠[#2]구나? 나랑 겹치네~."

"죄, 죄송합니다. 남성분이 많은 환경에서 자란 탓에 제가 여자라는 감각이 무뎌서……."

"좋네. 나는 그쪽이 편해. 그런데 너, 츠베이트랑 무슨 사이야? 저기 있는 쟤, 평소에는 진지한 척하면서 사실은 여자에 환장하는 츠베이트가 눈을 못 떼잖아. 너는 보기 드문 인재야…… 아얏?!"

"……누가 여자에 환장해?!"

소우키스는 괜히 참견했다가 뒤통수를 힘껏 얻어맞고 눈물을 머금었다.

뒤에서 무서운 기세로 달려든 츠베이트는 굉장히 기분이 언짢아 보였다.

"너, 너무해……. 츠베이트가 굳어서 소개해주지 않으니까 내가 직접 인사한 거잖아. 왜 내가 맞아야 해?"

"한마디만 적게 했으면 나도 안 때렸어. 크리스틴, 미안해……. 이 멍청이가 갑자기 폐를 끼쳐서."

"아, 아니에요……. 두 분은 사이가 좋으시네요."

"나는 가끔 이 녀석이 짜증 나."

"뭐어~?! 나랑 츠베이트는 둘도 없는 친구잖아~! 말이 너무 심하지 않아?"

사이가 나쁘지는 않지만, 소우키스는 어떤 의미로 농생 크로이사스와 비슷한 부류였다.

흥미 유무에 따라 반응이 극단적으로 바뀌며, 종종 주변 사람까

#2 보쿠 일본어 일인칭 표현 중 하나. 주로 남성이 사용한다.

지 말려들게 하는 말썽꾼이었다.

그런 그와 알고 지낸 뒤로 츠베이트는 왠지 피해를 한 몸으로 받고 있었다.

사고를 친다는 점에서는 똑같지만, 소우키스의 경우에는 츠베이트가 직접 피해를 받는 경우가 많았다. 차라리 모르는 곳에서 소동을 일으키는 크로이사스가 낫다.

물론 크로이사스는 츠베이트에게 해를 끼치지 않는 대신 주변에 막대한 피해를 주지만…….

"너는 수시로 문제를 일으키잖아. 다른 공작가에서도 눈을 떼지 말라고 할 정도야. 왜 내가 보호자 역할을 맡아야 해?"

"나한테 묻지 마. 그리고 나는 남한테 폐 끼친 적은 한 번도 없어. 크로이사스랑 똑같이 취급하지 마."

"진심으로 하는 소리냐? 아니, 그야 네가 조금은 낫지만, 행동이 비슷해서 적잖게 피해가 나오고 있다고."

"내가~? 개량한 마법을 시험하려고 야외로 나가거나 재료가 부족할 때 거리 잡화점에서 외상으로 소재를 사는 정도인데?"

"충분히 하고 있네! 네가 말없이 사라지는 것만으로 주변에 폐를 끼친다고! 밖에 나가려면 적어도 한마디라도 하고 나가."

"몰라, 안 들려, 알고 싶지 않아! 난 자유를 포기할 수 없어!"

그렇다. 소우키스는 한없이 자유로운 영혼이었다.

생각하는 즉시 행동한다. 전조 없는 돌발 행동을 누가 예측하겠는가.

명색이 공작가의 후계자인데 호위 하나 없이 거리로 뛰쳐나가니 저택의 사용인과 종자들은 피가 말렸다.

심지어 은신 능력이 쓸데없이 뛰어났다.

"너희 영지에 가면 왠지 내가 찾게 된다고……. 크리스틴, 조심해. 이 녀석이랑 친해지면 나처럼 고생길 열리는 거야."

"아하하……."

"그런 나를 한 방에 찾아주는 게 츠베이트지. 이게 바로 사랑이야!"

"진지한 얼굴로 소름 돋는 소리 하지 마!"

남자다운 표정으로 당당하게 사랑을 외치는 소우키스의 뒤통수로 다시 감정 섞인 주먹이 날아갔다.

일단은 공식적인 자리라서 너무 세게 때리지는 않았지만, 그래도 미소년(?)을 때리는 츠베이트에게 매서운 비난의 눈길이 꽂혔다. 특히 남자 귀족의 눈이 험악했다.

그리고 일부 특이취향의 영애들이 하늘을 나는 코끼리처럼 귀를 펼치고 있었다.

"끌어안고 싶어, 츠베이트."

"……닥쳐."

"흥이다. 그런 못된 말 하는 츠베이트는 혼자 외롭게 파티장을 떠돌라지. 나 없다고 쓸쓸해서 눈물로 베개 적셔도 몰라."

"그러니까 징그러운 소리 그만하라고!"

소우키스는 흥흥거리며 파티장을 나갔다.

그리고 이때가 되어서야 츠베이트는 겨우 그의 의도를 깨달았다.

"아차?! 저, 저 자식…… 나를 이용해서 도망쳤어! 틀림없이 빼먹을 생각이야!"

"네? 소우키스 님도 일단 공작가의 일원 아닌가요? 그래도 괜찮아요?!"

"괜찮을리 없지. 입식 파티 뒤에 무도회가 예정되어 있으니까 멍청한 남자들한테서 도망치려고 작전을 짠 거야. 그것도 즉석에서."

"왜 남성분에게서 도망치죠? 소우키스 님은……."

"그래, 남자지. 하지만 남자한테도 인기가 있어. 지금까지 몇 번이나 남자들에게 춤 신청을 받았고, 그때마다 울면서 나한테 매달렸지. 이번에도 똑같을 거라고 예상하고 일찌감치 빠져나갈 구실을 만든 거야."

"대단하네요. 순간적으로 그런 기지를 발휘한다면 뛰어난 군사가 될 수 있지 않을까요?"

소우키스는 확실히 재치가 있었다.

문제는 그 재치가 자신에게 위기가 닥쳤을 때만 발휘되며, 평소에는 그저 약간의 상식만 갖춘 자기중심적 인간이었다.

그에게 귀족의 의무나 책임은 족쇄에 불과했다. 싫어하는 일에서 도망치는 것은 당연지사. 본심을 당당히 밝혀 가신들을 울리는 일도 부지기수.

이런 인간이 차기 가주라니, 앞날이 어찌 우려되지 않겠는가.

"나중에 아버지에게 죽겠군……."

"델사시스 공작님은 그런 점에 엄격하실 거 같네요."

"불똥 맞는 건 항상 나지. 아마 이 야회가 끝날 때까지 도망칠 셈이야."

"……츠베이트 님."

크리스틴은 츠베이트의 뒷모습에서 애수를 느꼈다.

델사시스도 소우키스 감시는 츠베이트에게 일임했고, 이런 귀족의 의무에서 벗어나는 행동에는 무섭도록 엄격했다. 연대 책임은 피할 수 없다.

츠베이트의 설명으로 크리스틴도 그의 애수를 이해했다.

혼나는 미래는 이미 확정되고 말았다.

너무 착실해서 손해를 보는, 불쌍한 운명을 짊어진 모양이었다.

"괜히 미안하네. 꼴사나운 모습을 보였어."

"아, 아니에요……. 그래도 정말로 사이가 좋으신가 봐요. 친구가 없는 나, 아니, 저는 조금 부러워요……."

"뭐, 나쁘진 않아. 가끔 인연을 끊고 싶어지지만……. 그보다 편하게 말해도 돼. 오히려 내가 신경 쓰여."

"그럴 수는 없어요. 그보다 소우키스 님을 찾지 않아도 되나요? 나, 아니, 저도 도울게요."

"아버지도 무섭지만, 입장상 이곳을 벗어날 수 없어. 일단은 주최자니까. 할아버지께 이곳을 계속 맡길 수도 없지."

"앗, 그러고 보니 선생님과 방금……."

"……앗?!"

츠베이트는 떠올렸다. 사가스와 크레스톤의 말다툼을—.

두 사람은 허둥지둥 스승과 할아버지를 찾아 파티장을 돌아봤다.

둘은 파티장에서 보이지 않았다. 서둘러 복도로 나가 보니 안뜰로 나가는 문 앞에 내빈 귀족들이 부자연스럽게 모여있었다.

결국 싸움이 터졌나 보다.

“에잉, 쪼그라들어서 재빨라졌나! 생쥐처럼 촐싹대지 말고 얌전히 내 주먹을 맞아라!”

“힘만 믿고 휘두르는 주먹에 맞을쏘냐! 둔중한 공격 따위 맞지 않으면 의미가 없지. 받아라!”

“흐하하하하! 그까짓 공격, 나의 무쇠 같은 육체 앞에서는 무의미해. 소용없다, 소용없어!”

“““…….”””

두 사람의 지인은 안뜰에서 한창 치고받는 중이었다.

기분 탓일까, 서로를 욕하는 소리가 묘하게 즐겁게 들렸다.

“두 분은, 친우가 아니었나요?”

“싸움도 친해야 한다잖아. 이야기는 들었지만, 정말로 때와 장소를 안 가리고 싸움을 벌이는군……. 그건 그렇고, 여기까지 들리도록 고래고래 소리 지르지 말았으면 좋겠어.”

크레스톤과 사가스는 친한 친구임과 동시에 라이벌이기도 했다.

두 사람이 만나면 반드시 말싸움이 나고, 결국에는 싸움이 벌어진다.

츠베이트도 소문으로는 들었지만, 설마 사실일 줄은 몰랐다.

심지어 많은 귀족이 모인 행사장에서 싸우는 것은 비상식적인 만행이지만, 귀족 사이에서 그 비상식이 정착됐을 가능성도 없지 않았다.

실제로 주머니에 여유가 있는 귀족들이 이미 내기를 시작했다.

“크레스톤 님의 연세에 저런 경쾌한 스텝이 가능하다니. 연옥의 마도사는 아직 안 죽지 않았다는 건가.”

“사가스 공의 육체는 세월을 거꾸로 먹는 것 같아. 아주 탄탄해.”

“파괴의 마도사라고 불릴 만해. 저 일격을 맞으면 절대 무사하지 못할 테지.”

“아니, 크레스톤 님의 저 몸놀림도 위협적이오. 말 그대로 나비처럼 날아 벌처럼 쏘는군. 오오?! 저건 뎀프시롤인가?!”

“하지만 사가스 공과 같은 파워가 없어.”

“그래서 연속으로 주먹을 꽂아 넣는 것 아닌가. 그나저나 사가스 공의 맷집도 상상 이상이야.”

“허어! 사가스 공의 턱에 플라잉 니킥이 정통으로!”

“믿을 수 없군, 저걸 맞고도 무사하다니……. 사가스 공은 정말로 인간인가?!”

“저 양반은 어리바리라고 불리던 사람 아닌가?”

“사가스 공은 늘 마력을 연마하거나 전술을 생각하느라 멍하게 있을 때가 많아서 그런 별명이 붙었다지. 원래는 굉장히 호전적이고 위험한 분이야.”

입식 파티 후에 무도회가 열릴 예정인데, 그 전에 무술 대회가 열려버렸다.

둘 다 마도사면서 마법을 전혀 사용하지 않고 육체 언어만 구사해 기나긴 대화를 이어갔다. 심지어 쓸데없이 격투 기술이 뛰어났다.

두 사람의 뜨거운 배틀은 귀족들이 숨을 죽일 만큼 어지럽게 전개되어 눈을 뗄 수 없었다. 1초도 놓칠 수 없는 명승부였다.

“할아버지…… 이게 귀족이 보일 모습인가. 타의 모범이 되지 못하잖아.”

"선생님…… 공작가 저택에서 왜 싸움을 벌이셨어요……. 잘못하면 우리 가문이 망한다고요."

"아니, 아버지나 할아버지는 그 정도로 다른 집안에 해코지하지 않아. 오히려 재미있어하겠지. 『좋다. 화근이 남지 않게 철저하게 싸워라』라고 할 사람이니까."

"그 관대한 마음이 내게는 도리어 괴로워요."

크리스틴이 애써 고치던 일인칭이 원래대로 돌아올 만큼 솔리스테어 공작가의 관대함은 괴로웠다. 심지어 아플 지경이었다. 마음도 마음이지만…….

"우옷?! 크레스톤 님의 발차기와 사가스 공의 펀치가 서로 교차해서……."

"설마 이게……."

"발과 주먹의 크로스 카운터라고오오오오오오오?!"

"좋은 구경을 했군."

두 노인의 싸움 축제는 그 후로도 이어졌다.

그 뒤에서 사회자를 맡은 한 후작이 눈물을 흘렸지만, 파티장에 있는 귀족은 그런 사실 따위 아무도 알지 못했다.

"흐하하하하하, 이제야 몸이 좀 풀리는구먼. 지금부터 시작이다아아!"

"으흐흐, 몇 번이든 덤벼봐라. 네놈 공격은 내 근육으로 모조리 튕겨내주마! 하는 김에 저승으로도 보내주지."

"입만 살았군! 할 수 있으면 해봐라!"

"좋다, 나중에 딴소리 마라! 뒈져랏!"

이리하여 일정에 있던 댄스는 중지되고 공작가 주최 배틀 매치가 연장전으로 돌입했다.

그 뒤쪽에서 제자와 손자가 머리를 감싼 것은 굳이 말할 필요도 없으리라.

제1화 야회 뒤에서 시대가 움직이고, 파티장은 혼란에 빠진다

야회가 크레스톤과 사가스의 사적인 결투장으로 바뀌고, 츠베이트와 크리스틴이 머리를 감싸기 조금 전.

델사시스 공작은 믿을 수 있는 일부 귀족들과 회의를 하고 있었다.

그들은 단순한 귀족이 아니라 재편된 마도사단과 기사단의 군무부 소속이며, 그것이 무엇을 의미하는지는 소집된 그들이 가장 잘 알았다.

귀족들이 앉은 앞쪽, 긴 테이블 위에는 어떤 계획이 상세하게 정리된 서류와 그들이 호출된 이유이기도 한 특수한 무기가 놓여있었다.

"델사시스 공작님……. 이것이 이번에 저희를 소집하신 이유입니까?"

"그래. 정확히 말하면 메티스 성법 신국에서 만들어진 무기를 노획해서 우리 파벌 마도사들이 개량한 거지. 구시대 물건의 모조품이라고도 할 수 있겠고."

"지팡이……는 아닌 것 같군요. 이 원통 부분으로 뭔가를 쏘는 구조인가요?"

"제법, 무게가 나가는군……. 하지만 검보다는 가벼워."

귀족인 동시에 군사 관계자인 그들은 총이라는 무기를 즉석에서 분석해냈다.

하지만 실전성에는 회의적인 반응을 보였다.

"구멍의 크기로 보아 사출되는 것은 작은 쇠공이 아니겠나?"

"그렇군……. 활은 화살이 많이 필요해서 보급 물자를 압박하지만……."

"작은 금속이라면 화살보다 부피가 작아 보급이 쉽겠어. 그렇지만 이런 무기에 살상력이 있습니까? 메티스 성법 신국에서 생산했다고 들었는데, 실전에서 사용됐다는 이야기는 들리지 않는군요."

"귀공들의 의문도 이해하지만, 메티스 성법 신국의 무기는 이미 사용되었네. 일루마나스 지하 가도가 개통됐을 무렵이지."

한순간 회의장이 웅성거렸다.

델사시스는 솔리스테어 마법 왕국에서 지하 도시 이더 란테를 경유해 알톰 황국으로 이어지는 일루마나스 지하 가도가 개통됐을 시기에 외교를 위한 사절을 보냈다.

이는 현 국왕도 아는 사실이었다.

델사시스는 당시 자객에게 습격받아 알톰 황국의 전사단과 함께 격퇴한 이야기를 귀족들에게 전했다.

당연히 제로스의 존재는 숨긴 채로.

이 이야기는 중요한 국가 기밀이며 붙잡은 용사들의 정보가 메티스 성법 신국에 전해지지 않도록 알톰 황국과 밀약을 나눈 터라

웬만큼 지위가 높은 귀족이 아니면 알 수 없는 정보였다.

그런 정보를 이곳에 모인 귀족들에게 공개했다. 그들은 아마 이 무기가 앞으로 군대에 큰 변혁을 일으킬 기밀 사항이라고 예상했다.

"지금 귀공들 앞에 있는 시작품. 이 총이라는 무기는 굉장히 위험한 물건이네. 마력만 쓰면 아녀자도 쉽게 사람을 죽일 수 있어. 숫자가 모이면 군부대 운용에도 큰 변화가 생기겠지. 하지만 민간에 나도는 사태는 무슨 일이 있어도 피해야 하네. 약간의 정보만 퍼져도 만들려는 자가 나올 테니까. 반드시 극비 사항으로 다뤄야 해."

""""아…… 그렇군.""""

귀족들 머릿속에 공통으로 드워프라는 종족이 스쳐 지나갔다.

드워프는 종족 전체가 좋든 나쁘든 기술자다. 그런 그들에게 총이라는 무기의 정보가 조금이라도 전해지면 새 장난감이라도 찾은 것처럼 따라 만들 것이다.

그 기술자의 정열은 물건이 완성될 때까지 지속될 정도로 대단하다.

말 그대로 자는 시간도 아끼며 죽을 때까지 연구할 만큼…….

"귀공들 앞에 있는 것은 라이플이라는 원거리 공격용 총이지만, 이 기술을 이용하면 손바닥 크기로도 만들 수 있네. 이게 무엇을 의미하는지, 귀공들은 알겠나?"

"아녀자도 간단하게 사람을 죽일 수 있다면……."

"민간에 퍼지면 범죄가 늘겠군요. 범죄 조직도 이런 무기를 이용할 테니까 엄격한 법률을 제정해야겠네요."

"쉽게 구할 수 있는 환경은 위험하군요. 특히 암살에 사용되면 위험합니다.”

“나는 오히려 그게 좋지만 말이지. 후후후…….”

“““““““데, 델사시스 공작님?!”””””””

항상 자극을 바라는 델사시스는 폭력적인 세계가 되는 것 자체는 환영이었다.

하지만 자신은 좋아도 남이 말려드는 것은 인정할 수 없으므로 총이 세간에 퍼지는 상황을 스스로 초래할 생각은 없었다.

무엇보다 총기 범죄라는 새로운 사회 문제는 앞으로 일어날 범죄의 폭을 넓힌다. 그 전에 새로운 수사 기술도 확립해 둬야 한다.

그때까지 얼마나 많은 시간이 필요할지 생각하면 총은 처음부터 군에서만 사용하고 민간에 풀리지 않게 규제하는 편이 합리적이다.

생산 라인을 국가가 직접 관리하면 총기 범죄 발생률도 어느 정도 억제할 수 있다. 만약 범죄가 일어나도 군부를 의심하면 그만이다.

총을 구할 수 있는 곳이 군대뿐이고, 누군가가 빼돌렸다면 그만한 지위를 가진 사람이 비밀리에 협력했다고 단정할 수 있다.

감시 대상을 좁히기 쉬워진다는 뜻이다.

군부가 그런 지위에 있는 사람을 감시하기만 하면 어느 정도의 범죄는 억제할 수 있으리라. 물론 낙관할 수는 없지만…….

게다가 총으로 국가 방위력이 높아지는 것은 국민에게도 이로운 일이다. 범죄를 예방한다는 이유만으로 총을 만들지 않는다면 구더기 무서워서 장 담그지 못하는 꼴이다.

이미 메티스 성법 신국에서 화승총의 원형을 만들어버린 이상,

총이 세상에 퍼지는 것은 시간문제에 불과하다. 델사시스도 언젠가 정보와 기술이 퍼지리라고 예상했다.

그렇다면 일찌감치 총의 위험성을 세상에 전하고, 동시에 엄중한 관리와 기사단 도입을 진행해야 한다고 판단했다.

"그게 이 【마도 총사대 구상】인가요? 폐하께서는 알고 계십니까?"

"이미 전했네. 폐하께서는 『왜 네 마음대로 그런 계획을 세워? 그냥 네가 국왕 해. 나는 그냥 장식이네? 왕좌에 앉아있기만 하고……』라며 토라지셨지. 유감스럽지만 나는 표면적으로 나서지 않는 쪽을 선호해서 왕좌에는 그다지 매력을 못 느껴. 줘도 안 해."

""""폐하아아아아아아아~!""""

귀족들에게는 국왕의 한탄이 귓가에 들리는 듯했다.

델사시스 공작 같은 위인은 솔리스테어 마법 왕국의 역사에서도 전례가 없고 무섭도록 유능한 인물인 것도 사실이지만, 아쉽게도 소국 하나에 만족할 그릇이 아니었다.

심지어 스스로 왕위를 바랄 성격도 아니었다.

요컨대 나라를 뒤에서 조종하는 어둠의 권력자가 되기를 바라는 것이다. 재상 같은 요직에는 관심이 없고 귀찮은 일을 떠맡을 생각은 더더욱 없었다. 어쩌면 공작이라는 지위마저 답답하게 생각할 가능성까지 있었다.

"츠베이트가 조금만 더 믿음직하면 당장 공작 작위를 넘기겠는데, 아직 햇병아리 티를 못 벗었어. 극약처방으로 키워볼까 생각도 했지만, 친자식의 인격이 망가지는 건 나도 원치 않아. 당분간은 이 요직을 이어갈 수밖에 없지. 사람의 성장만은 내 뜻대로 되지 않는군…….”

“““자제분, 도망쳐어어어어어어!”””

가능성이 아니라 정말로 생각하고 있었다.

인격이 망가질 정도의 극약처방이 대체 뭘까. 상상도 되지 않아 무서울 따름이었다.

“아, 아니, 공작님…… 자제분은 우수합니다. 굳이 그렇게 서두를 필요까지는…….”

“공작이라는 지위는 할 일이 많아서 개인적인 시간을 내기가 어로워. 이따위 지위는 빨리 후계자한테 넘기는 게 최고일세. 안 그런가?”

“““이따위 지위라고 했어, 이 사람……. 우리한테 물어도 대답할 방법이 없잖아. 어떡하라고?!”””

영주로서 일하며 상회 회장직을 겸사겸사 해치우는 인간에게 귀족들은 뭐라고 대답해야 할지 망설였다. 그만큼 바쁜 시간을 보낼 텐데도 지금도 온갖 소문이 끊이지 않는 게 신기했다.

바쁜 와중에 짬짬이 벌이는 일이 이 정도였다. 작위를 츠베이트에게 넘기고 자유로워지면 그가 어떤 행동을 할지 아무도 상상조차 하지 못했다.

“이야기가 옆으로 샜군. 이 총— 정식 명칭은【마도총】인데, 이 무기는 전쟁의 양상을 바꿀 가능성을 품었네. 올바르게 운용하려면 실험 부대를 창설해야 해. 그래서 귀공들의 힘을 빌리고 싶네. 앞으로 검의 시대는 점차 쇠퇴할 거야.”

“검술이 의미 없는 시대가 온다는 말씀입니까?! ……그렇군, 많은 수를 모아 일제히 공격하면 적을 한 번에 소탕할 수 있겠어. 굳이 적에게 접근할 필요도 없이……."

"하지만 그게 말처럼 쉽겠나? 원거리 특화라면 근접전에 불리하지 않겠나."

"아니, 검술과 격투술도 쓸모는 있겠지. 근접 전투술을 가르치면 부대 운용이 유연해져. 그보다 귀족의 전통과 명예를 잃지 않을지 걱정되는구먼. 이 마도 총사대 구상을 읽어보니 도저히 기사의 전술이라고 할 수 없어. 지독하게 합리적이야……."

마도 총사대 구상이라는 전술안에 적힌 부대 운용 방법은 무섭도록 체계화되었고 오로지 전쟁에 이기기 위한 효율성에만 집약되어 있었다.

제로스와 아도가 보면 그다지 놀랍지 않은 현대 전술도 이 세계에서는 효율적이고 참신한 내용이었다. 하지만 효율만 중시한 그 내용에서는 인간성이 전혀 느껴지지 않았다.

적을 죽이는 데만 특화한 사고방식.

역사와 전통, 명예와 긍지를 중시하는 귀족들에게 이 전술안은 자신들의 상식을 파괴할지 모른다는 공포를 안겨줬다. 1 대 1 결투를 아둔하다고 평할 정도이며, 그런 상황이 되기 전에 우선 적을 치라고 주장했다.

정정당당한 싸움이라는 망상은 이예 배제하고 언제나 효율만 중시한다.

국방군으로서는 아주 믿음직하지만, 귀족들은 마치 망자의 군대를 보는 것 같은 소름 끼치는 느낌을 받았다.

“우선은 실험 부대를 창설해야 하는데, 그 전에 마도총을 생산할 수 있겠나? 사람만 모으고 무기가 없으면 웃음거리밖에 안 돼.”

“엔바르 후작, 걱정하지 말게. 이미 시작품이 몇 개 완성됐어. 드워프들이 정열적으로 힘쓰는 덕이지. 이제는 실제로 사용하고 조직화를 해나갈 뿐일세.”

“““솔리스테어파 마도사와 기술자들…… 죽는 거 아냐?”””

마도 총사대 구상과는 별개로 귀족들은 전율했다.

드워프의 장인 기질은 상식을 일탈했고 그들의 일터는 지옥을 방불케 한다.

특히 수습 및 초보 기술자는 노예보다 험하게 굴린다.

그곳에는 인권 따위는 없고 좋은 물건을 만든다는 일념만이 존재한다.

생활의 80퍼센트가 취미를 겸한 일로 구성된 그들은 종종 일 중독자(워커홀릭), 혹은 일 괴물(워킹 오거)이다.

참고로 남은 20퍼센트는 식사와 술이다.

“나는 저택을 개축하던 때 뒤늦게 수정을 요구했다는 이유만으로 힘껏 얻어맞았어…….”

“장식을 화려하게 해달라고 했더니『그런 천박한 요구는 못 들어준다!』라면서 다음 날부터 작업을 보이콧했어.”

“자네들은 그나마 나아. 나는 새로 저택을 세우려고 설계를 맡겼는데, 두 달 넘게 유폐돼서 설계를 확인해야 했어……. 풀려났을 때는 안 믿던 신을 믿었을 정도야.”

“““그 녀석들, 정상이 아니야……. 피해를 입은 마도사들만 불쌍

하지…….""''

권력을 가진 귀족들조차 두려워하는 장인 종족. 그것이 드워프였다.

타협을 용납하지 않는 그들에게 이의를 제기하는 것은 자살 행위나 다름없었다. 조금이라도 기품이 떨어지는 설계나 장식을 주문하면 남녀노소를 불문하고 주먹이 날아왔다.

그토록 흉포한 드워프에게 희생된 마도사들을 생각하자 귀족들의 눈시울에 동정의 눈물이 맺혔다. 마음에 새겨진 트라우마가 떠올랐는지도 모른다.

그런 귀족들의 심경과 관계없이 회의는 당분간 계속되었다.

부대 편성을 위한 예산안, 훈련 장소 선정, 믿을 수 있는 지휘관 후보 물색, 특수한 무기에 맞춘 기존 훈련 방식 재검토 등 다양한 논의가 오갔다.

그리고 두 시간 후—.

"아직 예산과 부대 거점 등 검토할 사항이 많지만, 여기서부터는 잠시 쉬었다가 하지. 남은 두 주제는 한 시간 뒤, 다시 이곳에 모여서 논의하도록 함세."

"그, 그래야겠군요. 저도 아들이 여자와 좀 친해졌을지 걱정되어서……."

"저 또한 딸이 좋아하는 남자를 낚아챘을지 궁금하던 참입니다. 좋은 만남이 있어야 할 텐데 말이죠."

"우리 아들은 동성밖에 관심이 없어서 큰일이에요. 무슨 방법이 없을까요?"

"어허, 그쪽도요? 제 딸도 여자에게만 관심을 보여서……."

"자네들은 나은 편이야……. 내 손자는 여장하는 버릇이 있어. 다른 한 명은 타국에서 여러 남자를 덮쳤다가 감옥살이로 전과자가 됐고……. 반성의 기미도 없이 어린 과실을 못 먹었다고 한탄하더군."

야회는 귀족들의 교류회다.

당연히 후계자와 다른 집안의 아가씨가 연을 맺는 만남의 장이기도 하지만, 이때 이미 그 역할이 정상적으로 작동되지 않는다는 사실을 그들은 알지 못했다.

어떤 노인 두 명이 뜨거운 배틀을 시작했기 때문이었다.

아무것도 모르는 귀족들은 델사시스에게 머리를 숙이고 방을 나갔고, 남겨진 델사시스도 마지막으로 자리에서 일어났다.

수행인을 데리고 방에서 나온 델사시스는 낯익은 얼굴을 발견했다.

소년처럼 보이는 청년, 츠베이트에게서 도망친 소우키스였다.

"어디 가나, 소우키스. 너는 이 시간에 무도회에 참가해야 할 텐데?"

"데, 델사시스 공작님……. 아하하, 무도회, 그건 중지되지 않았으려나~?"

"흐음, 그게 무슨 뜻이지?"

"그게…… 크레스톤 전 공작님이 울퉁불퉁한 거한 할아버지랑 치고받느라 춤을 출 상황이 아니야. 그 홀은 지금 다른 열기로 후끈거릴걸?"

"……그 노인네, 또 시작이군."

델사시스는 회의 전에 야회가 열리는 홀에서 사가스 옹을 발견했다.

친아버지와 만나면 어김없이 싸우리라 예상은 했지만, 이렇게 빨리 붙을 줄은 몰랐다. 명색이 공작가 주최 행사니까.

크레스톤도 공적인 자리에서는 분별력을 가질 줄 알았지만, 라이벌과의 만남은 델사시스의 예상보다 격렬했나 보다.

이래서는 만날 기회가 적은 귀족 자식들의 혼담에 차질을 빚는다.

"집안의 이름을 걸고 연 야회를, 은거했다고는 하나 가족이 망치다니. 아버지에게는 나중에 직접 물리적인 처벌을 내리기로 하고……."

"응? 왜 나를 봐?"

델사시스의 눈빛이 소우키스를 꿰뚫었다.

소우키스가 무심결에 뒷걸음쳤지만, 델사시스와 만난 시점에서 이미 늦었다.

"소우키스…… 자네 아버지가 내게 울면서 부탁하셨네. 너와 어떤 영애의 연분을 맺어달라고……."

"음~, 그래도 그 소란 속에서는 의미가 없지 않을까? 게다가 츠베이트를 방해하는 것도 친구로서 미안해."

"흠, 츠베이트 그 녀석에게도 그런 사람이 있었나? 흥미로운 이야기군."

"있고말고. 에르웰 자작가라고 했어. 목식같은 츠베이트도 할 건 다 하고 다니나 봐~."

"그 아이인가……. 흠, 나쁘지 않군. 그런데 그것과 네가 파티장을 벗어난 건 무슨 관계지? 너도 상대를 찾아야 할 처지면서 왜 여기 있는지 이유를 들어볼까.”

“음?!”

소우키스도 리비안트 공작가의 대리로 야회에 참석했다. 그 이유는 당연히 약혼자로 적합한 상대를 찾기 위함이었다.

소우키스도 엄연히 공작가의 후계자였다. 입장은 츠베이트와 같아서 배우자를 맞이해야 했다.

“리비안트 공작가 대리는 명목일 뿐이고, 사실은 결혼 상대로 어울리는 여성을 찾기 위해 우리 영지로 왔다는 것 다 알아. 그런 네가 귀족의 책무를 포기하는 건가? 그것도 내가 주최하는 파티에서.”

“그게, 아무리 그래도 그 상황에서는 어렵지? 내기까지 시작해서 수습이 안 되는데~?”

“그래도 파티장을 벗어날 이유는 되지 않아. 아마 츠베이트를 속여서 그 자리에서 빠져나왔겠지? 그 녀석은 심리전이 미숙하니까.”

“으…….”

반론이 허용되지 않는 분위기였다.

츠베이트에게 좋아하는 여성이 있다는 것은 놀랐지만, 귀찮은 자리에서 벗어날 기회라고 생각해서 엉뚱한 소리로 빠져나오는 데 성공했다.

하지만 도망치는 도중에 성가신 델사시스 공작과 마주친 것은 예상 밖이었다.

사실 솔리스테어 공작가 저택인 이상 충분히 예상해야 할 사태였다.

도망치고 싶어도 몸은 뱀 앞에 놓인 개구리처럼 얼어붙었다.

결혼 따위 귀찮다고만 생각한 탓에 예기치 않게 델사시스라는 벽에 부닥치고 말았다. 뛰어넘기에는 너무 무모한 벽이었다.

도망칠 수 없다.

"나도 이제부터 파티장으로 갈 거다. 원한다면 아는 귀족의 딸을 소개하지. 『도망치면 적당한 상대와 강제로 약혼시켜도 상관없다』라는 허가도 받았어."

"아버지…… 무슨 일이 있어도 나를 결혼시킬 생각인가."

"당연하지 않나? 걱정하지 마. 네가 빨리 손자를 만들면 해결될 문제니까. 그러고 보니 그륜 변경백에게도 동년배 딸이 있었지."

"잠깐! 그 애는 성격은 착하지만, 체격이 헤비급이잖아!"

"뚱뚱해서 싫다면 남자로서 살을 빼게 도와주면 어떤가? 남자의 능력을 시험할 기회군. 도망치기 바쁜 너에게는 딱 좋은 상대라고 생각한다만?"

"싫어~! 일단은 나도 외모에 까다롭거든?!"

"그 아이의 어머니는 꽤 아름다운 여성이다만? 살을 빼면 아마 어머니만큼 미인이 될 테지. 그륜 변경백이 딸을 너무 아끼는 탓이니까 그 점을 고쳐주면 그 아이도 다이어트를 시작할지 몰라. 전부 너 하기 나름이지만."

소우키스는 전율했다.

이대로 가다가는 강제로 약혼하게 생겼다. 도망치면 결혼까지 강행할 위험까지 있었다. 소우키스의 아버지는 아들의 결혼을 반쯤 포기했지만, 후계자는 꼭 필요하므로 강행 수단을 쓸지도 모른다.

가계 존속이라는 대의 앞에서 소우키스의 의지 따위는 쓰레기보다 가치가 없었다.

“저기…… 참고삼아 묻겠는데 델사시스 공작님의 따님은 안 될까요~? ……히익?!”

소우키스는 약혼 상대로 델사시스 공작의 하나뿐인 딸, 세레스티나를 후보로 지목해봤다.

하지만 그 말을 들은 순간, 델사시스 공작에게서 무시무시한 살기가 방출됐다.

“말은 잘 생각한 뒤에 하도록. 나는 세레스티나를 귀족에게 줄 생각이 없어. 그 아이는 자유로운 인생을 살기 바라니까. 주제에도 없는 말을 꺼내면 가문과 함께 이 세상에서 사라질 텐데, 그래도 너는 세레스티나를 원하나? 용기는 가상하군.”

“아, 아뇨…… 죄송합니다. 지금 한 말은 잊어주세요, 부탁드립니당…….”

“좋아. 한 번은 봐주겠지만, 다음에 똑같은 말을 하면 어떻게 될지, 잘 알겠지?”

“네, 다시는 안 할게요!”

“알면 됐다. 그럼 함께 파티장으로 갈까. 나도 부탁받은 일은 해결해야지. 너에게 딸을 소개해 달라고 몇몇 가문에 부탁해 보마. 다시는 어리석은 말을 하지 않는다면 말이지.”

“꼭 부탁드립니다.”

소우키스의 패인.

그것은 델사시스 공작이 상상 이상으로 자식을 아낀다는 점이었다.

강렬한 살기를 뒤집어쓴 그는 도살장에 가는 소처럼 야회 파티장으로 끌려갔다.

그로부터 몇 주 후, 소우키스는 포동포동한 영애와 약혼했다.

후문에 따르면 소우키스는 건드려서는 안 될 사람을 건드리고 말았다며 땅을 치고 후회했다고…….

결론부터 말하면 사가스와 크레스톤의 싸움은 결판이 나지 않았다.

나이에 비해 경쾌한 풋워크와 교묘한 기술로 응수하는 크레스톤, 압도적인 맷집으로 공격을 받아내는 일격필살 타입의 사가스.

서로 결정타를 먹이지 못한 채 시간만 잡아먹고 끝났다.

델사시스가 일갈하지 않았다면 부질없는 싸움만 계속 반복됐을 것이다.

하지만 델사시스도 시간이 얼마쯤 지난 뒤에나 나타났고, 그 사이에 많은 귀족이 두 노인의 열띤 싸움으로 흥분해 있었다.

만남의 장은 이미 타이틀 매치 시합장으로 변하여 손쓸 도리가 없었다.

그리고 현재, 사가스와 크레스톤은 꿇어앉아서 델사시스에게 잔소리를 듣고 있었다.

"……선생님은 왜 그렇게 바보처럼 구셨을까요? 남자의 생각을 모르겠어요."

"아니, 나도 몰라. 그 둘이 특수한 거 아니야?"

크리스틴과 츠베이트는 꿇어앉아서 혼나는 두 노인을 바라보는 굉장히 부끄러운 기분이 들었다.

많은 귀족이 모이는 장소에서 깽판을 친 할아버지와 존경하는 스승.

아무리 형식상 지위를 내려놓고 즐기는 자리라도 귀족이라면 어느 정도 절도를 지켜야 하건만, 이 두 사람은 말 그대로 계급장 떼고 한 판 붙어 버렸다.

그것도 연회 주최 측인 공작가 사람과 사실상 평민 마도사라는 양극단의 두 사람이.

그것을 당연하게 여기고 내기까지 한 다른 귀족들도 머리가 어떻게 됐다.

"최근 이 나라 귀족의 상식이 타국과 어긋났다는 생각이 들 때가 있어."

"어느 귀족이든 보통은 이런 자리에서 싸우지 않아요……. 심지어 그걸로 내기까지 하다니, 파티의 영역을 넘어섰어요."

"이걸 보면 폐하 앞에서 피 터지게 싸웠다는 소문에도 신빙성이 생기는군."

"그건 또 뭐예요?! 처음 들었어요!"

솔리스테어 마법 왕국의 귀족들 사이에는『그게 말이 돼?!』라는 소리가 절로 나오는 소문이 제법 나돌았다.『마도사 가문 귀족은 어딘가 이상하다』라는 말이 괜히 나오는 것이 아니다.

츠베이트도 적잖게 사실이 섞였다고 생각하지만, 전부 믿지는 않았다. 그저 가까운 곳에 비상식적인 인종이 있어서 그럴싸하다고 생각할 뿐이었다.

처음에는 아버지와 친동생이 그런 부류라고 생각했지만, 요즘은 할아버지도 똑같은 핏줄이라고 깨달았다.

정확히는, 알아버렸다.

"나, 진지한 귀족을 목표로 할래. 절대로 저렇게 되고 싶지는 않아."

"모든 귀족이 비상식적이지는 않잖아요?"

"아니, 마도사 가문…… 특히 공작가에는 비상식적인 인간이 많아. 아버지가 그렇고, 할아버지가 그렇고, 동생도 마찬가지야. 소우키스도 그 모양이지. 왜 이리도 유별난 말썽꾼들이 태어나는지 원……."

"그, 그 정도인가요?!"

"……훗. 종종 가족 중에서 나만 굉장히 동떨어진 느낌을 받을 때가 있어. 여동생도…… 정상이라고 하기는 힘들지."

요즘 츠베이트가 가족을 보는 눈은 몹시도 냉랭했다.

뒤에서 무슨 짓을 하는지 모를 아버지, 병적으로 손녀를 사랑하는 할아버지.

실험이라는 명분으로 소란을 일으키는 남동생, 정상인인 줄 알았더니 특수 취향에 발을 담그고 베스트셀러 작가가 된 여동생.

개성적이라고 말하면 좋게 들리지만, 츠베이트를 제외한 전원이 상식을 뿌리째 뽑아버리는 강렬한 인상을 가졌다. 그중에서 한결같이 진지한 사람은 츠베이트뿐.

특징적인 개성도 없거니와 특수한 취미나 취향도 없이 재미라고는 조금만큼도 없다.

굳이 따지자면 그 사이에서 균형을 맞추는 역할일까.

"개성은 매력이라고들 하지만, 그런 강렬한 개성이라면 나는 없어도 돼……. 재미 좀 없으면 어때, 재미없어도 잘만 살아.”

“츠베이트 님, 등 뒤에 그늘이 졌어요?! 사실 강한 개성이 살짝 부러우신 건…….”

“부정은 안 할게.”

강렬한 개성은 제삼자에게는 매력적으로 보이고, 진지하기만 한 성격은 아무런 재미도 없었다.

예를 들어 아버지 델사시스는 많은 일을 효율적으로 처리하며 남는 시간은 자유롭게 활동한다. 뭘 하는지는 알 수 없지만, 그게 미스터리한 매력이 된다.

두드러진 개성을 가진 사람은 그만큼 매력적으로 보이는 법이다. 그 점을 동경하거나 부러워한다고 잘못된 것은 아니다.

츠베이트도 그런 자각은 있는지, 크리스틴의 물음에 순순히 긍정했다.

“츠베이트 님의 마음, 조금은 알 것 같아요. 나도 이렇다 할 개성은 없으니까요. 어머니나 언니들은 화려한데 나만 너무 수수하고…….”

“그래? 나한테는 매력이 있어 보이는데. 여자면서 기사를 목표로 하는 사람은 적어. 자신의 길을 찾아 열심히 나아가는 모습도 매력이라고 할 수 있지 않나?”

“매, 매력이라뇨……. 존경하던 아버지가 돌아가시고 조금이라도 그분을 따라잡고 싶어서 그 등을 좇았을 뿐이에요. 이걸 개성이라고 말해도 될지 자신이 없어요.”

“처음에는 다들 그런 거 아니겠어? 나도 비슷하니까.”

크리스틴이 기사였던 아버지를 동경한 것처럼 츠베이트도 마도

사인 할아버지를 동경했다. 어릴 적부터 그 동경심을 원동력으로 노력하여 지금의 자신이 있다.

다만, 본인의 노력과 무관하게 성별과 태생 같은 요소로 주변에서 다양한 시선이 모이기도 한다. 크리스틴의 경우 그것은 비웃음이며, 츠베이트의 경우는 공작가의 지위를 이용하려는 자들의 욕망과 야심이다.

열심히 할수록 『여자 주제에』라며 무시당하는 크리스틴과 뭘 하든 공작가 후계자로밖에 봐주지 않는 츠베이트.

강한 개성에 대한 동경과 자신에 대한 콤플렉스는 적잖이 가슴에 맺혀 있었다.

요컨대 이 두 사람은 닮은꼴이었다.

"여성 기사, 멋지네. 남이 하지 않으려는 것에 도전하잖아? 나에게는 충분히 매력적으로 보여. 자학할 필요 없어."

"츠베이트 님도 공작자의 중압에서 도망치지 않고 지위에 어울리는 사람이 되려고 노력하시잖아요. 매력이 없다면 거짓말이에요."

"그렇게 생각해? 공작가의 책무는 마땅히 져야 할 의무야. 칭찬까지 받을 일은 아니라고 보는데."

"왕가 다음으로 높은 자리예요. 거기서 도망치지 않고 제 역할을 충실하려는 마음가짐은 대단하다고 생각해요."

츠베이트는 공작가 후계자라는 운명을 받아들였지만, 그건 장남으로 태어난 자의 피할 수 없는 현실이라고만 생각했다. 도망가지 않는 것이 아니라 도망갈 여지조차 없다는 일종의 강박 관념에 사로잡혀 있었다.

전에 세레스티나에게도 『나에게는 공작가를 짊어지는 길밖에 없다』라고 말한 적이 있는데, 그것도 이런 생각이 내면에 깔려있기 때문이었다.

어쩌면 체념에 가까운 감정이었는지도 모른다.

하지만 그런 한심한 자신을 대단하다고 말해줬다. 크리스틴의 말에 『나는 틀리지 않았다』라는 마음이 끓어오르는 기분이었다.

'하하…… 남자는 단순하다고 하던데, 정말인가 봐. 여자가 칭찬한다고 용기를 얻다니. 정말로 단순해.'

마음속으로 자조하며 웃는 츠베이트.

그런 그에게 진지한 눈빛을 보내는 크리스틴.

올곧은 그 눈동자에 츠베이트는 쑥스러움을 느끼면서도 기쁨도 함께 밀려왔다.

"그나저나 크리스틴, 일인칭이 『나』로 돌아왔어."

"앗?! 그게…… 죄송합니다! 내가, 아니, 제가 감히 실례를!"

"신경 쓰지 마. 그 정도도 받아주지 못할 만큼 속이 좁지는 않아. 오히려 귀엽기도 하고."

"네?!"

""……""

그 후, 두 사람의 얼굴이 새빨개졌다.

자기가 무슨 말을 하고, 무슨 말을 들었는지 깨닫고 부끄러운 나머지 굳어버렸다.

그렇게 청춘의 한 페이지를 내달리는 둘을 의외로 가까운 곳에서 지켜보는 세 사람이 있었다.

"흠. 츠베이트 치고는 잘했지만, 아직 어린애군."

"청춘이구먼. 젊을 때가 생각나. 보기만 해도 낯간지러워……."

"흥, 조금은 싹수가 있어 보이는 애송이였는데 여자에게 정신이 팔리다니. 저래서는 강해질 수 없어. 모든 것을 포기하고 단련에 매진해야 진정한 강자로 거듭나는 법이거늘. 뭐, 크리스틴이 노처녀로 늙는 것도 문제지만……."

두 젊은이를 그윽한 미소로 지켜보는 델사시스와 손자 인생에 봄이 찾아왔다고 기뻐하는 크레스톤, 제자의 장래를 조금이나마 걱정하던 사가스였다.

딱히 방해하지는 않았지만, 사람들은 이것을 훔쳐보기라고 한다.

"그 모양이니까 마누라가 도망가지. 자기는 평생 독신이라고 허풍이나 떨고 말이야. 내가 모를 줄 알았나?"

"뭣?! 네놈…… 알고 있었어?!"

"어쩌다 우연히 들었어. 아내한테도 근육 강화 훈련을 강요했다지? 그놈의 만민 평등한 근육 사상에는 나도 기가 차는구먼."

"끄응, 나는 잘못되지 않았어……. 내 이상을 이해하지 못하는 이 세상이 잘못된 거다! 마도사에게 필요한 건 어떤 국면에도 대응할 수 있는 육체, 근육이다아아!!"

"사가스 공. 그 비뚤어진 사고방식은 일종의 테러리즘이라고 생각하지만, 이 상황에서는 그저 구차한 변명으로밖에 들리지 않소. 지금은 침묵할 때라고 보오."

츠베이트와 크리스틴은 자신들만의 세계에 빠져 눈치채지 못했으나, 당연히 세 사람 말고도 둘을 지켜보는 사람들은 있었다.

거기에는 크리스틴을 노리던 다른 집안의 도련님과 차기 공작부인의 지위를 노리던 야심만만한 아가씨들의 질투 어린 눈초리도 있었지만, 두 사람은 남이 보거나 말거나 풋풋한 닭살 커플처럼 애정 전선을 과시했다.

객관적으로 보면 이미 연인 사이였다.

남의 시선 따위 아랑곳하지 않고, 두 사람 사이에서는 콩닥콩닥 가슴 뛰는 사랑의 회오리가 휘몰아치고 있었다.

제2화 츠베이트와 크리스틴, 아직도 사랑을 깨닫지 못하다

솔리스테어 공작가가 주최하는 야회……라고 불러도 될지 모를 행사가 무사히(?) 종료되고, 내빈들은 공작 저택에 숙박하거나 자기 영지로 돌아갔다.

먼 곳에서 찾아온 귀족일수록 며칠씩 체류하는 한편, 다른 이유로 남는 귀족도 있었다.

그 이유란 델사시스 공작과 나눌 밀담. 시간을 들여 마도 총사대 구상을 정리하기 위해 남은 귀족들이었다.

그럼 그 외의 귀족은 어떨까.

예를 들자면 자작 영애이기도 한 크리스틴 드 에르웰.

"영지로 돌아가기 전에 내 용건도 마쳐야지."

크리스틴은 짐을 정리하며 혼잣말했다.

침대 위에는 방금 정리한 커다란 옷 가방이 있고, 그 옆에는 손바닥 크기의 꾸러미 하나가 남아있었다.

크리스틴은 명목상 어머니의 대리로 야회에 참석했지만, 이곳에 온 진짜 이유는 산토르에 볼일이 있기 때문이었다.

정확히는 이 도시에 있는 실력 좋은 대장장이에게 볼일이 있었다.

“……오리하르콘. 이걸 다룰 수 있는 대장장이가 있으면 좋을 텐데.”

【오리하르콘】. 단독으로는 부드러운 점토에 불과하지만, 이 광물은 특수한 성질을 지녔다.

바로 다른 금속과 혼합하면 경도와 마력 전도율이 변한다는 것. 무기를 한 차원 더 높은 단계로 끌어올리는 꿈의 광물이라고 할 수 있다. 검으로 만들면 철을 손쉽게 절단하는 전설급 광물이지만, 그것도 실력 좋은 대장장이를 만났을 때나 가능한 이야기다.

물론 검 사용자도 잘 만나야겠지만.

사용자의 기량은 차치하더라도 기사 귀족으로서 가보인 검을 드는 것은 일종의 훈장이었다. 특히 국왕에게 하사받은 검이 있다면 작위를 빼앗길 정도의 죄라도 저지르지 않는 한 나라가 멸망할 때까지 가문이 평안하다는 말도 있었다.

에르웰 자작가에는 그런 무기가 없었다.

아한 폐광에서 우연히 오리하르콘을 구하기는 했으나, 유감스럽게도 에르웰 자작령에는 이것을 다룰 수 있는 대장장이가 없었다.

처음에는 오리하르콘 검을 만들겠다며 고집을 부렸지만, 결국 대장장이를 찾지 못해 포기하고 미스릴 검을 먼저 만든 뒤 오리하르콘은 잠시 방치했었다.

하지만 오리하르콘 검이라는 매력은 버리기 어려웠기에 야회 초

대장이 도착했을 때 다시 그 마음에 불이 붙었다. 그래서 하다못해 가보가 될 검을 만들자는 심정으로 대장장이가 많은 산토르에 온 것이다.

산토르에 있는 대장장이의 실력은 타국까지 널리 알려졌고, 메티스 성법 신국에서도 검을 만들러 오는 성기사가 있을 정도였다.

문제가 있다면—.

"……드워프면, 어쩌지?"

—바로 기술공이 드워프였을 경우였다.

장인 기질이 강한 드워프에게 타협이란 없다. 희귀 광물을 손에 쥐면 입꼬리가 귀에 걸려 귀기 어린 기세로 검을 만들 것이다.

손님의 요청이나 지금까지 하던 작업을 모조리 무시하고서.

방해한다면 설령 의뢰자라도 얼굴에 주먹을 꽂을 정도로 그들은 의욕적으로 작업에 매달리리라. 크리스틴은 그것이 두려웠다.

콧노래를 흥얼거리며 상상 그 이상의 기행을 펼치는 드워프 대장장이는 절대로 곱게 끝나지 않는다는 것은 유명한 이야기다. 그만큼 그들의 종족 특성은 잘 알려졌다.

"안 돼, 안 돼. 약해지지 마! 가보가 될만한 검이 있으면 우리 가문도 조금은 위엄이 생길 거야. 최고의 명검이 완성되면 왕가에 헌상해서 가문의 존속도 노려볼 만해……."

오리하르콘 검을 만드는 이유는 두 가지였다.

하나는 돌아가신 아버지처럼 자신의 손으로 최고의 검을 구하고 싶다는 욕구.

또 하나는 이렇다 할 자랑거리가 없는 에르웰 자작가가 위엄을 갖추기 위하여 훌륭한 가보가 필요하기 때문이었다.

오리하르콘은 전설급 광물이었다. 그 광물로 만든 검이 있으면 많은 귀족이 에르웰 자작가를 다시 보게 될 테고, 데릴사위를 희망하는 귀족 자제가 늘어날지도 모른다.

특히 귀족가 차남이나 삼남은 일반인과 다를 바 없는 입장이기에 전설급 검은 데릴사위에게도 큰 명성을 안겨준다. 요컨대 남자를 낚을 미끼인 셈이다.

명성에 눈먼 이들의 인간성을 고려하지 않는 점이 크리스틴의 안일한 부분이지만.

아무튼 데릴사위는 귀족 사이에서는 흔한 일이지만, 이때 크리스틴은 츠베이트의 얼굴을 떠올리고 말을 잇지 못했다.

'왜, 왜…… 츠베이트 님 얼굴이 떠올라~?!'

가문을 위한 정략결혼을 당연하게 여기는 크리스틴은 설마 자신이 사랑에 빠졌다고는 생각하지 못했다.

난감하게도 어머니 말고는 주변에 남자밖에 없는 환경에서 자란 탓에 자신의 감정 변화를 알아차리지 못했다. 애초에 알아차릴 가능성도 없었다.

마냥 순수하고 진지한 둔감 소녀로 자랐으니까. 자라버리고 말았으니까.

"……진정하고, 심호흡……. 스읍~, 후아아아~. 좋아, 정신 차리고 공방 거리로 가자. 선생님은 일어나셨을까?"

크리스틴은 짐을 들고 객실에서 나왔다.

그리고 여기서 흔해 빠진 이벤트가 발생했다.

"꺄앗!"

"으악?!"

방을 나오자마자 츠베이트와 부딪친 것이다.

"아야야…… 뭐야, 크리스틴이잖아. 괜찮아?"

"츠, 츠베이트 님?! 네헤! 나는 갠차나여!"

"왜 그렇게 당황해? 뭐, 어쨌든…… 다치지는 않았어?"

"괜찮아요. 엉덩이가 살짝 아플 뿐이라……."

"일어설 수 있겠어? 자."

"흐에?"

츠베이트가 무심하게 내민 손 앞에서 크리스틴은 두근거림이 멈추지 않았다.

츠베이트는 그런 속사정도 모르고 크리스틴의 손을 잡아 일으켜 세웠다.

크리스틴은 속으로 『내, 내가 왜 이러는 거야아아아아아~?!』라며 혼란에 빠져 있었다.

"한눈팔던 나도 잘못했지만, 너도 조심해. 그나저나 왜 그렇게 급하게 나와?"

"네? 급해 보였나요? 평범하게 나왔다고 생각했는데……."

"몰랐어? 거의 뛰쳐나왔는데……."

"죄, 죄송합니다! 전혀 몰랐어요."

첫사랑을 깨닫지 못한 크리스틴은 방에서 나올 때 츠베이트의 얼굴을 떠올리고 무의식적으로 걸음이 빨라지고 말았다.

수줍음, 창피함, 말로 표현하기 힘든 마음의 동요 때문이었지만, 머리는 자신이 평소대로라고 현실을 외면하고 있었다. 그 탓에 평소라면 하지 않을 실수를 저질렀다.

그것도 츠베이트의 앞에서.

수치심과 동요로 말이 나오지 않았다.

츠베이트는 그녀의 심경을 모른 채 바닥에 떨어진 꾸러미를 발견하고 주워들었다.

집어 든 순간, 묘하게 부드러운 감촉이 전해져 왔다.

"이건 뭐야? 부드럽네……. 점토야?"

"앗, 그건…… 오, 오리하르콘……이에요."

"뭐?! 오, 오리하르콘이라고?!"

오리하르콘이 무엇인지는 츠베이트도 제로스에게 들어 알고는 있었지만, 실물을 손에 쥔 것은 지금이 처음이었다.

오리하르콘은 반쯤 전설의 광물이며 문헌에는 무섭도록 마력 친화성이 뛰어난 희귀 광물로 기록됐다. 그 특수성 때문에 대장장이와 마도사라면 빚을 져서라도 구하려고 하 물건이다.

마도구로 만들면 상당히 강력한 힘을 가지겠지만, 실물을 얻은 사람은 적었다.

츠베이트는 놀라서 거의 비명처럼 소리 질렀다.

"이, 이런 건 대체 어디서 구했어?! 이게 진짜 오리하르콘이야?!"

"전에 아한 폐광에 채굴하러 갔을 때, 사고로 최하층으로 떨어졌다가 발견한 거예요. 나를 구해준 분은 대량으로 캐갔고요……."

크리스틴의 말을 듣고 츠베이트의 머리에 한 비상식적인 마도사의 모습이 떠올랐다.

“최하층……. 확인차 묻겠는데, 그 구해줬다는 사람…… 혹시 회색 로브를 걸친 수상쩍은 마도사 아니었어? 가공할 위력의 마법을 구사하는…….”

“제로스 씨를 아시나요?! 감사 인사를 드리고 싶었는데 어디 사는지 몰라서요…….”

“내 그럴 줄 알았어! 오리하르콘 같은 물건을 찾아내는 비상식적인 인간은 그 사람 정도밖에 없겠지……. 아니, 지금은 한 명 더 있나.”

제로스와 아도. 이 두 초인 마도사라면 오리하르콘을 찾는 것도 어렵지 않으리라는 생각이 들었다.

츠베이트의 머리에는 『우하하하하하, 대박이다아아~!』라고 웃으며 곡괭이를 휘두르는 회색 로브 아저씨의 모습이 선명하게 떠올랐다.

스승님이라면 뭔들 못하겠냐는 인식이었고, 그 인식은 대개 틀린 적이 없었다.

“츠베이트 님, 제로스 씨를 뵙게 해주세요! 그때의 감사를 꼭 드리고 싶어요.”

“스승님이라……. 나는 상관없지만, 각오는 하는 편이 좋을 거야.”

“가, 각오? 무슨 각오요?”

“듣기로는, 스승님의 집은 상식과 동떨어진 곳이라고 하니까……. 무슨 일이 일어날지 몰라.”

“네?! 어, 으으음……?”

“오리하르콘 가공도 스승님이라면 뚝딱 해치우겠지. 어디에 쓸지는 모르지만, 스승님에게 부탁해보는 건 어때?”

“스승님이 제로스 씨였나요. 새, 생각지도 못한 곳에서 대단한 사람과 인연이 생기네요. 뵙는 김에 그것도 부탁해 볼게요.”

“바로 갈까? 나도 스승님에게 갈 생각이었어.”

이리하여 크리스틴은 은인에게 감사 인사를 전한다는 마음의 빚을 갚기 위해 츠베이트를 따라가기로 했다.

그 전에 호위 역할인 사가스를 찾아봤지만, 방에 없어서 두 사람끼리 저택을 떠나려고 계단을 내려왔는데 현관 앞에서—.

“아침부터 땀 냄새가 난다 싶더니 사가스였나. 그 무의미하게 부푼 근육 좀 치워. 상쾌한 기분에 초를 치는구먼.”

“흥, 아침 훈련을 하고 돌아왔더니 다짜고짜 시비군, 크레스톤. 종일 의자에 앉아있는 네놈과 달리 나는 운동으로 젊은 육체를 유지하고 있지. 상쾌한 아침에는 상쾌한 땀을 흘려야 건강을 지킬 수 있는 법이야.”

“쓸데없이 땀내를 풍기니까 재혼하지 못하는 것 아닌가? 항상 그렇게 체취를 풀풀 풍기며 다니나?”

“이제 씻으러 가려고 했어. 네가 말하지 않아도 기본적인 에티켓 정도는 안다고!”

“하이고, 성장했구먼. 옛날에는 운동하고 그대로 돌아다녔으면서……. 역시 마누라가 한 번 도망가서 그런가? 인생의 화복은 점칠 수 없다더니.”

“아침부터 싸우자는 건가?”

“좋지. 아침 먹기 전에 가볍게 운동이나 할까. 어젯밤의 결판을 내주마.”

"바라던 바다!"

그렇게 시작된 제2라운드.

저택의 로비는 노마도사 두 명의 결투장으로 변했다.

두 노인은 어젯밤처럼 즐겁게 주먹을 나눴다.

친구끼리 장난을 친다기에는 살벌한 소리가 퍼지고 있었다.

'……서, 선생님.'

'……할아버지. 뭐 하는 거야.'

미워하는 것이 아니라 서로의 우정을 다지는 의식.

친구와의 대화에 꼭 말이 필요하지는 않다.

하지만 혈연과 제자의 눈에는 창피할 뿐이다.

츠베이트와 크리스틴은 소란이 더 커지기 전에 몰래 저택을 빠져나왔다.

대장일은 불과 철과의 대화다.

화력을 파악하고, 가열된 철의 상태를 파악하고, 적당한 시기에 정확하게 망치를 두드린다.

불똥이 튀고, 쇳소리가 높게 울리고, 소리로 철의 상태를 알고, 식물성 기름에 담갔다가 다시 불로 달구고 두들긴다.

때로는 볏짚을 넣어 탄소를 더하고, 접거나 구부리고 두들겨 늘리다 보면 강도와 경도가 높은 철로 바뀐다. 말로 하면 쉽지만, 실제로 행하려면 오랜 시간이 필요한 작업이다.

"……아직 부족해."

제로스는 활활 타오를 듯한 뜨거운 금속을 바라보며 탄식했다.

금속을 두들기는 속도가 보통 사람과 차원이 다르게 빠르지만, 단순히 형태를 갖춘 것과 납득할 만한 수준의 완성품 사이에는 명확한 차이가 있다. 최고의 걸작을 만들기에는 아직 감이 잡히지 않았다.

"……제로스 님. 왜 대장간이 있죠?"

"심심풀이로 만들어 봤어요. 날림이지만."

풀무로 화력을 조절하면서 집게로 쇳덩이를 집어 다시 불 속에 넣었다.

경쾌한 금속음이 울렸다.

"그런데 무슨 볼일이죠, 크로이사스 군?"

"시험 제작한 무기가 완성됐습니다. 제로스 님의 의견을 여쭙고 싶은데 바쁘신 모양이군요. 다음부터는 약속을 잡고 오겠습니다."

"딱히 바쁘지는 않아요. 잠시만 기다리세요. 합!"

물통에 쇳덩이를 넣어 식히고 바로 꺼내서 모루 위에 아무렇게나 올려뒀다.

미리 퍼 놓은 양동이의 물로 얼굴과 손을 씻고, 걸어둔 수건으로 물기를 닦은 제로스는 크로이사스에게로 돌아섰다.

"만들었다는 무기가 그건가요? 뭐가 길쭉하네…… 설마!"

"마법식 금속 사출기…… 【마도총】입니다. 제대로 확인도 하지 않았는데 알아보시는군요."

"알톰 황국으로 가는 도중에 적이 그런 무기를 썼거든요. 노획

한 화승총도 델사시스 공작님에게 넘겼으니까 언젠가는 만들 줄 알았지만……. 그래도 생각 이상으로 빨랐네요~.”

“드워프 기술자들이 힘내줬습니다.”

“드워프…….”

제로스의 머리에—.

『빨리 부품 만들어! 프레임은 진작 완성됐다고!』

『더는 안 돼, 조금만 쉬게 해줘!』

『쉬어~? 쉬고 싶으면 영원히 쉬든가. 내가 편하게 해주마~.』

『억지 부리지 마. 이런 세밀한 술식을 새기고 있다고!』

『그걸 어떻게든 하는 게 기술자잖아? 그만 투덜대고 손이나 움직여!』

『우리는 마도사지 기술자가 아니야!』

『여기 있는 시점에서 전부 기술자야. 우는소리, 앓는 소리 들어줄 생각 없어. 죽으려거든 일 끝내고 죽어!』

『히이이이이이이이이이이이익!』

—라는 드워프와 마도사의 대화가 들린 것 같았다.

드워프가 관련된 시점에서 그곳은 아비규환 지옥으로 변한다. 제로스 본인이 누구보다 잘 아는 사실이었다.

“마도사들이…… 고생깨나 했겠어.”

“저는 즐거웠지만요. 필요한 술식이 완성된 뒤로는 한가해서 시작품이 완성될 때까지 연구만 하고 살았어요. 다행히도 흥미로운 연구 자료가 제법 있었죠.”

“크로이사스 군은 의외로 그 일 중독자들과 죽이 잘 맞겠네요.

희생자만 불쌍하지……."

드워프의 비상식을 경험했던 터라 제로스는 희생된 마도사들을 동정했다.

왠지 자연스럽게 눈물이 흘렀다.

그들과 연관되면 미래는 단 두 가지.

똑같은 일 중독자가 되거나 과로로 쓰러지거나.

최악의 경우, 죽고 싶을 만큼 정신적으로 피폐해진다.

제로스도 『빨리 근로기준법을 제정해줘!』라고 외치고 싶을 정도였다.

"피해자 이야기는 이만하고, 바로 확인해 볼까요? 나도 좀 궁금하네요."

"그럼 꾸러미를 풀겠습니다."

"자, 확인 들어갑니다~."

크로이사스는 꾸러미를 풀고 안에 있는 마도총을 제로스에게 건넸다.

받아든 마도총의 형태는 화승총에 가깝지만, 차탄 장전은 본체의 레버를 당기는 볼트 액션 구조였다.

"이거, 쏴 볼 수 있나요?"

"여기 탄창이요. 조금 더 커도 괜찮을 텐데 드워프가 모양에 집착하면서 제 의견을 들어주지 않더군요. 장탄 수를 늘리는 편이 효율적인데도, 왜 그리 비합리적인지."

금속제 탄창을 받아 방아쇠 앞에 있는 구멍에 꽂고 레버를 당겼다.

"장전은 수동에 연사 기능 없음. 문제는 위력인데, 아무 곳에서

나 쏘면 위험하겠지?"

"민가로 유탄이 날아가면 사고가 날 수도 있겠네요. 시험 사격으로 사망자가 나오는 건 저도 바라지 않으니까 하늘에 쏘죠."

"이래서는 성능 확인이 안 되는데~."

제로스는 불평하면서도 마도총을 들고 나가서 하늘로 총을 쐈다.

그리고 잠시 뒤, 떨어지는 총알을 오른손으로 잡았다.

감촉으로는 충분한 살상력이 있어 보였다.

"이거, 그냥 쏘면 총신이 위로 튀지 않을까요? 어깨에 고정하고 쏘면 명중률도 높아지고 다음 탄을 쏠 때도 조준이 안정되겠는데요."

"그렇군요, 쏠때마다 튀는 것도 문제네요. 손잡이 뒷부분을 늘려서 어깨로 받치자는 의견도 있었지만, 드워프들이 승낙하지 않았어요."

"아이고…… 그 양반들, 이상한 부분에서 고집을 피운단 말이야. 기능보다 디자인을 우선하는 경우도 생각해봐야 하나."

드워프들이 굳이 화승총의 형태를 답습한 이유란, 다름 아닌 기술자의 낭만이었다. 개머리판의 실용성을 버리고 복고풍 디자인의 감성을 챙긴 것이다.

제로스라면 안정성 없는 화승총보다 현대의 화기처럼 군더더기 없이 깔끔한 형태를 택한다. 하지만 드워프들은 정반대였다.

단순히 사용하기 쉬운 무기를 만들기가 성에 차지 않았는지, 아니면 예술성을 관철한 결과인지는 확실하지 않지만, 의도적으로 다루기 어렵게 설계하는 쪽을 택했다.

그것은 화가가 궁정의 내부 사정을 그림에 메시지로 담아내는 것처럼, 작품에 대한 기술자의 철학이 담겼는지도 모른다.

하지만 총에 대체 무슨 메시지를 담았다는 말인가? 기술자의 마음이 담겼어도 일반인에게는 헤아릴 길이 없다.

마도총은 적을 죽이기 위한 살상 무기에 지나지 않거늘.

“초기 설계 단계에서는 이보다 합리적인 형태였어요. 발굴된 마도총을 그대로 따라 했으니까요.”

“드워프가 이 형태를 골랐다면 우리가 떠들어봤자 소용없어요. 그 사람들은 무기에도 예술성을 추구하나 보죠. 괜히 따지면 얻어맞아요…….”

“그들의 생각은 저도 모르겠어요. 제가 속물이기 때문일까요?”

“글쎄요~? 그건 저도 잘…….”

이전의 세계에서는 총이 예술품으로도 가치가 있고, 당시 총기 제작자들의 기술 속에는 장난스러움이 엿보인다. 무기가 사람의 생활에 밀접하게 관련된 시대였기 때문이리라.

서양에서도 화려한 장식이 들어간 머스킷이 박물관에 전시된 것을 보면 기술과 예술은 떼려야 뗄 수 없는 관계였는지도 모른다.

‘드워프는 형태미를 우선하는 걸까.’

현재의 마도총은 단발식이며, 마력을 넣고 탄을 쏠 때까지 약간 시간이 걸린다.

평야에서 싸운다면 과신할 수 없지만, 요새에서 공성전을 펼칠 때는 충분한 효과를 발휘할 것이다.

형태를 보니 기관총 같은 고성능 총이 탄생하는 것도 시간문제일지 모른다고 제로스는 예상했다.

“시대가 변하려나……. 완성되어 버렸으니 서둘러 총기 관리법을 제정하지 않으면 위험하겠네요. 군용 무기로 엄중히 관리해야 합니다.”

“형님도 비슷한 이야기를 하더군요. 사회에 퍼지면 그렇게 위험한가요? 마물 퇴치에도 충분히 공헌할 것 같습니다만.”

“츠베이트 군도 이해했나 보네요. 조작이 단순해서 문제예요. 예를 들어 이걸 소형화해서 범죄에 사용하면 어떻게 대처할 거예요? 지금 상황에서는 범인을 찾기도 어려울걸요?”

“자격 제도를 만들어서 관리하면 될 텐데요?”

“도둑맞았다고 하고 빼돌리면 그만이죠. 그걸 분해하고 부품을 만들어 양산하면…… 범죄 조직이라도 2년 안에 모조품을 만들 겁니다. 총은 관리 미흡으로 분실 시 극형 정도는 내려야 해요.”

“그건 지나친 엄벌 아닌가요? 어쨌든 아버지께도 전하겠습니다.”

“그만큼 위험하다는 뜻이에요, 이 총이라는 무기가. 꼭 전해야 합니다? 크로이사스 군은 전언을 부탁해도 다른 곳에 정신이 팔려서 까먹을 것 같으니까.”

“아니라고는 못 하겠네요.”

제발 아니라고 해줬으면 좋겠지만, 크로이사스는 제로스와 닮은 꼴이었다.

세상 무엇보다 자기 취미를 우선하는 탐구사이며, 관심이 없는 것에는 눈길조차 주지 않는다.

제로스도 젊었을 적에는 무작정 하고 싶은 일에만 몰두한 경험이 있었다. 주변을 신경 쓰게 된 것도 책임을 지는 직급에 오른 뒤부터였다.

책임이라는 안전장치가 걸렸다고 할 수 있었다.

"그건 그렇고, 얼마 전에 마침내 남성화 성별 전환약을 완성했거든요. 제조법이 있는데 필요한가요?"

제로스의 말을 들은 순간 크로이사스의 안경이 수상하게 빛났다.

"꼭 듣고 싶습니다! 재료는요? 여성화 성별 전환약과 뭐가 다르죠? 저도 재료를 바꿔서 몇 번 시도해 봤지만, 남성화 마법약은 성공하지 못했어요! 알려주십시오! 지금 당장! 자, 어서! 빨리!!"

"……잡아먹을 기세네. 델사시스 공작님께 전할 말, 기억하는 거 맞죠?"

"무슨 소리죠? 그리고 지식 탐구는 마도사에게 최우선 사항 아닙니까? 저는 아무것도 잘못되지 않았다고 보는데요?"

"크로이사스 군…… 잊으면 안 될 걸 벌써 잊었잖아요."

"금방 잊힐 정도라면 별일도 아니라는 뜻이겠죠. 그보다도 제조법을 지금 당장 알려주세요. 여러모로 검증해보고 싶어요. 아아, 시간이 아까워!"

여전히 지식 습득에 탐욕스러운 크로이사스였다.

외모는 수려하지만, 그 행동에는 아저씨도 학을 뗐다.

"그 전에 이 총에 관한 법률 제정을 서둘러 달라고 델사시스 공작님께 전해주면 좋겠는데요? 지금 크로이사스 군이 잊은 이야기예요. 제조법 검증은 할 일부터 끝내고 하면 되잖아요……."

"그것도 그렇군요. 아차, 하지만 정말로 효과가 있는지 확인해봐야 할 텐데……. 시작품을 메이드들에게 써 볼까."

"그러지 마! 원액으로 마시면 남자로 고정돼 버리니까!(시험해보지 않아서 모르지만.)"

"여성화 성별 전환약을 쓰면 원래대로 돌아오지 않나요?"

"어떤 부작용이 있을지 모르는데 일반인에게 피해를 주면 쓰나요. 시험하고 싶으면 사형수한테나 하세요."

"……일리가 있군요. 연구를 위해서 무고한 사용인을 희생하는 건 좋지 않네요. 아버지에게 부탁해서 사형수를 몇 명 준비해야겠어요. 기왕이면 성범죄자가 좋겠군요."

아저씨의 제안도 윤리적으로 문제가 있지만, 크로이사스의 윤리의식도 끔찍했다.

그래도 성범죄자라면 자업자득이므로 투약 실험에 이용해도 문제는 없으리라. 누가 뭐래도 그들에게는 선택권이 없다.

실제로 신약을 실험할 때 중범죄를 저지른 사형수를 피험자로 삼아 다양한 약물을 검증하는 사례도 있다. 과학 기술이 발전하지 않은 세계라서 이런 비인도적 행위가 용인되는 것이다. 이것이 이 세계의 상식이다.

하지만 망설임 없이 이런 말이 튀어나오는 점을 보면, 이 두 사람의 양심에는 어딘가 하자가 있는지도 모른다.

뭐, 새삼스러운 이야기지만.

"그나저나 제로스 님……."

"왜 그러죠?"

"아버지께 들은 바로는, 제로스 님도 마도총을 제작하셨다죠? 가능하면 제게도 보여주셨으면 합니다."

"……어떻게 알았지?"

제로스와 아도가 총으로 난리를 피운 곳은 이웃 나라였다.

그 정보를 델사시스가 파악했고, 마도총 제작에도 착수한 점으로 보아 이웃 나라에도 첩자를 심어둔 모양이었다. 무시무시한 정보망이었다.

메티스 성법 신국의 화승총에 다소 위협을 느꼈는지도 모르지만, 대처법을 알면 마도사에게 큰 문제가 되지 않는다.

심지어 마도총 개발은 예상보다 일찍 시작되어 이미 완성품이 이곳에 있다.

그것도 화승총보다 강력하게 진화해서.

'이게 나라의 기풍 때문인지, 개발에 관여한 사람의 자질 때문인지는 알 수 없지만, 총을 사용한 난전은 내 생각보다 일찍 도래할지도 몰라…….'

델사시스 공작의 영향력이 어디까지 뻗었는지는 알 수 없지만, 제로스가 자기도 모르는 사이에 마도총 개발에 영향을 준 것은 현재 상황으로 미루어 확실해 보였다. 제로스는 그 점에 공포감마저 느꼈다.

"자, 빨리 보여주세요! 상당히 고성능이라면서요? 자! 어서!!"

"……그렇게 얼굴을 들이밀지 않아도 보여드립니다. 크로이사스 군, 얼굴은 잘생겼는데 왜 마법만 관련되면 그렇게 눈이 돌아가나요? 눈이 충혈돼서 무서운데……."

"위대한 지식을 단편이나마 영접하는 시간은 마도사에게 둘도 없는 행복이잖습니까! 그런 사소한 것보다 제로스 님의 마도총을 보여주세요!"

"알았어요, 알았어……. 이거예요."

크로이사스의 지나치게 순수한 호기심에 위험함을 느끼지만, 좋든 나쁘든 이런 지식의 탐구자가 문명을 발전시키는 것도 부정할 수 없었다. 제로스는 별다른 의도 없이 데저트 이글을 넘겼다.

가능하다면 그의 마법을 향한 열정이 좋은 방향으로 나아가기를 바라며.

"이건?!"

데저트 이글은 크로이사스의 생각보다 묵직했다.

아니, 무거웠다.

너무 무거워서 등이 앞으로 굽었다.

"뭐, 뭐죠…… 이 무게는……?"

"무거운가? 나랑 아도 군은 쉽게 드는데……."

"무기로는…… 너무 무거워서…… 큭, 사람을 가리겠네요……."

"그래요? 다마스쿠스강과 아다만타이트 같은 무거운 금속을 써서 무게가 나가긴 하겠지만, 그렇게나?"

"아다만타이트…… 광물 중에서 가장 무거운 금속이잖습니까……. 게다가 마력을 빼앗겨서 현기증이……."

"아……."

제로스의 마도총은 손잡이에 박힌 크리스털로 마력이 자동 흡수되고, 방아쇠를 당기면 그 마력을 약실로 보내 마법식의 폭발력으로 탄환을 사출하는 구조다.

바꿔 말하면 사용자의 마력을 강제로 빨아들인다는 말이다.

심지어 총 본체의 강도를 강화 마법으로 끌어올렸고, 잉여 마력이 총 본체뿐 아니라 탄환의 위력을 높인다. 줄여 말하면 결함이다.

그래서 요점이 무엇이냐면, 방에 틀어박혀 체력도 마력도 제로스의 발끝에도 못 미치는 크로이사스는 아저씨의 데저트 이글을 다룰 수 없다는 말이다.

다루지 못할뿐더러 완력만으로는 총의 무게조차 지탱하지 못한다. 만약 데저트 이글을 쏴도 그 위력에 육체가 날아가버릴 것이다.

"감당하질 못하는구나~."

"마, 마력 고갈……. 아직 쏘지도 않았는데……."

"이거 미안해서 어째. 나를 기준으로 만든 무기라서 크로이사스 군에게는 안 맞나 봅니다. 제가 깜빡했네요."

강화 마법으로 항상 마력을 소비하므로 보유 마력량이 적은 크로이사스는 금방 마력 고갈에 빠진다. 제로스의 방대한 마력이 있어야 비로소 성립하는, 출력만 무식하게 높인 조잡한 무기다.

달리 말하면 이 세계에서 다룰 수 있는 사람이 없다는 뜻이니까 어떻게 보면 안전은 확보됐다고 볼 수 있으나, 안심은 할 수 없다.

마력은 비축할 수 있는 에너지다. 누가 마력 전지라도 개발하면 그 안전도 보장할 수 없다.

뭐, 그런 일은 먼 훗날에나 가능하겠지만…….

"강한 무기에는 강한 마력이 필요하다……. 몸소 깨달았습니다."

"이게 안 되면 다른 것도 마찬가지려나. 그나저나 크로이사스 군, 마력과 체력이 너무 부족하잖아요."

"연구자도 체력이 필요한 시대인가요……. 저도 본격적으로 운동을 해야…….”

“못할 것 같은데? 그럴 시간이 있으면 연구에 몰두하겠죠.”

“반박할 수 없어서 아쉽군요.”

크로이사스는 제로스의 마도총에 약간 유감스러운 기분을 느끼면서도 마나 포션을 받아서 마력을 회복했다.

연구자로서는 아쉬운 현실이었다.

“이번에는 남성화 성별 전환약 제조법만으로 참으세요. 여기저기 정신 팔다 보면 지금 하는 연구에도 소홀해지지 않을까요?”

“두 마리 토끼를 쫓지 말라는 말씀인가요? 그게 좋을지도 모르겠네요……. 어쩔 수 없지, 오늘은 이 정도로 만족할게요. 제게는 너무 일렀나 보군요.”

“오늘은……인가요? 제가 만든 마도총에 그 정도로 미련이 있어요?”

“당연하죠! 개발한 시작품 외에 다른 계통의 마도총이 존재한다구요. 연구자라면 당연히 조사하고 싶죠!”

“기본은 똑같은데……. 아차, 깜빡했군. 이게 남성화 성별 전환약 제조법입니다. 만드는 건 자유지만, 주변 사람에게 사용할 생각은 절대 하지 마세요.”

“신신당부하시는군요. 걱정하지 마세요. 적당한 범죄자를 찾아달라고 부탁할 테니까 무고한 희생자는 없을 겁니다. 아마노…….”

“아마도?! 크로이사스 군, 지금 아마도라고 했죠?!”

자세한 이야기를 들으려고 했지만, 제조법을 받은 크로이사스는 상당히 들떴는지 남의 이야기를 듣지 않았다.

쿨한 외모는 무참하게 무너지고 기쁨에 겨워 거의 춤추다시피 떠나갔다. 인사도 없었다.

이런 상태에서는 쫓아가도 소용없을 것이다.

위험한 인물에게 위험한 제조법을 넘겼다고, 아저씨는 살짝 후회했다.

"나랑은 상관없지만, 시작품 마도총을 두고 갔네……."

크로이사스가 떠난 뒤, 그 자리에는 시작품 마도총이 남아있었다.

눈앞에 연구 대상이 있으면 바로 다른 일은 잊어버린다. 그것이 크로이사스 반 솔리스테어라는 청년이었다.

아저씨는 틀림없이 기밀 사항일 시작품 마도총을 들고 이것을 어떡하나 고민했다.

제3화 츠베이트, 크리스틴을 제로스의 집으로 안내하다

츠베이트는 크리스틴을 제로스에게로 안내하는 중이었다.

구시가지로 걸어가던 두 사람은 왠지 도중부터 대화가 끊기고 말았다.

그 이유는…….

'안 좋아…… 대화가 끊겼어. 처음에는 할아버지와 사가스 선생님 이야기로 대화가 이어졌지만, 생각해보면 여자와 이렇게 같이 걷는 건 처음이야. 뭔가 화제를 꺼내지 않으면 어색해지는데.'

'대, 대화가 멈춰버렸어……. 무슨 이야깃거리 없나?! 내가 꺼낼

화제는 검이랑 검이랑 검…… 검술 관련밖에 없어~! 어색해…… 어쩌지?'

이 두 사람은 이성과 데이트 같은 건 해 본 적이 없었다.

츠베이트는 여자친구 없는 햇수=나이였다. 한 번은 첫눈에 반한 사람도 있지만, 세뇌 마법의 영향으로 콧대가 하늘을 찌를 때였다. 즉, 여성과 거리를 거니는 경험은 이번이 태어나서 처음이었다.

그건 크리스틴도 마찬가지였다. 기사 가문의 후계자로서 부지런히 수행한 결과, 이성을 진심으로 의식한 건 이번이 처음이었다.

두 사람은 어색한 침묵을 이어갔지만, 주변 사람들에게는 풋풋한 커플로 보인다는 사실을 알지 못했다.

가끔 츠베이트를 아는 사람들(특히 아줌마)은 힘내라며 말을 걸기도 하나, 당황한 두 사람은 무슨 의미인지 이해하지 못했다.

이 시간의 흐름마저 느릿하게 느껴지는 침묵은 한 인물의 등장으로 깨졌다.

"오, 동지잖아. 이런 곳에서 다 만나네."

"에, 에로무라?! 너, 구시가시에서 뭐 해?"

"나? 아~, 내가 노예로 전락하면서 용병 자격을 박탈당했잖아? 이번에 용병 자격을 다시 얻어서 새로 장만한 장비를 받으러 왔어."

"장비? 그 초보용 장비 말이야?"

"그래."

에로무라가 몸에 걸친 것은 싸구려 가죽 장비. 평상시 입던 풀 플레이트 아머가 아니었다.

가격도 그다지 비싸지 않을, 누가 봐도 신출내기가 몇 달 저금하면 살 수 있을 수준의 장비였다. 에로무라의 실력에는 어울리지 않는 물건이었다.

“왜 초보용 장비를 입어? 네 풀 플레이트는 어쩌고?”

“너무 좋은 장비를 입고 다니면 시비를 거는 무서운 사람들이 많아서 말이야……. 상대해 주기도 귀찮아서 저렴한 장비로 바꿨어.”

“그럼 용병 자격을 다시 따서 뭘 할 생각이야?”

“훗…… 나는, 던전에 만남을 추구하러 간다!”

“뭐어어?!”

또 바보 같은 소리를 꺼낸 에로무라에게 츠베이트는 당혹감을 느꼈다.

그는 생각했다. 『던전에서 무슨 만남이 기다린다는 거야? 신종 마물인가?』라고.

“당일치기로 갈 수 있는 거리에 던전이 있다고 들었어. 이름이 아항♡ 마을이었던가?”

“아한이겠지. 거기는 폐광밖에 없었을 텐데…… 설마.”

“그래! 그 폐광이 던전이 됐다고 해. 지금은 휴가니까 잠깐 가서 헌팅 좀 하고 올게.”

“만남이라더니 여자가 목적이었냐! 던전에서 뭘 바라는 거야, 이 바보가…….”

던전은 용병들의 꿈과 욕망, 그리고 범죄가 들끓는 마굴이었다.

어떤 사람은 생활을 위해 돈이 되는 재료를 구하고, 어떤 사람은 던전에서 발견되는 다양한 무기나 도구를 찾고, 또 어떤 사람은 꿈을 좇는 사람들을 던전에서 덮쳐 전리품을 빼앗는다.

전자 둘은 괜찮지만, 후자는 피해자의 시체조차 던전에 흡수되기 때문에 완전 범죄가 성립된다. 용병 길드가 가장 경계하는 불법 행위였다.

그런 곳에 헌팅을 하러 가는 에로무라의 머리를 도통 이해할 수 없었다.

"너 인마…… 던전은 분명 얻는 것도 많지만, 그 이상으로 위험한 곳이야. 그런 곳에 여자 꼬시러 가는 건 정상이 아냐."

"애인이랑 알콩달콩 데이트하는 배신자에게 듣고 싶지 않아! 나는…… 나는 애인이랑 야한 짓을 하고 싶다고!"

"감탄스러울 만큼 성욕에 솔직하네! 어떤 의미로는 참 존경스럽다."

여자친구 없는 햇수=나이는 에로무라도 똑같았다.

그 영혼의 외침은 가슴을 울리지만, 동의할 수 있느냐면 딱히 그렇지는 않다.

굳이 헌팅을 하러 위험한 장소로 가겠다니? 에로무라가 던전을 우습게 본다고밖에 생각할 수 없었다.

마물도 나오고 함정이 수도 없이 설치된 곳에서 헌팅이 될 리가 만무했다.

애초에 던전은 인간과 마물, 혹은 던전 자체와 목숨 건 싸움이 반복되는 각축장이었다.

"괜찮아. 백발 소년도 이리저리 구르다 보니까 여자를 꼬시더라고. 어쩌면 나한테도 생길지 모르잖아? 목표는 하렘!"

"누구야, 그 소년은……. 아니, 그보다 엘프는 어쩌고? 너, 엘프

일편단심이라고 하지 않았어?"

"동지…… 꿈은 언젠가 깨게 마련이야. 아무리 찾아 헤매도 엘프가 없다면, 나는 평범한 사랑이 하고 싶어. 가능하면 만나서 바로 야한 짓까지 할 수 있는, 얄팍한 사랑을……."

"창관에나 가! 그리고 엘프라면 근처에 많잖아?"

"……어? 정말? 어디?"

"저기……."

츠베이트가 가리킨 곳에는 아이를 가진 부모가 걷고 있었다. 아주 평범한 가족이었다.

에로무라의 눈에는 도무지 엘프로 보이지 않았고, 그렇게 생각할 수도 없었다.

"……평범한 사람이잖아?"

"아니, 저 가족이 엘프라고."

"귀가 뾰족하지 않은데?"

"그건 하이 엘프지. 그런 고위 종족이 이런 곳에 있겠냐! 참고로 평범한 엘프의 생김새는 인간과 별 차이가 없어. 상식이잖아."

"사기야아아아아아!"

그렇다. 이 세계의 엘프는 상위종인 하이 엘프를 제외하면 귀가 뾰족하지 않았다.

라이트 노벨에 등장하는 엘프를 꿈꾸던 에로무라가 분간할 수 있을 리 없었다.

차이라고는 흰 피부와 수명뿐이고, 겉모습이 평범한 인간과 다르지 않기 때문이었다. 하나 더 특징을 꼽자면 인간보다 마력량이 많다는 점이리라.

어린 엘프라도 인간 고위 마도사에 버금가는 마력을 보유했다.

인간에 비해 수가 적고, 엘프에 관한 지식이 있어도 마력 감지 능력이 뛰어나지 않으면 눈치채지 못할 수준이었다.

이 조건이라면 마력 감지 능력이 뛰어난 에로무라는 엘프를 알아볼 만도 하건만, 그는 주의력이 산만하고 평상시부터 마력을 감지하지는 않는다.

마도사가 아니라서 자동으로 마력 감지를 하지 못하고, 일반 엘프를 알아보지도 못하니까 기를 쓰고 찾아다닌들 무슨 소용이겠는가.

반면, 츠베이트는 마도사라서 방금 지나간 가족이 방출하는 마력으로 엘프라는 사실을 알았다.

에로무라는 전에 미스카가 하프 엘프라고 간파했지만, 하프 엘프는 귀가 조금 뾰족하다는 특징이 있어서 우연찮게 알아봤을 뿐이었다.

예리한 듯하면서도 덜렁이는 사나이. 그것이 에로무라였다.

“저러면 인간이랑 다를 게 없잖아……. 내 꿈…… 내 꿈을 돌려줘.”

“꿈은 깨게 마련이라며. 말 바꾸지 마.”

“이렇게 된 이상…… 동지처럼 빵빵한 애를 꼬셔서 매일 음탕한 밤을 보낼 테다!”

“에로무라…… 너, 길 한복판에서 그런 부끄러운 소리를 잘도 외친다? 그리고 크리스틴한테 예의 좀 차려!”

“남자는 전부 거유를 좋아해! 동지도 그렇게 생각하잖아?”

“……뭔가 전에도 비슷한 말을 들은 것 같은데.”

전에 어디 사는 누군가에게 들었던 말에 인상을 찌푸리지만, 그보다도 난데없이 빵빵하다느니 몸매를 평가받은 크리스틴이 더 신경 쓰였다.

에로무라의 발언은 귀족에게 큰 무례였다.

즉석에서 처형당해도 할 말이 없을 정도였다.

조심스럽게 크리스틴 쪽으로 눈길을 돌리자, 크리스틴은 얼굴이 새빨개져 있었다.

'애, 애인? 내내내…… 내가 츠베이트 님이랑? 그보다 빵빵? 남자는 전부 큰 가슴을 좋아해? 그렇다면 츠베이트 님도…… 설마? 으아아?!'

다른 방향으로 반응해서 혼란에 빠져 있었다.

크리스틴은 또래 여자들보다 발육이 조금 좋았다.

에로무라 같은 바보가 그것을 놓칠 리 없었고, 길거리에서 갑자기 소리치는 바람에 그녀는 수치심과 혼란에 휩싸이고 말았다.

가뜩이나 츠베이트의 애인이라는 말에 동요했는데, 이어진 말로 단숨에 감정 허용치가 초과되어 눈이 핑핑 돌았다.

"봐. 네가 성희롱 발언을 연발하니까 당황했잖아."

"동지…… 남자는 대놓고 밝히는 쪽이 인기가 좋아. 내가 아는 소설 주인공들은 성에 한없이 개방적이고 사고로 야한 짓도 많이 했는데 하렘을 차렸다고. 그래서 짜릿해! 동경하게 돼!"

"아니, 현실적으로 생각해. 그건 그냥 변태거나 위험인물 아니야?"

"아닌 척하는 스토커보다는 낫잖아~?"

"이야기 속 주인공처럼 인기를 끌 리 없잖아. 제발 현실을 봐라. 길

한복판에서 성희롱 발언을 쏟아내는 인간한테 여자가 다가오겠냐?"

"……."

현실을 들이밀자 에로무라는 말이 없어졌다.

욕망에 몸을 맡겨 비정한 현실을 잊으려고 했을 뿐인지, 아니면 마음 한편으로는 현실을 직시하고 있었는지 츠베이트에게 반박하지 못했다.

하지만 그는 당당하게 여탕을 훔쳐보는 바보였다.

비록 현실이 비정해도 충동만으로 움직이는 하반신 생물이다.

"후~, 그래. 현실은 비정해. 하지만 그런다고 포기할 수 있어? 꿈은 내 욕망에 따라 좇아야 하잖아! 나는, 나는 하렘 왕이 되겠어! 두고 봐, 동지. 반드시 눈이 휘둥그레질 미녀를 잡아올 테니까! 흐하하하하하하……."

그러더니 쌩하니 달려가 버렸다.

도플러 효과로 들리는 웃음만 남긴 채, 그는 성욕을 가슴에 품고 욕망이 향하는 대로 내달렸다.

"……잡아온다고 말한 시점에서 범죄잖아. 저러다가 또 노예가 되는 거 아냐?"

"굉장히, 개성적인 사람이네요……. 츠, 츠베이트 님은 저런 친구가 많으신가요?"

"……요즘 내 주위에는 구제불능인 멍청이들만 있는 게 아닐까, 라는 생각이 들기 시작했어. 친한 친구라고 생각했던 녀석도 집착증으로 예비 스토커가 됐고, 경호원이란 녀석은 부끄러운 줄도 모르고 음담패설을 당당히 내뱉는 바보…… 같은 공작가 후계자 중에도 무책임한 녀석이 있지. 슬슬 인간관계를 다시 생각해야겠다고 진지하게 고민 중이야."

"지금 그분도 나쁜 사람은 아닌 것 같지만…… 음? 저기 계신 분은 크로이사스 님 아닌가요?"

"뭐?"

크리스틴이 눈길을 돌린 곳에서 크로이사스가 춤추다시피 건물 모퉁이를 돌아 나오고 있었다.

집 밖으로 거의 나오지 않는 크로이사스가 구시가지에 있는 것 자체도 별나지만, 지금은 상태가 이상했다.

양손으로 종이 한 장을 들고 신이 난 것처럼 경쾌하게 댄싱…….

공작가의 차남이라고는 생각할 수 없는 방정맞은 모습에 츠베이트는 창피함을 감출 수 없었다.

크리스틴에게 보여주고 싶지 않은 장면을, 그것도 하필 단둘이 있을 때 목격하고 말았다.

"……못 본 거로 하지."

"네? 그래도 크로이사스 님이죠? 말이라도 걸어야 하지 않나요?"

"크로이사스라서 그래……."

그렇다. 친동생이라서 말을 걸고 싶지 않았다.

그뿐 아니라 지금 당장 이곳에서 전력으로 도망치고 싶었다. 가능하다면 기억을 지우고 싶을 만큼 동생의 추태가 부끄러웠다.

"조금 돌아가지. 지금 저 녀석과 연관되기 싫어……."

"……그러네요. 나도 그래요."

“동조받는 것도, 왠지 괴롭네…….”

행복해 보이는 크로이사스를 무시하고, 두 사람은 다른 길로 돌아서 제로스의 집으로 향했다.

그래도 머릿속에 새겨진 바보 같은 동생의 모습이 지워지지 않았다.

한편, 자신의 추태를 깨닫지 못하는 크로이사스는 발레 댄서처럼 폴짝폴짝 뛰며 홀로 솔리스테어파 공방으로 갔다.

지나가는 아이들에게 손가락질당하며…….

훗날 츠베이트는 말한다.

『그때는 정말로 혈연이라는 사실이 부끄러웠어. 공작가의 체면에 먹칠을 하는 추태였지……. 보고 싶다고? 좋겠네, 남의 일이라고 웃을 수 있어서. 나는 죽고 싶었다고……. 왜 내가 이런 기분을 맛봐야 해?』라고.

그와는 별개로 솔리스테어 공작가의 명으로 모인 중범죄자들은 남자인지 여자인지 모를 모습이 되어 감옥에 돌아갔다고 한다.

그 죄수들이 감옥에서 여러 사고를 쳤다고 하지만, 당시 기록은 어느 자료에도 남아있지 않았다.

단 한마디, 그 감옥의 간수가 쓴 보고서에 『중성…… 무서워』라고만 남아 있었다고 전해진다.

◇ ◇ ◇ ◇ ◇ ◇ ◇

잠깐의 해프닝이 있었지만, 츠베이트와 크리스틴은 무사히 제로스 집에 도착했다.

하지만…….

"여기가…… 제로스 씨의 댁인가요?"

"그래…… 스승님 집이지. 그런데……."

이곳 집주인은 상식을 초월했다.

그리고 두 사람은 당연하게도 비상식적인 광경을 목격했다.

"꼬꼬오오오오오오~!(왜 그러지? 겨우 그 정돈가!)"

"아니야, 아직 안 끝났어……. 열풍 2격, 【쌍풍인】!"

진화종인지 아종인지 모를 꼬꼬와 검을 나누는 하이 엘프 같은 소녀와—.

"고기고기고기고기고기고기고기고기고기고기!"

"오오?! 카이 군, 오늘 러시 공격은 매섭네요."

—통통한 소년과 대련을 하는 아저씨 마도사. 게다가…….

"큭, 뭐가 진짜 센케이 사범님이지……."

"죠니, 조심해. 왠지 이 잔상에는 실체가 있는 느낌이 들어."

"라디, 센케이 사범님만 신경 쓰면 우케이 사범님이 와! 방심하지 마!"

"꼬꼬…….(우리의 신기술. 이름하여【잔영계익진】.)"

"꼬꼬댁!(안제 말대로 허점투성이군. 발아래 방어가 비었어!)"

""""으아아아아아아아아악?!""""

두 꼬꼬의 공격에 날아가는 죠니, 라디, 안제.

그런 혼란스러운 훈련장 옆에서 질서 있게 늘어서서 품새 연습을 하는 꼬꼬&병아리들.

여기서는 흔한 일상이라도 처음 보는 사람에게는 경악스러운 세계였다.

“꼬꼬가 저런 무술가였나요?”

“스승님이 훈련시켰더니 저렇게 됐대. 뭘 어떻게 훈련했는지는 모르겠지만.”

고기에 인생을 건 소년을 가벼운 발차기로 살짝 튕겨낸 뒤, 회색 로브의 아저씨가 마침내 츠베이트와 크리스틴을 발견했다.

“츠베이트 군이 우리 집에 다 오고, 별일이네요.”

“스승님…… 항상 이러고 살아?”

“아~, 조금 전까지 대장장이 흉내를 내다가 아이들한테 부탁받아서요. 배우려는 마음이 있어서 보기 좋네요. 그런데 옆에 있는 아이는…… 얼라리?”

아저씨는 낯익은 소녀를 보고『어디서 만난 기분이……. 어디였지?』라고 생각하며 고개를 갸웃거렸다.

“오랜만에 뵙겠습니다, 제로스 씨. 그날 구해주셔서 정말로 감사드려요.”

“아, 혹시 앗흥 마을에서 만난…….”

“아한이겠지. 그리고 잊었던 거야?! 크리스틴은 생명의 은인이라고 말하던데…….”

“구하기는 했지만, 감사를 받을 정도는 아닌걸요. 채굴하러 간

김에 도왔을 뿐이니까요. 던전에서는 자주 있는 일이라서 신경도 안 썼어요."

"그래도 내게는 생명의 은인이세요! 그때는 인사를 드리려고 했는데 제로스 씨는 이미 돌아가신 뒤였어요."

"잊었던 일인데요, 뭘. 굳이 힘들게 오실 필요 없었는데."

"스승님…… 크리스틴도 귀족이야. 스승님이 마음에 두지 않아도 목숨을 구해준 사람에게 정성을 보이는 건 당연해. 게다가 체면도 있고."

"감사 인사라면 지금 받았으니까 그렇게 부담스럽게 생각할 필요 없어요. 보답을 바라고 한 행동도 아니었고요."

아저씨가 크리스틴을 구한 것은 우연히 마주쳤기 때문이라서 딱히 감사를 받을 정도는 아니었다.

그리고 감사라면 호위 기사들에게 충분하고도 남을 만큼 들었다.

크리스틴의 감사는 기쁘게 받겠지만, 그 이상의 대가를 바랄 생각은 없었다.

"하지만 말만으로 끝낼 수는 없어요. 자작가로서 할 수 있는 일은 하고 싶어요."

"던전의 상식으로는 조난자를 구할 수 있는 실력자가 있을 경우, 그곳에 있는 사람의 의사와 재량으로 구조 여부를 결정한다. 그쪽을 구한 건 제 변덕이고, 그쪽의 운이 좋았을 뿐이죠. 여기서 보답을 바라는 건 너무 생색내는 기분이에요. 그때 호위 기사들에게도 여러 번 감사를 들었으니까 더 바라면 제 품위와 체면이 깎여요. 방금 그 한마디면 충분합니다."

“하지만…….”

“스승님이 넘어가자고 말하잖아. 깎일 품위가 있는지는 둘째치고, 계속 물고 늘어지면 스승님의 선의를 무시하는 꼴이야. 이 이야기는 여기서 끝내.”

“츠베이트 군…… 은근히 심한 말을 하네요. 아저씨의 유리 멘탈이 상처받잖아요. 다이아몬드만큼 단단한 유리지만.”

““그건 무지막지하게 뻔뻔하다는 뜻 아닌가(요)?””

“다이아몬드는 쉽게 흠집 나지 않지만, 의외로 싱겁게 부서지거든요.”

아저씨도 어디 내세울 만한 지위나 체면 따위 없는 사람인지라 츠베이트의 발언은 신경도 쓰지 않았다. 그러면서 뻔뻔하게 섬세하다고 어필했다.

그보다도 공작가 도련님이 친히 그녀를 안내한 점에 호기심이 들었다.

“크리스틴 양을 안내한 이유는 인사 때문인가요? 그것뿐이라면 츠베이트 군이 직접 안내할 필요는 없을 텐데, 혹시 다른 부탁이라도 있나요?”

“예리하네……. 부탁은 크리스틴이 스승님과 채굴한 물건에 관한 거야.”

“물건?”

“……오리하르콘이에요. 가공할 수 있는 대장장이를 찾아봤지만, 아무도 다루지 못해서 곤란하던 참이에요.”

“아…… 검을 제작할 광석을 캐러 왔다고 하셨던가? 그래서 오리하르콘을 발견해서 가져가셨죠, 아마?"

"내가 쓸 검은 미스릴로 만들었지만, 가보가 될 검도 있으면 좋겠다 싶어서요. 오리하르콘을 다룰 수 있는 대장장이를 찾고 있었어요."

하지만 오리하르콘을 다루는 대장장이는 끝내 찾지 못했고, 우여곡절 끝에 제로스에게 온 것이었다.

그 사정을 들은 제로스는 머릿속으로 순식간에 생각을 정리했다.

안 그래도 힘들여 대장간을 만들었는데 별로 재미를 보지 못하던 차였다. 그런 그때 때마침 찾아온 희귀 재료 오리하르콘.

이 정도면 두들기는 보람이 있다. 오히려 온 힘을 다해 검을 만들고 싶다는 충동에 휩싸였다.

이번에는 마도 연성이 나설 차례가 없을 듯했다. 마도 연성으로 만든 검은 성능이 떨어져서 처음부터 아저씨의 선택지에는 들어가지도 않았다.

"가보라……. 재료는 철인가요? 아니면 미스릴? 아다만타이트도 있지만, 그러면 무게가 무거워져서 영~. 검은 양손검? 아니면 한손검이 나으려나?"

"만들어주시나요?!"

"해드리죠. 조금 전에도 시험 삼아 검을 만들어 봤는데, 흥이 나지 않아서 도중에 때려치웠어요. 뭐랄까…… 아주 정신 나간 무기를 만들고 싶었거든요."

"스승님…… 뭘 만들 생각이었어? 화내지 않을 테니까 솔직히 말해봐."

“비밀입니다. 두들기는 도중에『어라? 이걸 만들면 위험하지 않나? 사용자를 죽일지도 모르니까 그만두는 편이 나을지도』라는 생각이 들었다고만 말해두죠.”

“엄청 위험한 물건을 만들려고 했어?!”

평소에는 억누르지만, 가끔은 상식을 초월한 무기를 만들고 싶어지는 모양이었다.

판타지 세계에 온 뒤로 자제했던 아저씨는 이 세계에 익숙해지면서 머리의 나사가 느슨해지기 시작했는지도 모르겠다.

건 블레이드에 바이크, 더 나아가 마도총과 자동차까지 제작해 놓고 이제 와서 자제했다고 하는 것도 우습지만…….

“그래서, 얼마나 정신 나간 성능을 원하죠? 휘두를 때마다 주변이 파괴될 만큼 강력한 검? 다짜고짜 벼락을 떨어뜨리는 검? 칼집에서 뽑으면 광범위 마법을 난발해서 멈추지 않는 검?”

“그거…… 사용자가 제어할 수 있나요?”

“못 하지 않을까요?”

“이 사람한테 부탁해도 될까?”

아저씨는 사용자 편의성 따위 전혀 고려하지 않았다.

이런 인물에게 검 제작을 의뢰해도 괜찮을까. 두 사람은 진심으로 불안해졌다.

“평범한 숏 소드로 해주세요…….”

“정신 나간 추가 능력은요?”

“필요 없어요!”

“왜 묻는 거야? 평범하게 생각해. 위험한 기능을 바랄 리가 없잖아?”

“……쳇. 평범한 검이라~. 흥미가 안 생기네. 앗, 몰래 웃긴 기능을 추가해둘까.”

““생각이 입 밖으로 새거든요?!””

특수 능력이 필요 없냐고 끈질기게 묻는 아저씨에게 크리스틴은 『이상한 능력은 없어도 돼요!』라고 필사적으로 거부 의사를 밝혔다. 제로스는 결국 못내 떨떠름한 표정으로 오리하르콘만 받아들었다.

그리고 대장간으로 들어가기 전에 저녁에 가지러 오라고 말한 뒤 문 너머의 어둠 속으로 사라졌다.

츠베이트와 크리스틴은 생각했다.

『검이 그렇게 빨리 만들어지던가?』라고.

두 사람이 의문을 가지는 사이, 대장간의 굴뚝으로 연기가 피어오르기 시작했다.

제로스가 대장간에 틀어박힌 뒤, 츠베이트와 크리스틴은 남은 시간을 솔리스테어 별장에서 보냈다.

그때, 서고에 꽂힌 장밋빛 소설이나 백합이 흐드러지게 피는 얇은 책을 집어든 크리스틴이 새빨간 얼굴로 패닉에 빠지는 해프닝도 있었다.

그러는 사이 저녁이 되어 두 사람은 다시 제로스의 집을 찾았다.

“오, 기다렸습니다. 생각보다 늦었네요. 여기, 희망하신 오리하르콘 검입니다.”

““…….””

마중 나와준 제로스가 손에 든 검을 보고 두 사람을 할 말을 잃었다.

그것은 검이라고 하기에는 너무 컸다.

크고, 무겁고, 단단하고, 두껍고…… 검이 맞는지조차 의심스러웠다.

“이거면 와이번도 한 방에 뎅겅입죠♪”

““아니, 뭘 만든 거야?!””

칼날만 거의 5미터. 무게는 잴 필요도 없이 초중량.

심지어 디자인은 어찌나 흉악스러운지 마왕의 검이라고 해도 믿을 만큼 사악했고, 보고도 믿지 못할까 봐 소름 끼치는 마력까지 풀풀 내뿜고 있었다.

무엇보다 이런 초중량 무기를 휘두를 수 있는 사람이 세상에 얼마나 있겠는가.

한 손으로 가뿐히 드는 아저씨가 비정상이었다.

그 이전에 이런 검이 가보라면 어디 가서 자랑하지도 못한다.

“농담 한번 해봤습니다. 일상에서 소소한 자극을 바라는 아저씨 회심의 개그예요.”

“안 웃겨!”

“다행이다……. 이런 비상식적인 검이 가보라면 사람들한테 보여주지도 못해요.”

“이건 이거 나름대로 가보가 되지 않을까요?”

“특수한 유래나 사정이 있다면 그렇겠지! 보통은 검을 이 모양으로 의뢰하는 사람의 인격이 의심받아.”

“제가 괴짜 인격 파탄자라도 된다는 말씀이신지? 나만큼 상식적인 사람이 어디 있다고 그런 망발을.”

““그런 농담을 진지하게 하는 것만으로 충분히 괴짜야(예요)!””

느긋한 일상에 자극을 바라는 아저씨 회심의 농담은 불발로 끝났다.

쓸데없는 일에도 최선을 다한다. 그것이 섬멸자다.

“진짜는 이겁니다. 생김새는 평범한 검이지만, 절삭력과 내구도에 무게를 뒀죠.”

“앗, 정말로 평범하게 생겼네요.”

“장식 하나 없고 디자인도 구식이군.”

제로스가 건넨 숏 소드는 어떤 장식도 없는 투박한 검이었다.

칼집에 다소 장식이 들어가기는 했지만, 손잡이에는 전혀 없었다.

하지만 크리스틴이 검을 뽑자 왜 그런 디자인인지 이해할 수 있었다.

“아름다워…….”

“이건……. 이 칼날에 장식은 품위를 해치겠군.”

“그렇죠. 오리하르콘이 더해지면 검의 잠재력은 크게 상승합니다. 그만큼 대장장이의 실력을 시험받지만요. 광물 배합을 틀리면 단순한 고철이 되거든요.”

칼날이 은백색으로 빛나고, 빛이 비치는 각도에 따라서는 무지

개색 광택을 발했다.

검에 마력을 부여하자 깜짝 놀랄 만큼 부드럽게 마력이 퍼져 나갔다. 마치 전설의 성검이라도 든 기분이었다.

마력을 띤 검은 너무나도 신성했다.

츠베이트의 말대로 이 검에 덕지덕지 붙은 장식은 품위를 해칠 뿐이다.

여담으로 가격표가 달려 있었고, 무척 양심적인 가격이었다.

제로스 왈『심심풀이가 됐고, 특수 효과도 없는 검에 높은 값을 매길 수는 없다』라고 한다.

아저씨의 기준이 무엇인지 도무지 알 수 없었다.

"참고로 한 자루 더 있어요. 디자인은 전에 수리한 검을 모방했는데, 어떻습니까?"

"롱 소드라……. 내가 감히 평가하자면 둘 다 국보급이야. 이걸 폐하께 헌상할 수 있다면 기사에게는 최고의 명예겠지."

"기사검…… 이건 폐하께 헌상하는 편이 낫겠네요. 우리 같은 자작가에 둘 물건이 아니에요."

"그러면 아버지에게 말해둘까? 지금 당장 돌아가서 말하지 않으면 언제 만날 수 있을지 몰라."

"워낙 바쁜 사람이니까요…… 앗."

이 순간, 아저씨는 떠올렸다. 크로이사스가 두고 간 물건을…….

서둘러 대장간으로 돌아가서 그것을 들고 돌아왔다.

"츠베이트 군, 가는 김에 부탁 좀 합시다……. 마도총(이것)을 크로이사스 군이나 델사시스 공작님께 돌려주지 않을래요? 오늘 아침에 크로이사스 군이 깜빡하고 두고 갔거든요."

"푸흡?! ……멍청이가."

마도총은 최고 기밀로 분류된다.

그 시작품을 제로스에게 받은 츠베이트는 자기도 모르게 신음했다.

군사 기밀인 무기를 잊고 가는 크로이사스의 무책임함에 머리가 지끈거렸다. 가족이라서 더욱 창피했다.

제로스가 보관해서 망정이지, 다른 나라의 손에 넘어갔다면 최악의 시나리오가 될 뻔했다.

"이건 그 바보의 실수야. 스승님 집이라서 다행이야……."

"저도 크로이사스 군에게 어떤 제조법을 넘긴 책임이 있으니까요. 설마 그 정도로 들뜰 줄은 몰랐어요."

"연구밖에 모르는 바보잖아. 스승님과 천천히 이야기를 나누고 싶지만, 이거 때문이라도 빨리 돌아가 봐야겠어."

"이게 뭐죠? 무기인가요?"

"……지금은 모르는 편이 나아. 오히려 잊는 게 신상에 이로워."

"네?"

마도총을 모르는 크리스틴은 당혹스러운 표정을 지었다.

츠베이트는 그 모습에 순간 가슴이 두근거렸지만, 사태의 중요성을 되새기고 정신을 차렸다.

크리스틴이 믿을 만한 사람이라 해도 아직은 마도총이 알려지면 위험했다.

일단 군사 기밀이라고만 전해두고 급히 저택으로 돌아가려고 했다.

크리스틴도 『감사합니다. 검 제작비는 가까운 시일 내에 반드시 지불할게요』라는 말을 남기고 츠베이트와 함께 돌아갔다.

그런 두 사람을 배웅한 제로스는—.

"만들다가 여러 아이디어가 번뜩였으니까 진심으로 검을 만들어 볼까."

—그렇게 말하고 다시 대장간으로 들어갔다.

아저씨의 대장장이 혼에 불이 붙은 것이다.

그로부터 약 3일간 대장간에 틀어박혔지만, 아저씨가 무엇을 만들었는지는 밝혀지지 않았다.

다만, 세상에 내놓을 수 없는 성능을 부여했다는 것만은 확실했다.

제4화 에로무라의 수난과 성법 신국의 용사

『나는 만남을 추구하러 던전에 간다!』라고 큰소리친 에로무라는 홀로 아한 마을까지 왔지만, 현실적으로 그런 일이 벌어질 리 없었다.

아니, 아예 없지는 않겠지만, 용병이 던전에 출입하는 주된 목적은 돈이었다. 용병이라는 인종은 대부분은 생활고에 허덕이기 때문이다.

확고한 신뢰를 쌓은 용병이라면 귀족이나 상인 호위 의뢰만으로도 먹고살 수 있지만, 반대로 그에 상응하는 실력이 없으면 토벌 의뢰로도 이익을 낼 수 없는 것이 현실이었다.

에로무라처럼 흑심만 품고 던전에 오는 사람은 상식적으로 있을 리 만무했다.

괜히 초보용 장비로 온 탓에 헌팅을 해도 완곡하게 거절당할 뿐이었다.

장비 수준이 실력을 보여주는 척도가 된다는 사실을 잊고 있었다.

'나는 행복할 수 없어…….'

에로무라는 부조리한 현실을 저주했다.

귀여운 미소녀 신출내기 용병이나 호쾌한 누님 용병과 함께 던전 탐험에 나설 예정이었지만, 현실은 흉악한 인상의 우락부락한 남자 네 명에게 둘러싸여 있었다.

"핫핫하, 그렇게 불안한 표정 짓지 마. 우리는 이렇게 보여도 숙련자라고."

"던전이 된 이 갱도도 몇 번 들어갔었지. 너무 걱정하지 마."

"실컷 즐겨 볼— 어이쿠, 우리가 지켜준다니까~."

"그래. 마음 푹 놓고 따라와."

초보용 장비를 장만한 것이 오히려 독이 됐다.

여자 용병들은 약해보이는 에로무라를 거들떠보지 않았고, 결과적으로 친절한 아저씨 용병밖에 동료가 되어주지 않았다.

더 정확하게 말하면, 그들이 먼저 접촉해왔다.

'좋은 사람들일 텐데, 뭐지? 왠지 기분이 이상하네…….'

언뜻 보면 무섭게 생겼지만 친절한 아저씨들에게 에로무라는 왠지 묘한 위기의식을 느꼈다. 너무 친절한 점이 도리어 수상쩍었다.

필요 이상으로 친근하게 구는 느낌이 드는 것이다.

가끔 몸을 만지거나 에로무라를 보는 눈매가 순간적으로 사냥감을 보듯 날카로워지는 등 믿음이 가지 않았다.

초보자를 털어먹는 악질 용병일 가능성도 고려해 에로무라는 경계심을 키웠다.

바보 같은 에로무라에게도 그런 위기감은 있는 모양이었다.

"아마 이쪽이었지?"

"맞아. 그리고 비밀 문으로 들어가면……."

"여기는 좋은 곳이지. 여러 의미로 최고야."

"최고의 스릴을 맛볼 수 있다고. 키히히……."

약한 마물은 용병들에게서 도망쳐서 갱도를 나아가는 속도는 생각보다 빨랐다.

그리고 바위벽으로 위장된 비밀 문으로 들어가자, 그곳은 아무것도 없는 조그만 방이었다.

점점 더 안 좋은 예감이 들었다.

"이봐, 여기는 아무것도 없잖아?"

"그렇지. 아무것도 없지."

"우리 말고는, 말이야……."

"그렇게 초조해할 것 없어. 시간은 많아."

"히히히……."

웃음소리와 동시에 문이 닫히는 소리가 났다.

그것을 듣자마자 네 남자가 조용히 장비를 벗기 시작했다.

"서, 설마…… 당신들."

"핫핫하, 눈치챘다면 이 말을 해야겠군……."

“““““하지 않겠는가?”””””

“앗, 초보자 사냥꾼이 아니라서 다행이다……가 아니라, 그쪽 취향이었냐!”

네 사람 모두 그쪽 사람이었다.

심지어 질서정연하게 1열 횡대로 서서 남자다운 표정을 짓고는, 입을 모아 절대로 듣고 싶지 않은 말을 했다.

“안 좋은 예감이 들었어! 초보자 사냥이라고 하기엔 눈초리나 태도가 이상했고, 생각하고 싶지 않았지만 분위기가 리사구르 마을에서 만난 녀석과 비슷했어!”

“뭐, 뭐라고?”

“설마 너도 놈과 만났어?!”

“이런 우연이…….”

“맙소사. 놈과 만난 사람들은 서로 이끌릴 운명인가…….”

남자들은 경악했다.

그 반응을 보면 아무리 에로무라라도 알 수 있었다.

“드, 듣고 싶진 않지만 서, 설마 당신들…….”

“““““그래, 우리는 그 자식의…… 피해자야.”””””

“정말로?!”

에로무라가 만난 녀석이란, 리사구르 마을에서 엿보기에 실패하고 감옥에 갇혔을 때, 그 직후 같은 감옥에 들어온 남자를 말한다.

그는 에로무라를 포함한 학생들에게 관계를 가지자며 접근했고, 좁은 감옥 안에서 하룻밤 내도록 술래잡기가 벌어졌다. 떠올리고 싶지도 않은, 쓰디쓴 흑역사였다. 되살아난 공포의 기억에 등줄기가 오싹했다.

에로무라는 가까스로 소중한 것을 잃지 않았지만, 여기 모인 남자들은 잃은 자들이었다.

“우리도 처음부터 이런 취향은 아니었어…….”

“놈을 동료로 삼는 게 아니었어…….”

“행동이 수상쩍다고는 생각했지만, 그날 야영 중에 놈이 본성을 드러냈고…….”

“우리는…… 장미꽃밭으로 끌려가고 말았어!”

남자들은 눈물을 흘리며 암울한 역사를 회고했다.

흐느껴 우는 그들의 모습이 애처로웠다.

“자기들도 피해자면서, 왜…….”

“잊을 수 없는 기억이었어……. 악몽도 여러 번 꿨지.”

“하지만 그때의 상실감이…….”

“이 몸에 새겨진 쾌락의 기억이…….”

“우리를 새로운 세계로 인도해 버렸어!”

“““““우리는 강제로 눈을 떠 버렸어. 이제 이 길을 계속 달릴 수밖에 없다고!”””””

“그렇다고 남을 덮치면 안 되지?!”

피해자가 가해자로 변한다.

입에 담기도 무서운 **타락**의 연쇄가 탄생한 모양이었다.

“그러니까 이 불행을 나눠 가지자~.”

“겁먹지 마, 눈 딱 감고 있으면 금방 끝나.”

“너, 엉덩이가 예뻐. 어떤 울음소리를 들려줄지 기대돼.”

"천국의 문을 열어 보자고. 어차피 여기선 도망치지 못하니까~."

"허, 헛소리하지 마!"

에로무라는 부리나케 입구로 달려가서 문고리를 잡고 몸으로 밀어붙이지만, 문은 단 1밀리미터도 움직이지 않았다.

때려 부술 기세로 두드려도 꿈쩍하지 않았다. 초조함이 밀려왔다.

"왜, 왜 안 열려?! 들어올 때는 그냥 열렸잖아!"

"이 방은 말이야, 어딘가에 있는 위장된 해제 버튼을 누르지 않으면 문이 안 열려."

"하지만 찾을 여유가 있을까~?"

"진짜 쾌락과 영혼의 해방이 뭔지 알려주겠어."

"히히히⋯⋯ 또 동료가 늘어나겠군. 세계로 퍼져 나가는 사랑의 울타리야~."

"오, 오지 마⋯⋯. 내게 다가오지 마⋯⋯."

에로무라에게 다시 찾아온 순결의 위기였다.

반라로 서서히 다가오는 남자들 앞에서 마음은 공포와 절망으로 물들었다.

에로무라는 리사구르 마을에서 그쪽 사람에게 덮쳐진 공포 때문에 이들에게 이빨 뽑힌 개처럼 주눅이 들었다.

"헤헤헤⋯⋯ 그렇게 떨지 마~, 흥분되는 걸. 혹시 유혹하는 거냐?"

"우리도 이러고 싶지 않지만, 으헤헤⋯⋯ 성욕을 주체할 수가 없거든."

"적어도 상냥하게 남자의 좋은 점을 알려주지. 깨끗하게 포기하고 엉덩이에 힘줘."

"각오는 됐어? Pretty Boy♡"

"그, 그만…… 오지 마! 맞고 싶어?! 어…… 으잉?"

그야말로 절체절명이던 그 순간, 에로무라는 발로 디딘 땅이 사라진 것처럼 갑자기 몸이 붕 뜨는 감각을 느꼈다. 그리고 그는 구멍 속으로 사라졌다.

"뭐, 랜덤 트랩?! 이 방에도 있었나!"

"허니가 떨어졌잖아, 제기랄!"

"이게 웬 날벼락이야? 저 엉덩이는 내 거였는데!"

"대체 몇 층까지 떨어진 거야?!"

랜덤 트랩.

정해진 시간이나 날짜, 혹은 특정 조건으로 발동하는 예측 불허한 던전 트랩의 일종이다. 교묘하게 감추어져 발견하기가 무척 어렵다.

이런 함정은 언제 발동할지 알 수 없고, 많은 던전 공략자들을 가혹한 시련으로 초대한다. 에로무라에게는 전화위복이지만, 이 비밀 방에도 구멍 함정이 설치되어 있었다.

구멍이 연결된 곳은 던전의 중층 구역이었다.

"살았다……. 왜 나만 이런 꼴을 당하는 거야? 내가 무슨 잘못이라도 했어? 이젠 싫어, 이런 인생……."

에로무라는 떨어진 곳에서 자신의 불운에 눈물 흘렸다.

이렇게 에로무라는 순결의 위기에서 벗어났지만, 동시에 던전의 중층에서 자력으로 탈출해야 하는 위태로운 상황에 처하고 말았다.

확장된 던전에서 혼자 빠져나오기는 매우 어려웠고, 산토르로 귀환했을 때 에로무라의 육체와 정신은 피폐해져 있었다고 한다.

던전 안에서 상당히 위험한 꼴을 당했는지, 츠베이트가 사정을 물어도 아무 대답도 없이 눈물만 흘렸다고 전해진다.

묵념—.

메티스 성법 신국의 서쪽으로 이어지는 가도를 따라 수도인 성도【마하 루타트】로 향하는 무리가 있었다.

전원 은색 갑옷을 차려입고, 4신교를 상징하는 광륜 십자기를 든 채 한 치 흐트러짐 없는 대열로 행군하는 성기사단이었다.

"이제 곧 토티카에 도착하겠군……."

그렇게 말한 사람은 이 성기사단을 이끄는 장군이자 최강의 용사에게 주어지는 신성 기사라는 호칭을 받은 이세계인,【카와모토 타츠오미】였다.

【카와모토 타츠오미】,【이와타 사다미츠】,【히메지마 요시노】,【사사키 다이치】,【야사카 마나부】를 오장(五將)으로 추대해 4신교의 최강 병력으로 삼던 것도 이제는 옛날이야기였다.

【이와타 사다미츠】는 이미 이 세상에 없고,【히메지마 요시노】는 다른 용사 몇 명과 함께 행방불명.

【사사키 다이치】는【야사카 마나부】와 함께 성도 주변에서 치안 유지 활동을 했지만, 귀찮은 일을 도중에 내팽개치는 버릇이 있어서 그의 업무 대부분은 사무 능력이 나름대로 뛰어난【야사카 마

나부】에게 떠넘기곤 했다. 너무한 처사였다.

일각에서는 『그냥 마나부 님이 지휘하는 편이 낫지 않아?』라는 말까지 나왔다고 한다.

그의 불행은 계속된다…….

1년 전 알톰 황국과 싸우며 이미 용사를 절반 이상 잃었고, 남은 용사도 전투에 어울리지 않는 1차 산업이나 2차 산업에 종사하는 생산직이었다.

전투를 가장 거절한 사람은 【사사키 다이치】의 지휘하에서 화승총 제작에 종사하던 용사 대장장이 【사사키 마나부】(통칭 사맛치)로, 그는 『못 해! 난 고블린이랑도 못 싸워!』라며 계속 도망쳤고 그 사이에 화승총을 완성한 공적을 【사사키 다이치】에게 빼앗겼지만…… 본인은 신경 쓰지 않았다.

오히려 이것이 기회라는 양 귀찮은 책임자의 자리를 떠넘겼다.

다른 생산직 용사들도 마찬가지라서 현시점에서 국내에 싸울 수 있는 용사는 【카와모토 타츠오미】, 【사사키 다이치】, 【야사카 마나부】밖에 남지 않았고, 이 세 사람에게 몰리는 부담은 커져만 갔다.

타츠오미도 최근 몇 달은 임무로 서쪽 대국인 그라나도스 제국의 국경 방면에 가 있어서 성도의 정보는 전혀 들어오지 않았고, 얼마 전에야 보고서를 확인할 수 있었다.

국경 인근은 치안이 현저히 악화되어 범죄가 횡행하는 탓에 타츠오미가 공연한 일에 정신을 팔리지 않도록 배려 차원에서 정보를 차단했었다고 한다.

"이제 모두 한숨 돌리겠네요. 저도 침대가 그리웠어요, 타츠오미 님.”

“조금만 참아, 릴리스. 이번 여행도 길었지만, 토티카 앞은 마하루타트야. 다 함께 조금만 더 힘내자.”

릴리스라는 이름의 소녀에게 피로가 묻어나는 미소를 지어 보였다.

한때 성녀였던 그녀는 현재 타츠오미의 연인 겸 보좌관이었다.

성녀라는 직업은 회복 마법과 방어 마법의 전문가로, 법황만큼은 아니더라도 신관과 사제에 비하면 두 배 가까이 효과가 뛰어났다.

이런 대규모 원정군에 한 명은 있어야 할 존재였다.

“그런데 타츠오미 님, 성도에서 대신전이 붕괴했다는 보고가 왔었죠? 그리고 이와타 님도 돌아가셨다고…….”

“그게 믿어지지 않아. 이와타는 용사라고 생각하기도 싫은 망나니지만, 절대로 약하지는 않아. 방어력과 힘만은 우리 중 누구보다 강했지. 그만큼 전생자가 강하다는 뜻일까?”

“보고서 하나로는 자세한 내막까지는 알 수 없으니까요. 그리고 꽤 오래전에 돌아가셨다던데…… 왜 이제야 전달했을까요?”

“몰라. 원정 가 있던 우리를 동요시키지 싶지 않았나?”

용사 이와타의 사인은 불명확한 점이 많았다.

전생자와 싸웠다는 사실은 기재되어 있으나, 어떻게 패배했는지 자세한 내용은 생략됐고 수인족이 조직적인 움직임을 보이기 시작했으며 르다 이루루 평원에서는 전생자가 최소 두 명 있었다는 어중간한 정보뿐이었다.

그때 입은 상처 때문에 귀환한 직후 숨을 거뒀다고 하지만, 타츠오미는 이와타가 그런 책임감 있는 인물이 아니라는 사실은 안다.

목숨 걸고 임무를 수행할 성격이 아니라고 장담할 수 있을 정도였다.

"수상해……. 이와타 부대가 괴멸한 건 알겠지만, 그 녀석이라면 그런 상황이 되기 전에 제일 먼저 내뺐을 거야. 실제로 1년 전 전쟁에서는 지휘관으로서 책임을 내팽개치고 도망쳤어."

"……그랬죠."

"게다가 전생자란 자들도 이해가 안 돼. 수인 같은 야만인들에게 가담하는가 싶더니 우리 성법 신국에 협력하는 사람도 있어."

"아……【후(腐) 죠시[#3]】님 말이죠?"

"……그 사람 작품은, 빈말로도 정상이라고 말하기 어렵지만."

전생자【후 죠시】.

거리에서 외설적인 책을 판매하다가 붙잡혀 윤리적 문제로 재판까지 벌어졌으나, 백합이나 장미 등 넓은 사랑의 세계를 열변하여 반대로 판사들을 회유했다.

지금은 공적으로 빨간책을 팔아 재정에도 적잖이 공헌하고 있지만, 그녀의 활동에 촉발되어 빨간책을 제작하는 작가와 출판사가 늘어나더니 이상한 방향의 문화 혁명까지 일어났다.

그 영향으로 죠시 작가도 점차 수위를 높이면서 작품의 내용이 하드코어해지는 악순환이 발생했다.

사랑의 세계인지 뭔지는 어디로 사라진 것일까.

'욕망이 철철 흘러넘쳐서 눈살 찌푸려지는 스토리밖에 안 남았어…….'

#3 후(腐) 죠시 BL을 좋아하는 여성을 가리키는 부녀자(腐女子)의 일본어 발음과 같다.

옛 시절의 에로 그로 넌센스[#4]조차 넘어서 오로지 욕망에 몸을 던졌을 뿐인 작품이 줄줄이 탄생했다.

솔직히 이대로 계속 판매해도 될지 의문이지만, 섣불리 단속하면 반발하는 집단이 나올까 걱정이었다.

재정에도 영향이 있어서 더욱 손대기가 어려웠다.

검열하거나 예술이 무엇인가에 대한 진지한 토론이 필요하다고 타츠오미는 생각했다.

"……그 책, 제 동기가 쓰고 있어요."

"웃지 못할 농담이군."

릴리스의 동기인 성녀는『사랑이 꼭 행복하고 아름답기만 한 건 아니야! 사랑 때문에 증오가 태어나기도 하고 비극이 벌어지기도 해! 나는 그 무서운 이중성을 알리고 싶어』라고 말했다.

하고자 하는 말은 이해하지만, 하는 짓은 취향을 만천하에 공개하는 작품 창작이었다.

수출한 나라의 국민에게는 교육적 악영향을 끼치고 있으니, 이래서는 성(聖)녀가 아니라 성(性)녀다.

"그 밖에도 문제작이 많아……. 그 표절 소재 총집편 같은 책은 용인하면 안 돼."

"타츠오미 님도 독창성이 전무하다고 비판하셨죠."

저연령 대상 작품도 출판하는데 유명 작품이나 미국 만화 등을 전부 섞은 잡탕에, 아무리 잘 봐줘도 정서 교육에 좋다고는 할 수

#4 에로 그로 넌센스 에로(선정적), 그로테스크(엽기적), 넌센스(허황됨). 1930년대 이후 일본에서 유행한 대중문화의 저속한 풍조를 가리키는 말.

없는 내용이었다.

무엇보다 스토리가 엉망이라서 이야기의 도입부와 결말부의 내용이 크게 변하기도 했다.

예를 들면 해적왕이 되기 위해 바다로 나갔는데 마지막에 우주의 제왕과 싸우는 영문을 알 수 없는 전개가 펼쳐진다.

주인공이 수시로 세대교체를 하고 왠지 도중부터 로봇 스토리로 노선을 틀어 버리는 등 전개가 너무 변화무쌍해서 독자는 따라가지 못한다.

스토리텔링을 내다버린 책을 파는 것도 문제지만, 가장 큰 문제는 그런 서적이 받아들여질 만큼 이 세계에는 오락거리가 적다는 점이었다.

눈살이 찌푸려지는 졸작이라도 이 세계 사람에게는 충분히 즐길 만한 자극이었다.

"검열을 안 해서 문제야……."

"그 부서…… 메티스 성법 출판은 이미 손쓸 방도가 없어요."

그곳은 용사조차 손댈 수 없는 위험한 부서였다.

불만을 말하러 가면 억지 논리로 논점을 흐리고, 최악의 경우 강제로 새로운 취향에 눈뜨게 된다.

백합이나 장미에 빠진 피해자가 이미 상당수에 이른다고 한다.

"갑자기 성도로 돌아가기 싫어지네."

"기분은 이해해요."

긴 임무에서 겨우 복귀하는데 돌아가기가 싫어졌다.

애써 돌아가도 시답잖은 일로 쉴 틈 없이 다시 일하게 될 것 같은 기분이 들었다.

“용사가 이런 일이나 하라고 있는 거야? 이래서는 잡일꾼밖에 더 돼?”

“치안 유지 활동만으로도 벅찬데 요즘은 상부의 고민 상담까지 해주는 판국이니까요. 그만큼 국내가 혼란스럽다는…… 응? 저게 뭐죠?”

토티카를 둘러싸는 성벽이 보일 즈음, 도시 중심에서 피어오르는 연기가 눈에 들어왔다.

“화재인가? 큰일이야, 어서 가서 소화를 돕자.”

“잠깐만요. 지금 뭔가가…… 어?!”

검은 연기가 올라오는 곳에서 돌연 하늘을 찌를 듯한 불기둥이 치솟았다.

그와 동시에 거대한 그림자가 하늘로 비상했다.

“저, 저건 뭐야?!”

“드래곤?! 아니, 드래곤치고는 너무 흉측해…….”

“설마 저게 공격한 건가?!”

성기사들 사이로 동요가 일었다.

드래곤은 인간이 감히 대적할 수 있는 마물이 아니며, 종류에 따라서는 나라 하나를 파멸시키는 대자연의 분노였다. 특히 용왕은 재앙이라고 해도 과언이 아니었다.

“저게…… 드래곤……. 처음 봤어…….”

“왜 이런 곳에…….”

타츠오미와 릴리스가 경악했다.

애초에 드래곤은 파프란 대산림 지대 깊은 곳에 서식하는 마물이다.

배를 채우고 싶었다면 인간 같은 미물을 잡아먹기보다 그곳의 대형 마물을 사냥하는 편이 훨씬 낫다. 그래서 인간이 사는 땅으로 오는 일은 거의 없고, 나타나더라도 금방 돌아간다.

그것을 이해할 지성을 갖췄기 때문이다.

“그런 마물이 왜 이런 곳에…….”

타츠오미와 성기사단은 하늘을 나는 칠흑색 거룡에게 눈길을 빼앗겼다.

드래곤은 도시를 선회하더니 북쪽으로 날아갔다.

“저기…… 타츠오미 님? 도시를 보러 가야하지 않을까요?”

“헉?! 그렇지. 전군, 서둘러 토티카로 간다!”

피로한 몸을 채찍질하듯 성기사단은 일제히 달려갔다.

가장 먼저 도시에 돌입한 기마대는 피해 상황 확인 및 구조 활동을 위해 사방으로 흩어졌다.

그리고 도시의 신전 관계자에게 보고를 듣고 타츠오미는 놀라운 사실을 알게 됐다.

“신전과 교회만 피해를 입었다고? 대체 어떻게 된 거야……?”

토티카에서 얻은 정보와 보고서를 확인한 타츠오미는 드래곤의 행동을 이상하게 생각했다.

칠흑의 드래곤이 습격한 곳은 4신교가 관리하는 신전과 교회뿐이고, 다른 건물에는 전혀 피해가 없었다.

피해자도 사제와 신관뿐이며 우연히 기도하러 온 일반 시민은

찰과상 정도의 경상만 입었다.

그리고 이 드래곤은 예전부터 메티스 성법 신국 각지에서 목격되었으며, 이미 여러 4신교 시설이 습격당했다고 한다. 왜 이런 정보가 지금까지 자신에게 알려지지 않았는지 타츠오미는 의문을 느꼈다.

“뭐가 이래……? 마치 4신교에 앙심이라도 품은 것 같잖아.”

“보고받은 바로는 다른 도시나 마을에서도 같은 일이 벌어졌대요. 현재 신전과 교회의 피해 사례는 21건에 달하지만, 일반인 피해는 얼마 없네요.”

기본적으로 마물은 인간을 포함한 생물을 먹거리로밖에 보지 않는다.

간혹 번식 도구로 쓰는 생물도 있지만, 대부분 살아가기 위한 먹잇감으로 인식한다.

그런 마물이 4신교의 시설을 집중적으로 노린다. 원한이 있다고밖에 생각할 수 없는 행동이었다.

“우연? 아니, 우연일리 없지. 의도적으로 노렸다고밖에는……그렇지만…….”

“드래곤이라면 지성이 뛰어날 테니까 의도적으로 신전과 교회를 노렸을 가능성도 충분히 있지 않나요?”

“하지만 왜 노리는지 모르겠어. 이 나라가 그 드래곤한테 무슨 짓을 했나?”

드래곤은 생물종 최강의 자리를 다투는 마물이다.

강자이기 때문에 포식 외의 목적으로 다른 생물을 사냥하지 않지만, 영역을 침범하거나 새끼를 노릴 때는 사나운 이빨을 드러낸다.

드래곤은 인간의 생활권에 서식하지 않는다. 있다고 해도 아룡 와이번 같은 비룡종 정도다. 보통은 드래곤이 인간과 연관되는 일 자체가 없다.

하지만 실제로 피해가 나왔고, 인간 쪽이 드래곤에게 시비를 걸었다고밖에 생각할 수 없었다.

"……더 생각해봤자 답이 안 나와. 복구 작업을 돕고 갈 거니까 마하 루타트에 연락해두자."

"그럴 수밖에 없겠네요. 원인을 알고 싶어도 드래곤에게 물어볼 수는 없으니까요."

"후우…… 이놈의 나라는 무슨 마가 꼈나? 재난이 꼬리를 물고 찾아들잖아."

"글쎄요? 저도 뭐가 뭔지……."

전직 성녀와 용사는 한숨을 쉴 수밖에 없었다.

마르트한델 대신전이 붕괴한 이후, 미하로프 웰사피오 맥클리엘 법황 7세는 머리를 쥐어뜯는 나날을 보내고 있었다.

정치의 거점을 낡은 성당으로 옮기고 잡무에 쫓기는 날들.

싸울 수 있는 용사는 얼마 남지 않았고, 북쪽에서는 수인족이 반기를 들었으며, 주변국은 경제 압박을 가하고 있었다.

식량 문제를 겪던 이사라스 왕국조차 더 이상 고분고분 고개를 조아리지 않았다.

이것도 일루마나스 지하 가도가 개통되고 솔리스테어 마법 왕국의 식량 지원이 가능해졌기 때문이었다. 원래 인구도 적어서 소국의 지원만으로도 충분했다.

"왜, 왜 내가 다스리는 시대에 이런 일이……."

몇 번째 중얼거렸는지 모를 고뇌가 담긴 푸념.

두꺼운 보고서를 꽉 쥔 손에는 야심가인 법황의 분개가 담겨 있었다.

【단기적 외교 방침과 대책】

【신성 마법의 가치 저하에 대한 대책】

【용사 소환 마법진의 소실과 성도 마하 루타트의 괴멸적 피해 현황】

【헬즈 레기온 피해의 복구 상황】

【용사 부족으로 인한 전력 부족 해소에 관하여】

【르다 이루루 평원의 세력 현황】

【각지에서 발생한 신전과 교회 습격의 피해 상황】New

중대 사안이 엎친 데 덮친 격으로 계속 터져서 감당할 수 없었다.

서류의 시간 순서는 뒤죽박죽이지만, 어느 것이고 쉽게 해결되지 않는 문제뿐이었다.

용사가 소환되지 않는 이상, 강력한 병력을 유지하기는 어렵다.

주변국과의 관계는 외교로 타협을 보더라도 성법 신국의 권위를 유지하기는 어려운 상황이었다.

"소금 판매 루트는 소국이 쥐고 있고, 이사라스의 금속 판매 루트는 솔리스테어와 알톰이 독점한 상태. 신성 마법도 회복 마법 스크롤 판매로 수요가 현격히 줄었어. 상황이 이 지경인데도 4신께서는 어떤 신탁도 주시지 않아……."

미하로프는 조그만 착각을 하고 있었다.

4신교에게 4신은 절대자이며, 그들의 가르침을 지키기 위해서 엄격한 관리 체계를 고수해왔다.

하지만 시대의 흐름은 언제나 변화를 추구하여 낡은 체제로는 나라를 유지할 수 없었다. 권위를 지키기 위해서는 늘 새로운 방침을 모색하고 실행해야 했다.

그 방침도 필요 없어지면 즉시 폐지했다.

용사 소환으로 전력을 확보하거나 외설 문학을 판매한 것도 그런 수단에 지나지 않았다.

그러나 4신이 바라는 것은 오락이다.

인간은 오락을 만들어내는 도구 정도로 인식했고, 특정 나라를 우대하지도 않았다. 메티스 성법 신국은 부려먹기 편한 하인일 뿐이라서 필요 없어지면 미련 없이 버릴 것이다.

엄격한 관리 사회는 오락이 발전하기를 바라는 4신에게 아무런 의미도 없으니까.

요컨대 4신을 신봉하는 인간과 신봉받는 4신 사이에는 깊은 오해가 있다. 그리고 4신은 오락을 발전시켜준다면 어느 나라든 상관없어서 굳이 성법 신국을 편들 이유가 없었다.

4신은 자신들의 욕망 말고는 정말로 일말의 관심도 없었다.

“법황님께 보고드립니다. 성녀님에게 4신의 신탁이 내려왔다고 합니다…….”

“오오, 무언가 유용한 정보는 있었나? 이 위기를 타개할 정보가…….”

“그것이, 예의 드래곤은 정체를 알 수 없고 정치는 관할 밖이라고…….”

“그러니까 아무것도 모르고 개입할 마음도 없다는 뜻이로군?”

“드래곤에 관해서는 정체불명이라고밖에…….”

“그런가…… 수고했다.”

보고하러 온 사제를 돌려보내고 법황은 우울한 표정으로 천장을 올려다봤다.

내우외환. 문득 그런 말이 머리에 떠올랐다.

메티스 성법 신국은 정치의 중심부로 다가갈수록 부패한 나라다. 미하로프도 그 부패한 사제 중 하나였기 때문에 잘 안다. 추기경은 귀족 뺨치게 호화로운 생활을 하고, 국민 최하층은 빈곤에 허덕인다.

부정부패도 만연했고 성기사 중에는 범죄자와 유착하는 자도 적지 않다.

나라를 바로잡고 싶어도 예산 대부분이 남의 주머니로 사라져버린 터라 이런 파국은 불 보듯 뻔한 것이었다.

쉽게 말해서 자업자득이었다.

“이세계인들을 쓰고 있으니 당장은 국민의 비난을 막을 수 있겠지만, 그것도 시간문제인가…….”

복구 자금 확보나 새로운 무역로 구축. 국민 불만을 해소하기 위해서는 예산이 아무리 많아도 부족하다. 그런데 예산마저 적다.

신의 지혜를 빌리고 싶어도 신은 인간의 생활에 전혀 관심을 보이지 않는다.

그동안에도 상황은 조금씩 악화되어 갔다.

"최소한 경제만이라도 회복해야 해……."

성도를 비롯해 각지에서 산업과 상업에 큰 지장을 빚으며 복구 작업이 상당히 지연됐다.

복구 지연은 치안 악화를 야기했고, 결과적으로 도적이 횡행했다. 제국 국경 방면에서 임무를 수행하던【카와모토 타츠오미】와 원래 국내 치안 활동을 하던【야사카 마나부】에게 퇴치를 맡겼지만, 그것도 큰 효과가 없었다.

다른 용사도 생사불명인 자가 많고 감시자인【4신교 혈련 동맹】과 이단 심문관들도 이제는 제 기능을 하지 못했다.

불과 수개월 사이에 많은 패를 잃었다.

"이 나라는…… 이미 틀렸을지도 몰라……."

돈과 권력 따위 죽으면 의미가 없다.

그래서 미하로프는 명성에 집착하여 성인으로서 영원히 세상에 이름을 남기고자 했지만, 지금 그 야망이 좌절되기 일보 직전이었다.

전생자라는 정체불명의 인물들이 암약해서 주변국이 메티스 성법 신국의 행보에 이의를 제기했고 전쟁에서는 패배가 이어졌다.

역사에 이름을 남기는 것이 유일한 바람이었는데 지금에서는 그저 수많은 법황 중 한 명으로 끝날 판국이었다.

그는 상황이 이 지경에 이른 원인조차 이해하지 못했다.

분명히 하자면 지금까지 주변국에 횡포를 부렸던 업보가 미하로프의 시대에 돌아왔을 뿐이었다.

"그래도 포기할 수 없다……. 영원을…… 나에게 영원을……."

유구한 역사에 이름을 남기려는 미하로프의 야망은 현실의 벽에 가로막혀도 포기할 수 없을 만큼 비대해져 있었다.

야심을 가진 자의 업이었다.

그것이 헛된 꿈일지언정 비난할 수는 없었다.

인간의 역사는 이런 마음이 쌓이며 만들어진 것이니까—.

인간은 접근할 수 없는 위상 공간【성역】.

이곳에서 두 여신이 얼굴을 마주 보고 있었다.

"으아아아아~! 윈디아와 가이라네스는 어디 갔냐구~!"

"요즘 안 보이네……. 뭐, 어디서 싸돌아다니고 있겠지. 걱정해봤자 의미 없어."

"그치만 성녀들이 자꾸 시끄럽게 군다구. 부탁하면 뭐든 신탁으로 대답해주는 줄 알아~!"

"조만간 돌아오겠지."

4신이라고 불리지만, 기본적으로 그녀들은 자기밖에 모른다.

자신의 관심사가 아니면 다른 일에는 무관심하며 자기 동료에게도 크게 연연하지 않는다.

"어디선가 재미있는 걸 발견한 게 분명해~!"

"가이라네스는 몰라도 윈디아라면 그럴 수 있어. 그 애는 역마살이 있으니까."

"아쿠이라타는 무슨 재미있는 정보 없어~? 심심해애애~!"

"있을 리가 있니? 그보다 공중에 떠서 구르지 말아줄래? 정신 사나워."

"심~심~해~. 앗, 좋은 생각 났다. 아쿠이라타, 발가벗고 춤이나 한번 춰 봐. 어차피 다 비쳐 보이는 옷 입었으니까 벗어도 창피하지 않지?"

"하겠냐!"

윈디아가 어디 사는 사신에게 봉인됐고 가이라네스가 진작 자신들을 배신했다는 사실은 꿈에도 모른 채 플레이레스와 아쿠이라타는 무사태평이었다.

지상에서 일어나는 일 따위는 그녀들에게 알 바가 아니었다.

언제나 자기 자신이 우선이니까.

가이라네스는 사랑하는 수면에서 깨어나 게슴츠레한 눈을 떴다.

주위를 보니 목조 벽이 있고 창문으로는 따사로운 햇살이 들어왔다.

"후아~, 베개 바꿔야지."

온종일 잠만 퍼질러 자는 전직 여신은 더 적극적으로 퍼질러 자기 위해서 위상 공간에 손을 집어넣었다.

그녀는 원래 땅 속성이라서 중력을 조종할 수 있었다. 비록 신의 힘은 잃었어도 그 능력으로 간이 위상 공간을 만들거나 다른 곳으로 이동하는 힘 정도는 남아있었다.

그래서 공간 조작 능력으로 인벤토리나 스토리지 같은 창고를 열심히 만들어 애용했다.

욕망을 채우기 위해서라면 어떤 노력도 아끼지 않는다.

푹신푹신한 안는 베개를 찾던 그녀는 손으로 전해지는 묘한 감촉을 알아차렸다.

그리고 별생각 없이 그것을 끌어당겨서 꺼내봤다.

그러자 알피아 메이거스가 봉인했을 바람의 여신(정확히는 전 여신이지만)이 가이라네스가 뚫은 이공간에 연결된 구멍에서 뽑혀 나왔다.

아마 봉인 공간과 자신의 이공간 창고를 연결해 버렸나 보지만, 사정을 모르는 가이라네스는 이상하게 고개만 갸웃거릴 뿐이었다.

"……윈디아?"

"……으으…… 가이라네스…… 내 봉인…… 풀어준 거야?"

"봉인? 뭐가? ……내 베개는?"

"나, 사신한테 힘을 빼앗기고 봉인당했는데……. 앗, 사신이 부활했다고 알려야, 하는데…… 귀찮네."

"……?"

사신이라고 말해도 가이라네스는 잘 이해하지 못했다.

그녀가 신봉하는 자는 수면의 잠옷신이니까.

"잘 모르겠지만, 내 베개는 어딨어?"

"……베개? 못 봤어."

"어딨어? 내가 좋아하는 베개."

"……몰라."

"……."

가이라네스는 좋아하는 베개가 없다는 사실에 절망했다.

표정은 멍해 보이지만, 틀림없이 절망하고 있었다.

그리고 베개 대신 윈디아를 끌어안고 그대로 이불 속으로 끌고 들어갔다.

"……뭐 해?"

"윈디아를 베개로 쓸래. 잘 자…… 음냐음냐."

"……뭐래. 그보다 사신은…… 어쩌지?"

창으로 들어오는 햇살, 안는 베개로 안성맞춤인 윈디아의 키와 적당한 부드러움이 상승효과를 발휘해 게으른 전 여신은 즉시 잠에 빠졌다.

"……여전히 잘 자네. 그리고…… 숨 막혀. 아으…… 의식이……."

윈디아는 가이라네스에게 붙잡힌 채 꼼짝할 수 없었다.

다른 두 여신에게 사신 부활을 전해야 하는데 가이라네스는 한 번 잠들면 좀처럼 깨지 않는다. 깨어있어도 거의 비몽사몽이지만…….

절박한 상황인데도 아무것도 할 수 없는 윈디아는 그대로 베개가 되고 말았다.

하지만 이것이 그녀에게는 지옥의 시작이었다.

침구 내놔 요괴는 달라붙으면 떨어지지 않고, 심지어 점점 조여

든다.

윈디아는 조여드는 고통으로부터 몇 차례 기절과 각성을 반복하는 지옥의 형벌을 맛보게 됐다.

같은 시각. 제로스가 뭘 하고 있었냐면—.

"지하 창고 개조는 이 정도면 됐나……. 하지만 쓸데없이 넓어졌어."

알피아 배양기가 있었던 방을 개축하던 아저씨는 흥이 올라서 지하를 대개조해버렸다.

구체적으로는 지하 통로를 마법으로 더 아래쪽까지 팠고, 방을 하나 메운 뒤 새로운 방을 다시 팠다.

문제는 방을 무작정 넓게 만들었지만, 용도는 전혀 생각하지 않았다.

창고로 쓰기에도 너무 넓었다.

"으음, 천장에 크레인이라도 설치할까? 실패작을 채워 넣어도 공간이 남겠어. 뭔가 커다란 거라도 만들어 볼까~?"

바이크는 만들었다. 에어 라이더도 손에 넣었고 다음으로 만든다면 비행기나 배겠지만, 그런 건 만들어도 의미가 없고 커도 너무 크다.

그렇다면 자동차 크기가 적당하지만, 아도를 따라서 경승합차를 만드는 것은 재미가 없다.

"……전차라도 만들어 볼까?"

의식의 흐름이 너무 극단적이지만, 아쉽게도 이곳에는 지적해줄 사람이 없었다.

물론 흘러넘치는 로망을 충직하게 따르는 아저씨라면 남이 뭐라고 하건 개의치도 않지만.

"후후후…… 에어 라이더의 블랙박스를 쓰면 호버 탱크도 꿈이 아닐지도 몰라. 하는 김에 아흐트-아흐트도 탑재하고 싶어."

취미를 위해서는 상식을 버린다.

자기는 아니라고 우겨도 이 아저씨도 어차피 섬멸자였다.

이틀 후, 아저씨는 츠베이트와 세레스티나, 의기소침하게 산토르로 돌아온 에로무라를 억지로 끌어들여서 던전으로 진격했다.

제5화 성법 신국의 검호

지하 하수도를 달리는 거대한 그림자.

그 그림자를 쫓는 두 개의 작은 그림자는 격렬한 전투를 벌이고 있었다.

어두운 하수도에서 불똥과 썩은 내 나는 검은 혈액이 튀었다. 가뜩이나 악취가 나는 하수도에 악취가 더해졌다.

"이 녀석, 끈질기군. 대부분은 금방 죽어버리는데 제법 손맛이 있어."

"애 먹이네요. 저는 이런 곳에 오래 있고 싶지 않은데 말이죠."

중세 서양과 유사한 문화를 가진 이 대륙에는 어울리지 않는 동양풍 복식.

한 명은 외날 검을 든 50대 중반의 남성, 다른 한 명은 스무 살 전후인 닌자 복장의 여성이었다.

이름은【사카키 겐마】와【사카키 코즈에】(옛 이름 코즈에 하펜).

툭 까놓고 말하면 카에데의 부모님이었다. 종족은 엘프라서 겉으로 보이는 분위기보다 나이는 꽤 많은 편이었다.

두 사람은 용병으로, 현상금을 노리는 사냥꾼이었다.

하지만 그것만으로는 생계를 유지할 수 없어서 가끔 이렇게 마물 퇴치를 하기도 했다. 생활고와 용병은 떼려야 뗄 수 없는 관계이며, 그건 이 두 사람도 예외는 아니었다.

우연히 메티스 성법 신국을 방문한 두 사람은 용병 길드에서 하수도에 사는 정체 모를 생물을 퇴치하라는 의뢰를 받아서 여러 용병 파티와 함께 지하를 조사하고 있었다.

그리고 우연히 그 마물과 마주쳐 전투에 돌입했다.

겐마와 헤어졌던 다른 용병들은 이미 잡아먹혔고, 나머지는 지금도 하수도를 조사하느라 합류하지 못했다. 실질적으로 코즈에와 단둘이 퇴치해야 하는 상황에 빠진 것이다.

"코즈에, 너는 추적에만 전념해. 이 녀석은 내가 죽이지."

"당신……. 빨리 목욕하고 싶은데, 오늘 묵는 숙소에 목욕탕이 있을까요?"

"너…… 이 상황에 목욕 걱정이야?"

“중요한 일인걸요? 이런 더러운 곳에서 일하고 씻지 않으면 병 걸려요.”

“뭐, 그건 그렇지…….”

지하 하수도— 가정에서 쓴 물을 흘려보내는 수로로, 당연히 오물도 이곳으로 흘러들기 때문에 온갖 잡균이 득실거린다.

아무리 좋게 봐줘도 청결과는 거리가 먼 장소였다.

“그나저나 대체 뭐지? 이 괴물은…….”

“잠깐, 사람을 자꾸 괴물이라고 하지 마! 누구는 좋아서 이런 모습이 된 줄 알아?!”

“게다가 유창하게 말까지 하는군. 이런 괴— 못생긴 생물은 살면서 처음 봤어.”

“고쳐 말한 게 그거야?! 누구더러 추하대!”

“누님, 누가 봐도 우리 모습은 추합니다요.”

“그 배려가 반대로 마음을 찔러~!”

“아파, 마음이 아파!”

몸에 있는 무수한 입이 제각기 다른 말을 내뱉었다.

누가 뭐래도 지네 같은 모양새에, 머리 부분에는 여성의 몸이 자라났다. 심지어 컸다.

갑각이 아니라 사람의 피부 같은 몸에는 곳곳에 안구와 입이 수없이 붙어 있었다. 더불어 무수히 자란 다리 또한 인간의 팔다리였다.

이것을 추하다고 하지 않으면 뭐라고 하겠는가.

틀림없이, 의심의 여지도 없는 진짜 괴물이었다.

"사실 너희가 뭐든 별로 관심은 없어. 나는 너희를 썰어버릴 수만 있으면 그만이야."

"여자한테 칼을 휘두르면서 망설임도 없어?!"

"있겠냐? 너희, 여기 올 때까지 몇 명이나 잡아먹었어? 사람 취급을 받고 싶었으면 빨리 뒈졌어야지."

"사람을 죽이려는 녀석들을 죽이는 게 뭐가 잘못이야!"

"반대로 사람을 잡아먹는 괴— 못생긴 생물을 죽이는 게 뭐가 잘못이지?"

"나는 괜찮아! 나는 언젠가 상상도 하지 못할 부를 쌓아서 멋진 남자들한테 공주님처럼 대접받으며 여생을 보낼 거니까!"

"……그 꼴로?"

"으……."

반박할 수 없는 신랄한 일침이 꽂혔다.

그야 지금 모습으로는 남자가 다가올 리 없고 인간조차 아닌데 돈을 모은들 무슨 소용이랴. 부를 쌓아도 용병들을 유혹하는 미끼가 될 뿐이다.

욕망을 입에 담았지만, 실현 가능성은 없는 헛된 꿈에 지나지 않았다.

"자~, 잡담은 이만 끝내지. 다시 싸우자고."

"쳇…… 귀찮아. 이렇게 된 이상……."

괴물의 다리가 순간적으로 부풀어 오르더니 살이 찢기는 끔찍한 소리를 내며 몸통에서 떨어져 나왔다.

그 다리— 살덩이는 기분 나쁘게 꿈틀대며 모습을 바꾸어 뒤틀린 인간의 형상으로 변모했다.

“이건 또 뭐야……? 자기 살을 잘라서 분신을 만들어?”

“우후후후, 더 늘어날 거야. 부릴 수 있는 재료는 많으니까.”

“설마 잡아먹은 인간이냐?!”

“정답. 당신 동료도 있으니까 많이 놀아줘. 난 그사이에 도망치겠지만.”

살덩이에서 태어난 괴물의 분신이 잇달아 불어났다.

그중에는 인간의 하반신 두 개가 이어진 것이나 상반신이 두 개로 나뉜 것도 있었고, 저마다 뼈로 만든 무기를 들고 겐마에게 서서히 다가왔다.

한편, 본체는 분신을 만든 탓인지 눈에 띄게 크기가 줄어들었다.

“……너, 사실 고육지책이지? 쪼그라들었잖아.”

“하지만 그만큼 몸이 가벼워졌어. 방해꾼도 솎아냈으니까 난 이만 가볼게.”

“거기 서…… 으억?!”

몸통에 팔 여덟 개가 자란 분신이 뼈로 된 창으로 겐마를 공격하려고 돌진했다.

뺨이 살짝 찢어졌지만, 피하고 카운터로 횡 베기를 먹였다.

그러자 다른 살덩이도 움직이기 시작해 일제히 겐마에게 몰려왔다.

“성가시게……. 하지만 재미있어졌어!”

수는 많지만, 나뉜 만큼 힘은 강하지 않았다.

손에 든 칼, 【설풍】으로 하나하나 베어 넘긴다.

“소용없어, 이런 조무래기로는 나를 못 막아!”

“과연 그럴까?”

“뭐얏?!”

불시에 뒤에서 느껴지는 기척.

겐마가 반사적으로 몸을 던져 피하자 베여서 하반신만 남은 괴물이 새로 돋아난 팔로 공격하려고 했다.

정확히는 베어 넘긴 모든 괴물이 똑같이 팔다리, 혹은 머리나 눈과 입을 새로이 얻어 겐마에게 달려들고 있었다.

“뭐, 뭐야…… 이것들. 아니, 전에도 비슷한 녀석과 붙은 적이 있었지. 설마 그 약의 희생자인가?!”

“이 녀석들이 약한 건 맞지만, 이 하수도에서 대량으로 늘어나면 어떻게 될까? 깨달아봤자 이미 늦었지만.”

“제정신이냐……. 그러면 너도 계속 줄어들 텐데?”

“딱히 상관없어. 작아질수록 도망치기는 쉬운걸. 게다가 이런 것도 가능해.”

지네 괴물 같은 모습이 순식간에 살덩이로 쭈그러들더니 마치 밧줄처럼 가늘어지고, 어린아이나 들어갈까 싶은 배수구로 미끄러져 들어갔다.

흡사 뱀이 기어가는 것 같았다.

얼른 설풍으로 베어 봤지만, 잘린 부위는 금방 다시 붙어버렸다.

질량은 유지해도 형태는 자유자재로 바뀌는지, 괴물은 마지막으로 『어디 죽일 수 있으면 죽여 봐』라는 도발을 남긴 채 어딘가로 도망쳤다.

그 뒤에는 살덩이 조무래기들만 남았다.

"맙소사…… 저런 짓도 가능할 줄이야. 이렇게 되면 의뢰는 실패인가?"

겐마는 달려드는 살덩이를 베면서 의뢰가 실패했다고 깨달았다.

하지만 조무래기라도 성가신 괴물이 아직 남은 것은 여전했다.

이대로 방치할 수도 없는 노릇이라서 최대한 수를 줄이려고 칼을 휘둘렀다.

그러나 칼로 벤들 죽지 않고 다른 모습으로 재생하거나 융합해 공격을 멈추지 않았다.

이러면 장기전이 될 수밖에 없고 본체를 놓치게 된다.

"이 녀석들, 어떻게 하면 죽지? 전에 괴물이 된 도적들처럼 체내 영양분이 떨어질 때까지 계속 재생하나? 이딴 귀찮은 선물을 떠넘기다니……."

겐마가 언급한 약이란 솔리스테어 마법 왕국이나 주변국에서 금기시된 마법약이었다.

사용자를 괴물로 바꿀 뿐 아니라 그것들이 하나로 모여서 거대한 마물로 변하기도 했다.

흔적도 없이 태워버리지 않는 한 끝없이 포식하여 그 위험성은 드래곤이 나타났을 때와 버금가는 수준이었다. 나라 하나가 허무하게 멸망할 수도 있다는 뜻이다.

"정말로 그렇다면 여기서 도망쳐야겠지만……."

겐마도 퇴각하고 싶으면 얼마든지 빠져나갈 수 있다.

하지만 이 살덩이 괴물을 방치할 수 없는 이유가 지금 생기고 말았다.

"……주, 주겨……주……어……."

"엄마…… 어디……? 안 보여…… 어두, 워……."

"죽고 싶어…… 빨, 리……."

"쳇…… 뒷맛이 영 안 좋군. 그나저나 어떻게 이승에서 해방해주지? 이 살덩이는 베어도 금방 재생하는데."

마음 같아서는 도망친 괴물을 쫓고 싶지만, 이 가엾은 피해자를 못 본 척할 수는 없었다. 할 수만 있다면 편히 잠들게 해주고 싶다고도 생각했다.

성질은 비슷하지만, 왠지 전에 싸운 괴물과 같은 존재라는 생각이 들지 않았다.

"단숨에 불태우면 되겠지만, 나는 마법이 영 아니라~."

엘프인데 마법을 못쓰는 겐마는 공격 마법조차 멀쩡하게 쓰지 못했다.

높은 마력도 검에 실어 공격하는 전투 기술에 특화돼서 기본적으로 칼질밖에 하지 못했다.

몰려드는 뒤틀린 살덩이들은 자신의 의지와는 별개로 공격을 계속했고, 겐마는 그것들을 피하며 필사적으로 머리를 굴렸다.

"야, 코즈에. 좀 도우…… 코즈에?"

여기서는 마법이 특기인 코즈에의 힘을 빌려야겠다고 생각했으나, 정작 중요한 아내가 보이지 않았다.

참고로 코즈에가 자신의 직업을 닌자라고 말한 지 20년 이상 지났는데, 그동안 그녀가 마법을 쓰는 모습을 겐마는 단 한 번도 보지 못했다.

"야, 어디 갔어?! 코즈에, 코즈에!"

"여보, 안쪽에 보물이 이렇게나 쌓여 있었어요!"

코즈에 사모님이 눈을 빤짝빤짝거리며 돌아왔다.

그 손에 들린 것은 몇 권의 빨간책…….

"으잉?! 너, 왜 그런 걸…… 아니, 그보다 왜 남색 서적이 이런 곳에 버려져 있어?! 더러우니까 버리고 와!"

"너, 너무해…… 이런 보물을 버리라니……. 당신이 그러고도 사람이에요!"

"이런 더러운 곳에 버려진 걸 왜 주워! 병이라도 걸리면 어쩌려고!"

"그야 좀 끈적거리긴 하지만, 노력하면 못 읽을 수준은 아닌걸요."

"이것도 다른 의미로 병이군……. 누구야, 이런 책을 유행시킨 녀석이…… 으헉?!"

살덩이가 촉수로 공격해왔다.

전투 도중에 한눈을 팔면 위험하다는 걸 알고 있으면서도 아내의 행동을 질책하지 않고는 참을 수 없었다.

원래 있던 곳에 버리러 가는 코즈에가 미련이 철철 넘치는 눈빛으로 겐마를 힐끔힐끔 돌아봤다.

하지만 남자로서, 남편으로서 BL 책은 간과할 수 없었다. 가능하다면 이 세상에서 전부 소멸시키고 싶다고까지 생각했다.

"당신…… 고생이 많구나……."

"사모님, 중증……이군……. 미인, 인데……."

"저 책은…… 애들 정서에, 안, 좋아."

일부 피해자에게 동정을 샀다.

"저건…… 좋은 건데?"

"백합은 괜찮고, 장미가 안 되는 건…… 이상, 해! 납득, 못 해……."

"남자는 항상 그래……. 남존여비…… 반대."

"사랑은…… 평등. 게다가…… 우훗, 좋은 남자♡"

그리고 일각에서 비판받았다.

약간 이상한 사람도 한 명 있는 것 같지만…….

"너희, 그런 모습으로도 살만해 보인다……? 안 죽어도 괜찮지 않을까?"

""""""""그건 곤란해!""""""""

빨리 편해지고 싶긴 한가 보다.

하지만 그들을 구제할 코즈에는 의기소침하게 하수도 안쪽으로 들어간 채 돌아오지 않았다.

그러는 동안에도 공격은 계속됐다. 이것도 몸(?)의 통제권이 없기 때문이라고 겐마는 추측했다.

피하기는 쉽지만, 계속 반복되다 보니까 아무래도 짜증이 났다.

그런 상태가 1분 정도 이어졌을 즈음, 안쪽에서 코즈에가 터벅터벅 돌아왔다.

미련이 남았는지, 아니면 가슴이 미어지기 때문인지는 모르겠지만, 자꾸 멈춰서 뒤를 힐끔거리는 모습이 실로 애잔했다.

"오래, 기나렸죠……."

"그래, 오래 기다렸지. 빨리 이 녀석들을 편히 보내줘. 나는 마법을 못 쓰니까."

"알겠어요. 이 슬픔을 분노로 바꿔서 흔적도 없이, 먼지 한 톨

안 남기고 불살라 드릴게요."

""""""""화풀이?!""""""""

가엾은 피해자들은 부녀자 사모님의 화풀이로 멸망할 운명이었다.

겐마마저도 불쌍하다고 생각했다.

"【사종봉박】."

사방으로 날려 둘러친 실이 살덩이들을 묶어서 그 행동을 일시적으로 막았다.

마력으로 강화되어 실의 강도는 강철 수준으로 높아졌다.

하지만 살덩이는 자기 살을 잘라 포박에서 벗어나려고 꾸물거렸다.

"【헬 플레임】, 【플레어 버스트】."

지하 하수도에 홍염이 휘몰아쳤다.

살덩이는 한순간에 숯덩이로 변하고 폭풍이 좁은 하수도를 타고 가속해 모든 것을 흔적도 없이 날려버렸다.

"으아아아아아아아아아아?!"

겐마와 코즈에는 폭풍에 먹히지 않으려고 전속력으로 달렸다.

달린 길은 기억나지 않지만, 때마침 출구가 보였다. 둘은 고개를 마주 끄덕이고 밖으로 나온 순간에 맞춰 좌우로 몸을 던졌다.

간발의 차로 불길이 옆을 휩쓸었고 열풍이 두 사람의 살갗을 태웠다.

"……허억허억, 큰일, 날 뻔했어."

"아아…… 그 보물도 잿더미로……. 나중에 주우려고 했는데……."

"마지막까지 그 소리야?!"

요즘 겐마는 아내가 어딘가 먼 곳으로 가버린 기분이었다.

아무튼 이리하여 두 사람은 지하 하수도에 사는 마물 퇴치에 실패했다.

하수도에 사는 마물 퇴치 의뢰를 받은 다른 용병들은 정체 모를 지네 여자와 마주쳤다.

용병 파티 수십 명 중 절반 이상이 죽거나 잡아먹혀 괴물의 일부가 되었다.

"오, 오지 마…… 오지 말라고!"

지네의 몸통에서 무수히 뻗은 팔에 잡힌 용병은 사지를 찢기고 몸 곳곳에 뚫린 수많은 입속으로 사라졌다.

온몸에 달린 눈알이 먹잇감을 포착해 용병을 하나하나 붙잡아 먹어치웠다.

"괴, 괴무…… 카악!"

머리 부분에 자란 여체가 복부에 뚫린 커다란 입으로 붙잡힌 용병을 머리부터 씹어먹었고, 남은 몸을 다른 입들이 게걸스럽게 물어뜯었다.

"후, 후퇴한다! 지금 당장 여기서 철수해!"

"뭐 이딴 의뢰가 다 있어! 이런 괴물이랑 어떻게 싸워!"

"도망쳐!"

지하 하수도는 피 냄새로 꽉 찼다.

마구잡이로 흩어진 용병의 살점에 쥐들은 진수성찬이라도 본 것처럼 떼 지어 몰려들었다.

"하~, 못 살겠어~. 여자를 단체로 쫓아다니기나 하고 말이야."

"누님, 지금 모습이 어딜 봐서 여자죠?"

"어떻게 봐도 괴물이지."

"이런 꼬락서니가 되어도 배는 고프구나……."

"조용히 해!"

용병을 먹어서 방금 전투로 소비한 육체를 보충했다.

이렇게 토벌대가 편성됐다면 이 지하 하수도에 잠복할 수 있는 시간도 얼마 남지 않았다.

용병 대부분은 별 볼 일 없지만, 그중에 실력자가 섞여있는 것이 문제였다.

괴물— 샤란라 패거리는 흔히 말하는 레기온으로, 생명력이 이상하리만치 뛰어날 뿐이고 힘은 강하지 않았다.

흡수한 자들에게서 스킬도 많이 흡수했지만, 전부 자유롭게 다루지는 못해서 솔직히 없으니만 못한 상황이었다.

예를 들어 샤란라는 그림자 속에 숨는 【섀도 다이브】를 사용할 수 있었으나, 지금은 흡수한 스킬들이 방해해서 쓸 수 없었다.

마치 흡수한 자들이 샤란라의 발목을 잡는 것 같았다.

지금 그녀가 사용할 수 있는 스킬은 괴물이 되면서 새롭게 얻은 【분열】과 모습을 바꾸는 【변태】, 【강산】 정도뿐이었다.

용사들의 편리한 능력도 일부를 제외하면 전혀 발동하지 않았다.

지금의 기괴한 모습으로는 남의 눈에 띄지 않고 도망치기란 불

가능에 가까웠다.

실제로 현상금 사냥꾼이나 용병이 토벌대를 편성해 샤란라를 퇴치하려고 공격해오고 있었다.

그녀는 자신을 위해서 남을 희생하는 것은 신경 쓰지 않지만, 남을 위해서 자신이 희생하는 것은 참지 못했다.

“이 하수도에서 도망치는 편이 좋겠어. 토벌대가 올 때마다 일일이 상대하기도 귀찮아.”

“여기를 떠서 어디로 가게?”

“우리는 인간이 아니야. 거리에 몸을 숨길 순 없다고.”

“이러면 될 대로 돼라지. 도시나 마을을 닥치는 대로 습격해서 힘을 모으는 거야! 이 빌어먹을 세상에 복수하고 싶지 않아?”

““““괜찮은데…….””””

어차피 도적이나 양아치 같은 썩어빠진 영혼의 집합체였다.

그들의 공통점은 누구보다 이기적이고 폭력적인 사회 부적응자라서 세상에 녹아들지 못하고 주변에서 백안시당한다는 점이었다.

그 사고방식을 요약하면 『나는 잘못되지 않았다. 인정하지 않는 이 세계가 잘못됐다』였다. 그들은 모두 자기중심적인 반사회적 감성의 소유자들이었다.

간결하게 말하면 『내가 가난한 건 사회 탓』, 『내가 멍청한 건 선생과 부모 탓』, 『인정받지 못하는 건 주변 인간들 탓』. 자신의 행실 문제를 남 탓하며 살아온 썩어빠진 생각의 집합체.

자신에게만 유리한 사고방식을 남에게 강요하는 인간이 신뢰받을 리 없는데 그것도 모르고 남에게 책임을 전가하는 이기주의자였다.

하지만 혼만 남았다고 해도 그런 사고방식의 소유자가 한 곳에 모여서— 통합되면 어떻게 될까.

정답은 『극단적인 행동을 벌인다』였다.

“약한 녀석을 팼다는 이유만으로 마을에서 추방당했어. 그 자식만 없었으면 길거리에 나앉지 않았는데…….”

“나를 찬 그 여자, 죽여버리고 싶어…….”

“동생이 더 뛰어나다고 가주 자리를 넘기지 않고 나를 버린 망할 아버지……. 그 재산은 전부 내 거였는데!”

“겨우 가게 돈을 슬쩍했다고 해고한 점주…… 용서 못 해!”

“그래! 이미 괴물이니까 지금까지 원망하던 녀석들에게 복수하는 거야! 왜 우리가 불행해져야 해? 세상에 이런 법이 어디 있어!”

자업자득인데 적반하장.

하지만 그들의 원한은 자기 정당화로 강력해졌고, 거기에 다른 피해자들의 원한이 동조되며 더욱 강화됐다.

난감하게도 일반적인 상식으로는 적반하장이라도 그들은 정당한 분노라고 믿어 의심치 않으므로 구제할 도리가 없었다.

비대해진 자기중심적 과시욕이 자신들 말고는 모두 부정해야 마땅하다며 인식을 뒤덮어 갔다.

—우오오오오오오오오오오오오오오오오오오오오오오오오!

뒤틀리고 추악한 괴물이 행동을 개시했다.

지하 하수도를 떠돌다가 출구를 찾지 못하고 결국 맨홀을 날려 버리고 거리로 기어 나왔다.

"저, 저건 뭐야?!"

"괴, 괴물이다!"

"도망쳐!"

도시는 혼란에 빠졌다.

괴물은 혼비백산 도망치는 군중을 덮쳐 무차별적으로 잡아먹기 시작했다.

거리는 삽시간에 아비규환의 아수라장으로 변했다.

【재버워크】는 자유로운 하늘을 만끽하고 있었다.

흉악한 모습으로 우아한 하늘 여행을 즐기고, 뒤늦게 생각난 것처럼 4신교 신전이나 교회를 습격하고는 울분이 풀리면 떠나기를 반복했다.

매번 대응이 늦는 성기사들의 헛수고를 구경하다가 놀리는 것처럼 모습을 드러내고 필사적으로 공격하려는 모습을 비웃는다.

심보가 고약하다고도 할 수 있지만, 그들은 용사로 소환되었다가 볼일이 없어지자 쥐도 새도 모르게 제거당한 피해사였다. 이 정도면 순한 편이 아닐까.

『다음은 어디를 습격할래?』

『큰 신전이 좋겠지? 역사적인 건축물이 와르르 무너지는 순간이 최고야.』

『신관 놈들은 어쩔 줄 모르고 벌벌 떨고 있겠지.』

『법황은 내가 죽이게 해줘! 그 빌어먹을 노인네, 편하게는 못 죽을 줄 알아라!』

『이와타…… 너도 살해당했구나. 그래도 이런 모습은 이치죠한테 못 보여주지.』

재버워크는 서서히 힘을 키워 가고 있었다.

원념이 육신을 얻고 알피아 메이거스의 힘으로 강화되어 이제는 최강의 마물로 거듭났다.

물론 어디 사는 대현자나 수인 애호가가 손잡고 쳐들어오면 필패겠지만, 그들이 적이 될 일은 없을 것이다.

오히려 더 하라고 응원할 것이 뻔했다.

좌우지간, 아직 그들과 접촉하지 않은 재버워크는 오늘도 활기차게 교회를 거구로 깔아뭉개는 일을 두 탕 정도 뛰고, 헐레벌떡 달려온 성기사들을 비웃으며 다른 도시로 이동했다.

밤하늘을 나는 그들은 눈에 잘 띄지 않는 반면, 도시의 불빛은 무척 멀리서도 잘 보였다.

한탕 더 뛰고 갈지 의견을 주고받던 때, 하늘에서 도시의 이변을 알아차렸다.

『저건, 화재인가?』

『아니, 뭔가 이상하지 않아?』

『전쟁? 혁명? 아니면 반란? 농민 봉기인가?』

『거의 다 그게 그거잖아. 정말 뭘까?』

『잠깐 들렀다 갈까?』

『『『『『좋지!』』』』』

전직 용사들이 만장일치로 찬성표를 던졌다.

고고도에서 서서히 하강해서 도시 성벽을 따라 선회했다.

거기서 그들이 본 것은—.

『뭐야, 저거?』

『괴물…….』

『아니, 우리도 남 말할 처지는 아니거든?』

『징그러워…….』

『우욱…… 토할 거 같아.』

『본능적으로 혐오감이 들어. 뭐야, 저 세계의 종말에 나타날 것 같은 끔찍한 생물은…….』

그건 한마디로 표현하면 지네와 닮았다.

하지만 그 모습은 한마디로는 표현할 수 없을 만큼 추악하고 원초적 혐오감을 불러일으켰다.

재버워크도 비슷한 존재이기는 하지만, 굳이 비교하면 그들이 더 나은 모습이었다. 적어도 생물의 형태는 띠고 있으니까…….

『어떡할래?』

『아~, 못 본 척해도 되겠지만…….』

『왠지 보기만 해도 역겨워. 처리하지 않을래?』

『앞으로 우리를 방해할 가능성도 있어.』

『일반 시민에게는 원한이 없으니까 돕자.』

『하, 사사모토는 착해 빠졌군. 그래도 싸우는 건 찬성이야. 심심풀이로 좋겠어.』

『사사모토가 누구야?』

『수가 많아서 누가 누군지 모르겠어. 그 성이라면 내가 아는 사람만 다섯 명은 돼…….』

선회하면서도 도시의 상황을 확인하는 재버워크— 아니, 전직 용사들.

그 괴물은 기분 나쁘고 괴상하고 끔찍했다.

도시 주민을 잡아서 먹어 치우고 서서히 성장하는 것처럼 보였다.

무엇보다 자신들과 가까운 존재라는 점이 본능적인 혐오감을 유발했다.

그들은 결단했다.

『『『『『이 불쾌한 감정을 없애주겠어!』』』』』

재버워크는 조금 거리를 두고는 날개 두 쌍을 퍼덕여 가속하며 지네 괴물을 향해 돌진했다.

마룡 VS 추악한 괴물의 싸움이 시작된다.

도시 문지기로 20년간 근무한 경비병 사내는 그날도 성문을 지키고 있었다.

평소와 다를 바 없는 일상.

이날은 지하 하수도에 사는 마물을 퇴치하려고 아침부터 용병 길드 소속 용병들이 지하 하수도로 들어가면서 다소 소란을 빚었지만, 그것을 빼면 평화로운 시간이 이어졌다.

그런데 그 일상이 갑자기 깨지고 말았다.

점심 무렵, 느닷없이 지하에서 마물들이 튀어나오더니 닥치는 대로 주민을 습격했다. 경비병이 퇴치하러 나섰지만, 마물의 수가 많아서 수세에 몰렸고 기사단까지 출동하는 사태로 번졌다. 그동안에도 희생자는 계속 늘어났고 저녁에는 세계의 종말 같은 광경이 펼쳐졌다.

온 도시를 채우는 비명과 피 냄새에서 도망치려고 성문 앞으로 주민이 산사태처럼 밀려들었다.

설상가상으로 이 도시의 성문은 적의 침공을 막기 위해서 좁게 설계됐고, 그마저도 동쪽과 서쪽 두 개밖에 존재하지 않았다. 그 탓에 몰려든 주민들을 소화하지 못하고 병목현상에 빠지고 말았다.

더 큰 문제는 괴물에게서 분리한 살덩이가 인간 형태의 괴물로 변해 주민을 공격했고, 피해자도 괴물로 변해 다른 사람을 덮친다는 점이었다.

늘어난 인간형 괴물은 지네 같은 본체에 융합했고 그 몸집은 눈에 띄게 비대해져 갔다.

그렇다. 지하 하수도에서 나타난 괴물은 도시 주민을 잡아먹고 있었다.

"……악몽이야."

지인이, 주민이, 용병이, 동료가, 모두 잡아먹힌다.

그야말로 현세의 지옥이었다.

다행히 경비병의 가족은 도시 밖으로 도망쳤지만, 이 괴물이 쫓아오지 않으리라는 보장은 없었다. 그래서 이곳에 남아 조금이라도 시간을 벌려고 했다.

다른 동료도 마찬가지였지만, 하나하나 잡아먹히며 수는 줄어만 갔다.

"아저씨, 피차 재수가 없구만."

"이것도 일이야. 그보다 서문은 괜찮을까?"

"동방풍 남녀 용병이 선방하던데 지금은 어떻게 됐을지 모르겠어. 어찌 됐든 우리 운명은 여기까지인 모양이야."

"아내와 딸이 도망친 게 불행 중 다행인가……. 최소한 손주 얼굴은 보고 싶었는데."

시각은 어느새 밤이 되어 있었다.

아직 젊은 용병 남자와 씁쓸한 웃음을 나누고 칼을 쥔 손에 힘을 넣었다.

이미 도망갈 방법은 없다.

주위는 주민이었던 인간형 살덩이에게 둘러싸였고, 문은 완전히 닫혀서 퇴로가 막혔다.

남자가 할 수 있는 일은 한 마리라도 많은 괴물을 저승길로 끌고 가는 것뿐이었다.

동료 경비병은 세 명밖에 남지 않았고 용병들도 다섯 명 남짓. 그리고 다가오는 거대한 지네 괴물. 이제는 끝이라고 죽음을 각오했다.

"하다못해 한 방이라도 먹이고 싶어. 저 괴물한테……."

"동감이야. 저 열받는 괴물한테 본때를 보여주겠어!"

“““““““우오오!!”””””””

살아남은 경비병과 용병들은 마지막 발악에 나서려고 했다.

바로 그때.

—크오오오오오오오오오오오오오오오오오오오오오!

하늘에서 울려 퍼진 포효.

그리고 무시무시한 속도로 지네 괴물을 들이박은 거대한 칠흑색 그림자.

“저, 저건…….”

“드래곤?!”

“왜, 왜…… 이럴 때…….”

최근 메티스 성법 신국을 떠들썩하게 만드는 칠흑의 드래곤.

공격하는 것은 4신교 신전이나 교회뿐. 인적 피해도 기껏해야 아니꼬운 사제나 추기경이 말려들어 희생되는 정도고, 일반 시민의 피해는 없다시피 했다.

그 드래곤이 지네 괴물을 공격했다.

무리 지은 끔찍한 살덩이들을 긴 꼬리가 휩쓸고 포효의 충격파가 날려버린다.

드래곤은 마치 그들을 지키는 것처럼 지네 괴물 앞을 막아섰다.

“서, 설마…….”

“이건 꿈인가? 구해, 주는…… 거야?”

“말도 안 돼, 드래곤이라고! 짐승에게 그런 지성이 있을 리가…….”

경비병과 용병은 무슨 일이 벌어지는지 이해하지 못했다.

하지만 이곳에서 기적이 일어났다는 것만은 확실했다.

제6화 마룡과 거대 지네 여자

대치하는 마룡과 징그러운 괴물.

한쪽은 용사 혼의 집합체, 한쪽은 범죄자와 그 피해자들의 혼의 집합체.

복수라는 하나의 목적에 협력하는 존재와 새카만 욕망과 미련에 목매는 존재.

증오를 가진 악령이라는 점에서는 똑같지만, 둘은 대척점에 위치했다.

『뭐야? 이것들 약하지 않아?』

『방심하지 마. 방금 들이박은 느낌으로는 이 녀석한테도 별 타격은 없었어.』

『왠지, 굉장히 물컹물컹했어…….』

『기분 나쁜 감촉이야.』

저마다 진솔한 감상을 내놓았다.

지네 괴물에게 부딪혔지만, 마치 뼈가 없는 것 같은 감촉에 재버워크는 경계심을 보였다.

주의 깊게 관찰하면서도 본능적 혐오감은 강해져 갔다.

이유는 모르겠지만, 눈앞의 존재를 사멸시켜야 한다고 본능이 주장하고 있었다.

『브레스, 간다!』

『선공 필승!』

『퐈이어어어~!』

선제공격 화염 브레스.

용의 입이 토한 불줄기가 지네 괴물에게 날아들었다.

하지만 괴물은 순식간에 육체를 나누어 그 불길에서 벗어났다.

아니, 피했을 뿐만 아니라 주위의 인간형 살덩이가 일제히 재버워크에게 뛰어들더니 강산성 액체를 분비해 녹이려고 했다.

주위에 산성액 특유의 악취가 퍼졌다.

『으아아?! 뭐 하는 거야, 이것들?!』

『슬라임 같아……. 기분 나쁘지만.』

『털어내!』

비늘로 덮인 몸은 산 따위로 녹지 않지만, 본능적인 혐오감 때문에 체표면의 비늘을 가시 모양으로 변질시키고 높이 날아올랐다.

공중에서 거구를 둥글게 말고 고속으로 회전해 달라붙은 살덩이를 억지로 날려 보냈다.

낙하하는 김에 지네의 살을 도려냈지만, 날려버린 살덩이는 건물이나 길바닥에 격돌해 추악하게 꾸물거리더니 다시 하나로 보여 지네 같은 괴물로 모습을 바꾸었다.

지네 머리 부분에 자란 여성형 상반신은 오히려 어설프게 인간을 닮아 불쾌함을 더했다.

『『『『『『지, 징그러워어어어어어어!!』』』』』』

지네 여자 괴물은 몸에서 무수히 자란 팔다리를 튕겨 그 덩치에서는 상상할 수 없는 도약력으로 재버워크에게 날아들었다.

재버워크는 당장 꼬리로 카운터를 날려서 접근을 방지했다.

날아간 지네 여자는 건물을 몇 채나 무너뜨리며 땅을 굴렀다.

『저거, 징글징글하게 달린 저 입으로 물어뜯으려고 했지?』

『달라붙으면 귀찮겠어…….』

『킹 ○라임 같은 군체인가? 방금 분열했지?』

『그럼 살점 하나만 남아도 재생한다는 거야?』

『흔한 설정이네.』

몇 번 접촉해서 연체동물 같은 감촉을 확인한 재버워크는 적어도 몸에 달라붙으면 귀찮아지겠다고 판단했다.

형태를 자유자재로 바꾼다면 몸을 보자기처럼 펼쳐서 감쌀 수도 있다는 뜻이다.

재버워크도 형태는 바꿀 수 있지만, 기본 골격은 동물 형태를 벗어나지 않고 몸을 분리하지도 못한다.

능력은 우월해도 몸을 작게 나눠서 배수구 따위로 도망치는 재주는 없는 것이다.

『귀찮네. 한 번에 태워버리자.』

『달라붙으면 곤란하니까.』

『도망쳐도 곤란하고.』

『복수하러 와도 귀찮아.』

실제로 거대 지네 여자는 예측을 불허하는 존재였다.

지금은 지네 같은 모습이지만, 본질은 고유한 형태를 지니지 않은 살덩이였다.

마음대로 분리하고, 마음대로 신축하고, 마음대로 변형한다.

마법을 한 번도 쓰지 않는 것으로 보아 강산성 액체 말고는 별다른 공격 방법이 없다는 것이 약점이라면 약점이지만, 그 특이한 몸을 이용해 재버워크를 구속할 수는 있으리라.

『우선 붙잡히지 않을 형태로 변해야 해.』

『구체적으로 말하면 어떤?』

『앗, 나 알 것 같아. 제어는 이 몸에게 맡기셔.』

재버워크의 몸에서 검 모양 돌기가 수없이 돋아났다.

이 돌기는 모두 비늘이 변화한 것으로, 웬만한 검보다 단단했다. 그것으로 온몸을 덮어서 접촉하는 적을 찢어버리려는 심산이었다.

『이러면 됐지?』

『『『『『오오!』』』』』

『그럼, 저쪽에선 어떻게 나오시려나?』

구태여 이름을 붙이자면 완전 공격 형태라고 불러야 할까?

온몸에서 검이 돋은 재버워크에게 맞서서 괴물이 어떻게 행동할지, 전직 용사들은 상황을 지켜보기로 했다.

샤란라 패거리는 도시 주민을 흡수해서 힘을 키우려고 했는데 갑자기 나타난 드래곤 때문에 계획이 파탄날 지경에 이르렀다.

【잡아먹은 생물의 살덩이를 분리해 부하로 이용한다】, 【형태를 자유자재로 바꾼다】, 【물리 공격의 충격을 흡수한다】, 【본체와 분신의 피부로 강산을 뿜는다】라는 능력을 구사해서 싸워봤지만, 눈앞의 강적에게 결정타를 먹일 수 없었다.

살점으로 감싸서 흡수하려고 했지만 전부 실패했고, 지금은 날카로운 칼이 된 비늘로 몸을 뒤덮어 상대가 공격할 수단이 없앴다.

아울러 조금 전까지 주민을 흡수했던 탓에 살이 뒤룩뒤룩 찌고 말았다.

『왜, 왜 이런 괴물이 나오는 거야!』

『누님, 누워서 침 뱉기라는 말 아십니까?』

『이거 원, 이번에는 진짜 죽었네…….』

『인간을 그만뒀더니 그냥 괴물이 됐어. 나는 왜 태어난 걸까…….』

『후회밖에 없는 인생이었어…….』

의식 아래에서 대화를 나누는 도적들의 혼은 이미 포기한 상태였다.

드래곤이 최강 생물이라는 사실은 상식이었다. 집채만 한 고깃덩어리가 이길 상대는 아니었다.

『웃기지 마! 나는…… 나는 인간으로 돌아갈 거야!』

『『『『『아니, 무슨 수로? 꿈 깨.』』』』』

샤란라는 이런 때까지 자기가 믿고 싶은 현실만 믿으려고 했다.

애초에 사람으로 돌아갈 수 있다는 보장은 어디에도 없었다.

모 대현자도『못 해! 절대로 못 해!!』라고 말할 것이다.

『이 녀석한테서 도망치려면 어떻게 해야 하지…….』

생각하는 와중에도 드래곤은 멈춰주지 않았다.

브레스의 불길이 샤란라 패거리에게 날아들었다.

얼른 상반신을 일으켜 피했지만, 이번 브레스는 옆으로 휩쓸며 건물과 함께 몸통을 태웠다.

『히이이이이이이이이이이이이이이이익?!』

힘들게 축적한 힘이 단 한 번의 공격으로 급속히 사라졌고, 거리를 장악했던 인간형 부하도 쓸려나갔다.

그래도 아직 분열한 인간형 살덩이는 많이 남아있었다. 그것들을 명령으로 불러들여 다시 흡수해 잃어버린 몸을 재구축했다.

『저 불은 위험해. 지금은 무조건 접근전으로 끌고 가서…….』

『누님, 망했어! 여기로 와요!』

드래곤이 돌진해왔다.

동작도 의외로 빨랐고, 날아오른 순간 팔을 동시에 내리쳤다.

그것을 가까스로 피하고 용의 턱에 여성형 몸의 손을 댔다. 그리고 즉시 자기 살을 옮겨서 성가신 입을 묶었다.

이어서 지네 몸통을 감아 붙잡으려고 했지만, 검 모양 비늘에 걸린 몸은 순식간에 갈기갈기 찢겼다.

그야말로 공방 일체. 빈틈이 없다.

『잠깐, 이건…… 비겁하지 않아?!』

『뭐, 우리는 기본적으로 고기니까 부드럽지…….』

『하지만 마음만 먹으면 아주 단단해진다고. 후후후…….』

『얀마, 이럴 때 저질 농담 하지 마.』

결정타가 없는데 말투에는 제법 여유가 있어 보였다.

재결합해서 촉수를 만들어 찰싹찰싹 때리지만, 별 효과는 없어 보였다. 수를 늘려서 집중적으로 노려도 튀어나온 검 모양 비늘에 잘려나갈 뿐이었다.

절단된 촉수는 날아간 기세와 무게로 건물을 무너뜨리지만, 징그럽게 꾸물거리며 본체로 돌아왔다.

인간을 상대로는 효과적이었던 공격도 드래곤 상대로는 안마밖에 되지 않았다.

『저 화염 방사가 성가셔! 거기다가 단단하고 가시까지…… 치사해! 비겁해!』

『화염 방사? 브레스겠지, 누님…….』

『아아…… 이럴 줄 알았으면 그 자식들 따라갈걸~. 그것들은 지금쯤 재미 보고 있을 텐데~.』

『재수가 없었어……. 포기해.』

도적 영혼들은 전에 둘로 나뉘었던 동지들을 떠올렸다. 하지만 떨어져 나간 그들도 어디 사는 아저씨에게 벌집이 되어 지금은 완전히 이 세상에서 소멸했다.

그런 사실을 모르는 그들은 헤어진 동지들을 부러워했다.

『징징대지 말고 좋은 수를 생각해봐! 왜 전부 내가 생각해야 해!』

『누님, 그렇게 말씀하셔도…….』

『우리는 누님한테 끌려다니는 중이라고. 자유가 거의 없어.』

『그보다 앞을 봐……. 저거 위험한 거 아냐?』

거리를 두고 필사적으로 촉수로 찰싹찰싹 때리던 중 드래곤 쪽에서 움직임을 보였다.

검 모양 비늘이 전부 방전하더니, 주위로 플라스마가 튀었다.

『앗…….』

『뭔~가 불길한 예감이…….』

『이거 위험한데…….』

『죽을지도 몰라……. 세상아, 잘 있어라!』

『도망쳐어어!』

위험을 감지했는지, 샤란라 패거리는 전속력으로 도망쳤다.

물불 가리지 않고 건물을 박살내면서 필사적으로 그곳을 벗어나려고 한 직후, 드래곤을 중심으로 방대한 플라스마가 방출됐다.

심지어는 검 모양 비늘에서도 레이저 같은 에너지가 전방위로 발사됐고, 그것으로도 모자랐는지 입에서 괴상한 광선까지 나갔다.

일직선으로 뚫린 건물들이 불타고, 방대한 플라스마가 주변에서 꿈틀대는 살덩이들을 태워버렸다. 입에서 나간 브레스는 횡베기처럼 도시를 휩쓸어 일대를 불바다로 만들었다.

문제는 이 대규모 화재로 샤란라에게서 분리된 살덩이가 타버린 것이었다.

살덩이는 말 그대로 단순한 고기라서 불을 이겨낼 방법이 없었다. 범상치 않은 재생 능력이 있어도 불타면 회복 속도가 쫓아가지 못하고 탄화한다.

『위험해……. 이대로 가면 죽어.』

『아니, 이미 죽었다니까.』

『정말로 누님은 구질구질하게 살려고 하네…….』

『야, 차라리 전부 합체하면 안 돼? 거구로 깔아뭉개고 그 틈에 본체만 튀는 거야. 어차피 커지기만 하고 도움은 안 되는 군살이 잖아.』

『『『『『그거야!』』』』』

아직 도시에 살아남은 살덩이를 필사적으로 불러들여서 크기만은 드래곤을 뛰어넘었다.

대괴수 지네 여자의 탄생이었다.

하지만 이 거구는 어디까지나 본체가 안전하게 도망가기 위한 눈속임에 불과했다.

시간은 조금 전으로 돌아간다.

겐마와 코즈에는 도시 문 앞에서 경비병, 용병과 함께 추악한 인간형 살덩이 무리와 전투를 펼치고 있었다.

이 살덩이는 칼로 베어도 죽지 않고 뼈 같은 무기로 반격해왔다.

유일한 이점은 코즈에의 마법으로 한곳에 모아 불태울 수 있다는 것이었다.

하지만 그래도 희생자는 나왔다.

"사, 살려줘! 으갸아아아아아아아아악!"

"젠장, 또 잡아먹혔어!"

"진형을 무너뜨리지 마라, 용병! 마법 공격은 아직 멀었나!"

"억지 부리지 마. 코즈에도 마력에 한계가 있다고. 한곳에 많이 모였을 때 태우지 않으면 소모전에서 밀려."

"변명하지 말고 어떻게든 해!"

겐마는 이 나라에 온 것을 조금 후회하고 있었다.

경비병…… 정확히는 대장급 기사가 밑도 끝도 없이 고압적이었다.

마법에 관해서 아무것도 모르는지, 걸핏하면 난발하라고 강요해댔다.

이 대장이 원하는 만큼 마법은 만능이 아니건만…….

"이보셔, 강력한 마법일수록 마력을 많이 소비해. 신관이 쓰는 신성 마법이란 것과 똑같아. 중요한 순간에 쓸 비장의 패를 난발해서 어쩌자는 거야! 웃차! 죽고 싶어?"

"다, 닥쳐! 그렇게 힘을 아끼고 네놈들만 도망칠 생각이지! 잔말 말고 빨리 써!"

살덩이의 단조로운 공격을 피하면서도 겐마는『귀찮게 됐어~』라고 생각했다. 이 대장은 도무지 남의 말을 듣지 않는다.

심지어 민간인에게 무기를 주고 방어전에 동원하는 강제 징집까지 벌였다.

"여보, 어떻게 할까요?"

"이 인간의 헛소리는 들을 필요 없어. 지금은 가능한 한 마력을 아껴둬."

"그럴게요. 솔직히 저 사람은 목소리만 들어도 불쾌하니까."

"이, 이 자식이!"

생각 없는 명령 따위 들어줄 마음은 없었다.

원래 용병이고, 딱히 착수금을 받고 고용된 관계도 아니었다.

그렇게 마법이 필요하면 직접 쓰라고 말해주고 싶을 정도였다.

“에잇!”

기괴한 살덩이를 무참하게 조각내고, 각목을 든 민간인을 덮치는 다른 살덩이를 등 뒤에서 양단하며 피해를 최대한 줄이는 방향으로 노력했다.

하지만 그런 겐마에게 기사 대장은『인마, 빨리 도와!』라고 호통쳤다.

그는 자기보다 작은 인간형 살덩이와 힘 싸움을 벌이는 중이었다.

‘이 녀석이랑 같이 썰어버리면 속이 시원하겠는데…….’

역시 카에데의 아버지답게 사고방식이 비슷했다.

“죽어! 죽어! 죽으라고!”

“이 살덩이들, 어떻게 해야 죽는 거야!”

“불로 지져! 그러면 효과가 있어!”

이 인간형 살덩이는 골치 아픈 적이었다.

잘게 썰어도 작은 파편이 꿈틀대며 다시 하나로 뭉쳐서 원상태로 돌아간다.

베든 뭉개든 죽지 않고, 작은 파편을 철저하게 짓뭉갠 뒤 불로 지져야 이 괴물은 겨우 활동을 멈춘다.

해치우기가 너무 번거로워서 병사들은 고전을 면치 못했다.

주민들도 살아남으려고 단체로 공격하지만, 한 마리를 해치우는 데도 시간이 걸렸다.

효율이 너무 안 좋았다.

개중에는 가까운 가게에서 기름을 무단으로 들고나와 불로 태우는 사람도 있었지만, 그래도 부족할 만큼 살덩이의 수는 많았다.

'……그나저나 지하에서 만난 녀석에 비해 느리군? 말도 안 하고……. 뭐, 그 덕에 살아있기는 하지만.'

이 인간형 살덩이는 지하 하수도에서 싸웠을 때보다 이상하게 약했다.

움직임이 단조롭고 느려서 겐마 입장에서는 상대하기 쉬웠다. 실제로 용병들도 힘들게나마 이기고 있었다.

피해도 생각보다 적었다.

물론 물량 공세에는 대책이 없지만…….

"문제는 쉽게 죽지 않는다는 건데……."

"빨리 도우라고! 야, 내가 누군 줄 알아?! 스플라춘 백작의 친족이다! 그런 나를 내버려 두고도 무사할 줄 알아?!"

"……저 시끄러운 것만 없었으면."

"너희들, 기억해둬! 반드시 극형에 처해주마! 내가 못할 줄 알지?!"

'……그냥, 죽일까?'

지금까지 적당히 받아줬지만, 슬슬 불쾌해졌다.

'이 정도 했으면 죽여도 되겠지? 이런 비상 상황에 실수로 한 명 정도 죽인다고 누가 뭐라고 하겠어?'

겐마가 진심으로 처분을 생각하기 시작했다.

그도 그럴 게 시끄러워도 너무 시끄러웠다.

특히 겐마는 지위를 이용해 거만하게 떠드는 무능한 인간을 싫어했다.

물론 자신도 인격자는 아니지만, 검을 들고도 아무런 각오도 없는 애송이의 허튼소리는 들어줄 수 없었다.

『비참하게 살 바에는 싸우고 죽어라』가 겐마의 지론이었다.

'그래도 고민되네. 저런 녀석의 피를【설풍】에 묻히고 싶지 않은데.'

【설풍】은 겐마가 아끼는 애도였다.

자루를 쥐면 신체 일부라고 느껴질 만큼 손에 익숙하고, 휘두르면 아무리 갑각이 단단한 마물이라도 벨 수 있었다. 게다가 날이 빠지지도 않는다.

초보자가 들면 위험한 칼이었다. 그 아름다운 빛깔에 매료되는 사람도 있으리라.

무엇보다도 무시무시하게 날카로운 최고의 파트너였다.

그런 명도에 애송이의 피를 묻히자니, 겐마는 용납하기 힘든 거부감이 들었다. 그만큼 이 기사 대장이 쓰레기라는 뜻이었다.

지금도 꽥꽥 소리치고 있지만, 겐마는 돌아볼 생각조차 들지 않았다.

"누가 저 바보를 죽여주지 않으려나……."

"야, 저 녀석을 붙잡……."

"……응?"

문득 애송이 기사 대장의 말이 끊겼다.

돌아보자 조금 전까지 소리치던 얼간이는 없었고, 대신 무언가가 충돌한 것처럼 파인 자국이 남아있었다.

땅은 용암처럼 고열을 내며 붉게 들끓고 있었다.

섬뜩 불길한 예감이 머리를 스쳐 바로 제자리에서 몸을 날렸다. 그와 동시에 어마어마한 열량을 가진 빛이 통과했다.

"뭐, 뭐야?!"

"으악?!"

"크아!"

곳곳에서 비명이 터졌다.

주변을 돌아보자 왠지 건물이 불타고 있었고, 하늘을 찢는 빛이 사방팔방으로 퍼지며 온 도시를 진홍색으로 물들였다.

운 나쁘게 직격을 맞은 사람은 처참한 시체가 되어 땅을 뒹굴었다.

섬광이 지나치자 사람도 물건도 상관없이 순식간에 불타서 비참한 숯덩이가 됐다.

건물의 화재는 빛이 통과한 뒤 잉여 열로 인해 부차적으로 발생한 것에 불과하며, 빛이 직접 통과한 자리에는 동문 방향부터 일직선으로 흔적이 남았다.

아마 누군가가 무시무시한 위력의 빛을 쏜 것이다.

'마, 마법 공격인가? 하지만 뭐지…… 이 위력은?'

겐마는 이런 강력한 공격은 난생처음 봤다.

아니, 이런 대규모 마법 공격을 딱 한 번 봤지만, 그것과는 다른 속성의 공격 같았다.

"이, 이봐……."

"괴물들이……."

마법 공격이 그쳤다고 생각했디니 이번에는 괴물들에게 움직임이 있었다.

느릿한 움직임만 보이던 뒤틀린 인간형 살덩이가 주변 살덩이와 융합했고, 일제히 뱀 같은 형태로 변해 빠르게 이동하기 시작했다.

마치 한 점으로 모이는 것처럼 빠른 움직임이었다. 이 괴물의 본체에 무슨 일이 생겼다고 겐마는 직감했다. 한편, 민중과 경비병들은 이게 무슨 상황인가 하며 얼떨떨하게 서 있었다.

살덩이가 동문 방향으로 이동하는 것은 명백했다.

즉, 본체— 지네 여자는 동문에 있다는 뜻이었다.

그런 생각을 하던 겐마의 눈앞에서 건물들이 소리를 내며 잇달아 붕괴했다.

무너진 잔해 앞쪽, 타오르는 불길 속에서 보인 것은—.

"아니, 뭔…… 저거 드래곤이야?! 내가 꿈을 꾸나."

멀리서도 확실하게 보이는 거대한 두 그림자.

지네 여자와 드래곤이 서로 죽자고 싸우고 있었다.

이런 현실이 어디 있는가.

"어머나, 꼭 이 책 같네요."

"괴물들의 대격돌이라. 장난 아니…… 잠깐만! 코즈에…… 지금 책이라고 했어?"

정체 모를 괴물의 행동보다 아내가 꺼낸 말이 겐마의 관심을 끌었다.

그녀의 풍만한 가슴에 안긴 몇 권의 얇은 책.

제목은 보이지 않지만, 띠지에 【두 짐승은 침대라는 이름의 정글에서 남자의 자존심을 걸고 날뛴다】라고 적혀 있었다. 심지어 시리즈 같았다.

겐마는 알지 못했다.

메티스 성법 신국이 그쪽 장르 서적의 성지(性地)— 아니, 성지

(聖地)라는 사실을.

"너, 사람이 죽어 나가는 와중에 대체 어디서 뭘 한 거야?!"

"우연히 주웠을 뿐인데요? 저기 무너져 가는 서점에서요."

"아이고…… 너 정말……."

드래곤과 괴물의 대결투보다 이런 때에도 취미를 잊지 않는 아내의 병이 더 심각했다.

타오르는 불길과 피어오르는 검은 연기를 올려다보며, 겐마는 현실에서 눈을 돌리듯 깊은 한숨을 쉬면서 중얼거렸다.

"먼 곳으로 떠났구나……."

전격과 무차별 레이저로 주변을 쓸어버린 재버워크는 타오르는 불길 속에서 지네 여자가 무언가를 꾸미고 있는 것을 알아차렸다.

지네 여자 주변으로 똑같이 창백한 피부를 가진 수많은 뱀이 일제히 모여들더니 차례차례 융합되어 갔다.

기분 나쁘게 꿈틀거리는 살덩이가 서서히 크기를 불려 나갔다.

『……역겨워.』

『별로 상관은 없지만, 저 녀석, 아까 말하지 않았어?』

『역시 우리랑 비슷한 존재인가?』

『뭔가 다른 느낌이 들어. 발생 과정은 같을지 몰라도…….』

『무슨 말이야?』

『우리처럼 원념이 결합한 존재지만, 저쪽은 욕망의 집합체 아니야? 우리는 적어도 복수라는 하나의 목적으로 뭉쳤고 신에게 힘도 받았어. 비슷할 뿐인 다른 존재라고 봐도 무방하겠지.』

전직 용사들의 생각은 옳았다.

원념을 바탕으로 발생했다는 점에서는 분명히 같지만, 재버워크는 4신교에 대한 원한이 원동력이었다. 그에 반해 지네 여자는 생전의 망집과 욕망 같은 미련에 집착했다.

그 본질의 차이 때문에 재버워크는 4신교 외에는 타인을 공격하지 않고, 지네 여자는 태연히 남을 죽이고 잡아먹는다. 눈앞의 살덩이는 공명심, 물욕, 금전욕, 성욕, 식욕 따위의 욕망이 뒤틀려 탄생한 존재로, 피해자의 의지를 뺀 모든 원념을 샤란라의 혼이 이어받았다고 할 수 있었다.

그래서 추악한 모습이 되었으리라.

『그래도 놈들은 무고한 주민까지 흡수했는데?』

『어떻게든 구할 수 없을까?』

『으음…….』

『앗, 우리도 저 살덩이를 먹으면 동화시킬 수 있지 않을까?』

『『『『『먹자고?! 저걸?!』』』』』

거대한 살덩이는 지금도 융합하며 크기를 불려 나갔다.

빈말로도 맛있어 보이지는 않았다.

『저건 아니지~. 다른 걸 먹으라면 모를까, 저건 진짜 아니야.』

『저것들을 흡수해서 어쩌려고!』

『절대로 서로를 이해하지 못하겠지…….』

『『『『『그 이전에 먹기 싫어!』』』』』

틀림없이 배탈 난다. 대충 보기에도 악취가 풀풀 풍기는 썩은 고기였다.

입에 넣기 싫다.

식욕도 안 생긴다…… 애초에 식욕이 존재하지도 않지만.

이제 와서 다른 악령을 흡수할 필요성도 느끼지 않지만, 그렇다고 괴물에게 먹힌 피해자를 방치하는 것도 양심에 찔렸다.

하지만 시험하기에는 용기가 필요했다.

시험 삼아 융합하려고 이동하던 살덩이를 잡아봤지만, 꿈틀대는 모습이 눈을 돌리고 싶을 만큼 징그러웠다.

그러나 용사의 혼 중에는 도전 정신이 충만한 자가 있었다.

『그만 꿍얼대고 시험해보자. 어쩌면 우리 힘이 강해질지도 모르잖아.』

『『『『이와타아아아! 뭘 하려는 거야아아아?!』』』』

용사【이와타 사다미츠】는 불필요한 진실을 알아서 살해됐고, 시체가 지하 하수도에 버려진 것도 모자라 자기 몸이 쥐에게 파먹히는 광경을 쭉 지켜본 원령이었다.

성격은 기본적으로 난폭하고 앞뒤 생각 없이 행동하는 등 칭찬할 구석이 없는 쓰레기 용사지만, 의지만은 누구보다 강해서 허를 찔렀다고는 하나 재버워크의 제어권을 어렵잖게 빼앗았다.

그렇게 이와타는 지네 여자의 몸을 물어뜯었다.

『쓰으으읍, 셔어어어어! 써어어어어어어어!』

『떫은 맛이이이이이이, 정의하기도 형용하기도 힘든 떫은 맛이이이이이이!』

『……물컹물컹해. 비위 상하는 식감…….』

『그, 그만해……. 먹을 거면 차라리 미각을 차단해줘……. 이상한 즙이 나와…….』

『우웨에에에에에엑, 제발, 멈춰…….』

일부 혼을 제외한 전원이 지네의 맛을 공유했다.

다른 사람들의 눈에는 괴물에게 맹렬히 달려들어 물어뜯는 사나운 드래곤으로 보이겠지만, 사실은 눈물을 머금고 있었다.

이와타를 포함해 제 잘난 맛에 살던 불량 용사들은 기본적으로 다른 용사들의 혼과 동조율이 불안정해서 감각이 공유되지 않았는데, 이것이 불행의 시작이었다.

정상적인 감성을 가진 용사들은 일시적으로 재버워크의 육체 제어권을 빼앗겨 강제로 지네 여자를 맛보게 됐다.

『『『『『빨리빨리 전부 먹어치워! 다른 일정도 많이 밀렸다고!』』』』』

『그, 그만…….』

『우웩!』

『목에 들러붙는 느낌이야~. 목 안쪽에 뭔가 있어~!』

물어뜯은 지네의 고기가 재버워크의 몸속으로 들어가자 억울하게 죽은 자들의 영혼이 해방되고, 그들의 분노가 모두 원흉인 지네 여자에게 향했다.

그 분노는 용사들의 혼과 동조해 고기를 삼킬 때마다 서서히 힘을 키워갔다.

지네 여자의 안에 용사의 혼이 있었던 것도 재버워크의 파워 업에 박차를 가했다. 머리가 하나둘씩 늘어나더니 마지막에는 머리가 다섯 개로 늘었고, 날개도 더욱 거대해졌다.

변모한 그 모습은 마치 어떤 세계의 영화에 등장하는 괴수를 방불케 했다.

아무튼, 머리가 늘어난 것이 꼭 좋지만은 않았다. 왜냐하면—.

『이와타…… 너랑 그 외 기타 등등. 지금 해보자는 거야?』

『각오는 됐겠지…… 엉?』

『너희도 이 고기 한번 먹어봐…….』

『네가 꺼낸 말이니까 기쁘게 전부 먹을 거지?』

『우리한테만 먹일 생각은 아니었겠지? 우리는 운명공동체라구.』

『『『『『마, 말로 하자…….』』』』』

『『『『『웃기지 마!』』』』』

지금까지는 용사들의 혼이 협력해서 하나의 몸을 움직였지만, 머리가 늘어나면서 불량 용사들의 혼은 다섯 머리 중 하나로 몰렸다.

즉, 남은 머리 네 개는 선량한 용사들이라는 뜻이다.

그리고 재버워크의 몸은 더 많은 혼이 동조하는 쪽에서 주도권을 쥔다.

쉽게 말하면 다수결이다.

머리가 늘어나면서 이와타를 포함한 불량 용사들은 다시 주도권을 선량 용사들에게 빼앗겼고— 벌이라는 이름의 복수가 시작됐다.

『목에 걸려~! 우웨에엑!』

『시큼한 즙과 끈적한 목 넘김이…….』

『내가 잘못했어어어, 용서…… 읍?!』

『NO—!』

『어라? 생각보다 괜찮네…….』

강자가 한 명 있었다.

거대 괴수들의 처절한 물어뜯기.

다른 사람에게는 가혹한 생존 경쟁처럼 보이는 싸움.

그 실상은…… 바보들끼리 펼치는 맥빠지는 콩트였다.

한편, 샤란라 패거리는…….

『잠깐, 잡아먹히잖아?! 커져서 맛있어 보이는 거 아니야?!』

『이건 생각 못 했는데……. 척 보기에도 독이 있는데 말이야.』

『누님이 독하긴 하지.』

『누가 말장난하라고 했냐.』

『생김새부터 엄청 맛없게 생겼는데…….』

설마 먹힐 줄은 몰랐다.

거대화해서 접근전을 펼치고 혼란한 틈을 타서 본체만 도망칠 작정이었는데 반대로 드래곤의 힘을 키워주고 말았다.

머리가 다섯 개로 늘어났고 몸은 한층 더 커졌으며 날개도 갑절 이상 성장했다.

심지어 상상 이상으로 잡아먹는 속도가 빨라서 샤란라 패거리의 재생력이 따라가지 못했다. 결국 거대 지네의 형태조차 유지하지 못할 만큼 힘이 빠져 그저 뒤룩뒤룩한 살덩어리가 되고 말았다.

『그래도 이건 기회로군.』

『이 녀석이 식사하는 사이에 우리만이라도 도망치자!』

『어떻게 도망칠 생각이야! 분리하면 방금 본 일제 공격에 불탈 것 아냐!』

『누님, 도시 성문을 잘 봐. 문이 그 광선을 맞고 날아갔잖아. 군살을 내주고 본체만 저쪽으로 날리면 돼.』

재버워크의 공격으로 성문은 이미 제 기능을 하지 못했다.

문은 박살 났고, 주변 성벽도 반쯤 붕괴했다. 성문 건물도 언제 무너질지 모를 만큼 파괴됐다.

그리고 중요한 것은 문밖으로 나갈 수 있다는 사실 단 하나였다.

샤란라 패거리가 지상으로 나왔을 때, 당연히 도시는 대규모 혼란에 빠졌다.

피난민이 앞다투어 성문으로 밀려들면서 혼잡을 빚었고, 그 틈에 샤란라 패거리— 지네 여자는 사람들을 습격했다.

그렇게 피해자가 속출하는 와중에 경비병들은 성문을 폐쇄했다. 샤란라 패거리가 밖으로 빠져나가지 못하도록 가둬버린 것이었다. 그들로서는 죽음을 각오한 작전이었으리라.

심지어 원래 문 안팎을 나누는 부분의 천장에는 사슬에 매달린 쇠창살이 있고, 도망치는 사람이 있으면 사슬을 끊어서 쇠창살을 떨어뜨린다.

하지만 재버워크의 무차별 공격— 광선에 성문이 파괴된 지금이라면 방해 없이 지나갈 수 있다.

『당장 도망치자!』

『『『『예이~!』』』』

지네 여자였던 살덩이는 마지막 발악처럼 몸에 무수한 촉수를 만들어서 드래곤을 옭아맸다.

이것은 주의를 끌기 위한 페인트 공격이었다.

무수한 촉수는 단 하나만 빼면 모조리 더미고, 그 하나의 촉수에 본체를 옮겼다.

드래곤에게 물어뜯기면서도 더미 촉수로 공격을 계속하고, 본체가 있는 촉수를 휘두른 동시에 끝부분을 잘랐다.

분리된 본체는 부서진 성벽을 넘어서 통통 튕기며 도시 밖으로 굴러갔다.

제7화 아저씨, 제자와 함께 던전에 가다

정체불명의 인간형 살덩이와 그것을 낳던 거대 지네 여자.

그것들을 먹어 치운 드래곤은 잠시 파괴된 도시에서 움직이지 않았지만, 이윽고 날개를 펼쳐 하늘로 사라졌다.

겐마는 먼발치에서 날아가는 드래곤을 의아하게 바라봤다.

기분 탓인지, 드래곤이 휘청거리며 나는 듯 보였다.

"……드래곤이라. 저게 정말로 드래곤인가? 왜 저 괴물을 먹고 커졌지? 저러면 마치……."

마지막에 하려고 한 『흡수한 것 같잖아』라는 말은 가슴으로 삼켰다.

겐마는 드래곤과 거대 지네 여자가 동질적 존재라는 생각밖에 들지 않았다. 적대하는 것으로 보아 근간은 다를 거라고 추측하지만, 그 차이가 무엇인지는 알 수 없었다.

그러다가 내린 결론은『생각해봤자 내 머리로 뭘 알겠어?』였다. 생각을 포기했다고도 할 수 있지만.

"저 지네 요물은 일전에 본 괴물과 닮았네요. 기아 상태가 되면 동류를 흡수해서 거대해지는 점이 똑같아요."

"그래…… 비슷하군. 드래곤도 그렇지만…….(설마 그 위험한 약 때문은 아니겠지?)"

"그런가요?"

"드래곤이 지네 여자를 먹으면서 녀석의 몸도 변화했어. 구체적으로는 몸집이 훨씬 커지고 머리가 늘어났는데…… 누가 봐도 동족이잖아?"

"동족이라면 왜 싸웠죠?"

"그거야 저 녀석한테 묻지 않으면 모르지. 의외로 동족 혐오 아니야?"

억측이라면 얼마든지 할 수 있지만, 마물을 전문으로 연구하는 학자가 아닌 겐마와 코즈에는 성질이 비슷하다는 것 정도만 알 수 있고 이번 사태를 자세하게 분석할 지식은 없었다.

메티스 성법 신국에는 마도사가 없어서 정보를 전달한들 믿어줄 것 같지도 않았다. 심지어 엘프라는 걸 들킨 시점에 구속당할 가능성까지 있었다.

이 나라는 타 종족을 박해 대상으로만 보고 용병 길드에 등록된 용병이 아니라면 즉시 노예로 취급하는 나라다다.

제아무리 메티스 성법 신국이라도 국가에 속하지 않는 중립 조직에는 손을 댈 수 없지만, 그래도 정보를 제공한다면 이웃 나라 솔리스테어 마법 왕국이 나올 것이다.

“코즈에, 아까 그 녀석을 그릴 수 있겠어?”

“멀리 있는 것만 봐서 자세한 부분까지는 모르겠지만, 어느 정도라면요.”

“기억에 남아있는 사이에 그려둬. 거대 지네 여자도 함께. 이런 정보는 용병 길드에서도 비싸게 사주니까.”

“알겠어요. 그럼 바로 시작할까요.”

사모님께서 닌자 옷 안쪽에서 붓통을 꺼냈다. 그리고 뚜껑에 담긴 먹물을 붓에 찍어 익숙한 손놀림으로 종이에 그림을 그렸다.

“전부터 궁금했는데, 그 도구를 어디에 숨겨둔 거야?”

“주부의 비밀이에요, 여보.”

닌자 사모님의 7대 불가사의.

도구가 절대로 들어가지 않을 곳에서 나오는 닌자 도구.

오랜 세월을 함께한 아내지만, 이런 도구를 어떻게 숨기고 다니는지 겐마는 아직도 알지 못했다.

“야, 왜 수묵화로 춘화를 그리고 있냐……. 지금 그걸 그려야 해?”

“그림 연습과 아낙네의 교양이랍니다, 여보.”

“쓸데없는 건 안 그려도 돼! 그런 교양도 필요 없어. 게다가 등에 멘 보따리…… 그거 전부 남색 서적이지! 원래 있던 곳에 돌려놓고 와. 불난 집에서 도둑질을 해?!”

“여보…… 도둑질은 들키지 않으면 범죄가 아니라구요. 게다가 방치된 물건을 줍는 게 왜 도둑질이죠?"

이 소란으로 성문 옆에 사는 상인과 일반인은 금방 도망쳤다.

당연하지만 그 후 드래곤의 무차별 빔 난사로 많은 가옥이 불타거나 무너졌다. 코즈에가 도둑질한 서점도 그런 건물 중 하나였을 것이다.

이유가 뭐건 아무도 안 본다고 재난 현장에서 도둑질을 하는 것은 겐마도 간과할 수 없었다. 이번 행위를 용서하면 같은 일을 반복할지도 몰랐다.

"질리면 헌책방에 팔면 되니까 그런 시선으로 보지 말아요. 여비에도 보탬이 되잖아요."

"너…… 아니라고 믿고 싶지만, 내가 모르는 곳에서 비슷한 짓을 하는 거 아니겠지?"

"살림살이가 쉬운 게 아니랍니다, 여 · 보."

코즈에는 온화하게 미소 지었지만, 등 뒤로는 예사롭지 않은 패기가 어른거렸다.

현상금 사냥꾼이나 용병 생활은 언제나 돈과의 싸움이며, 겐마도 술과 도박을 즐기는 탓에 여행 경비를 상당히 소모했다.

사실 사모님의 장밋빛 취미도 원인 중 하나지만…… 그것을 모르는 겐마는 돈 얘기가 나오면 꼬리를 내릴 수밖에 없었다.

"헌책이라……. 팔아봤자 몇 푼 되지도 않겠지만, 없는 것보다는 낫나……."

"그렇다니까요. 여행하려면 돈은 중요하잖아요."

"그렇다면 책보다 보석이 낫지 않아?"

"당신…… 나한테 도둑이 되라는 말이에요?"

"하는 짓은 그게 그거거든?!"

코즈에의 논리는 이상했다.

똑같은 도둑질인데도 그녀의 인식으로는 보석을 훔치면 범죄, 야한 오빠들의 이야기책을 훔치는 것은 예술 작품 보호 활동이었다.

그런 그녀는 겐마의 말에 굉장히 상처받았다는 표정을 짓고 있었다.

"하아…… 이 이야기는 관두자. 우리가 쉴 숙소는 있으려나?"

"찾으면 금방이에요. 여관 주인은 없겠지만."

"이 상태라면 머물러도 화재에 휘말릴 것 같은데……."

두 사람의 눈앞에서는 지금도 바람을 타고 불이 번지고, 2차 피해로 건물이 붕괴하고 있었다. 복구에는 많은 시간과 예산이 필요할 듯했다.

이런 참상을 바라보면서 겐마는 『오늘부터 야영인가……』라며 체념어린 한숨을 쉬었다.

며칠 후, 성도 마하 루타트에서 도시 재건안을 토론했지만, 재정 부족을 이유로 복구 예산을 지원받지 못했다.

결국 이 성곽 도시는 버려졌고, 괴물들의 싸움으로 멸망했다는 사상 초유의 기록이 후대까지 전해졌다.

◇ ◇ ◇ ◇ ◇ ◇ ◇

솔리스테어 공작령 별장.

혹은 크레스톤 저택의 어떤 방―.

"던전에 가자."

""""던전?!""""

제로스의 뜬금없는 『던전에 가자』 발언.

마력 증강과 제어를 겸한 훈련으로 【파이어볼】을 공중에서 유지하던 츠베이트와 세레스티나가 돌아봤다. 경호원이면서 따분하게 시간을 축내던 에로무라도 아저씨의 갑작스러운 발언에 놀란 것처럼 얼빠진 목소리로 되물었다.

"최근에 이것저것 만드느라 철이 부족하거든요. 채굴하러 가는 김에 같이 가서 던전에 도전해 보면 어떨까 싶어서요. 어떤가요?"

"어떠냐니……. 너무 갑작스럽잖아."

"동지…… 이 아저씨, 채굴하러 가는 김에, 라고 했어. 그리고 나는 가기 싫어……."

"그래도 던전에는 관심이 있어요. 여러 준비가 필요하겠지만."

츠베이트는 제로스가 위험하기 짝이 없는 던전에 소풍이라도 가는 말투로 말해서 불안 섞인 표정을 지었고, 세레스티나는 호기심을 자극받아 살짝 마음이 움직이는 눈치였다.

참고로 에로무라는 왠지 얼굴이 새하얗게 질렸다.

"가까운 곳에 던전이 있어요. 가볍~게 한탕하고 옵시다."

"준비가 필요하다니까! 던전에서는 무슨 일이 벌어질지 모른다고."

"오라버니, 선생님이 준비할 필요가 있다고 생각하세요? 맨손으로 던전에 들어가도 며칠 뒤에는 엄청난 장비를 맞춰서 돌아올 것 같아요."

"그러게……. 아니라고는 못 하겠군."

세계의 마경인 파프란 대산림 지대에서 살아남고 고명한 실력자마저 압도하는 힘을 가진 자가 제로스였다. 맨손으로 던전에 들어가도 현지에서 마도 연성 따위를 구사해서 강력한 무기를 만들지도 모른다.

적지에 단독으로 쳐들어가서 뛰어난 생존 기술로 살아남고, 현지에서 물품을 조달해 람보처럼 싸우는 특수부대 흉내도 간단히 해낼 것이다.

모든 나라가 몇 명씩은 갖고 싶은 머스트 해브 인재였다.

"……언젠가 나라의 영지를 다스릴 사람으로서는 스승님 같은 인재를 꼭 갖고 싶어."

"핫핫, 저는 나라를 위해 일할 생각이 조금도 없어요. 마음이 편한 자유가 제일이죠."

"어떻게 보면 엄청 배부른 소리군……."

"그나저나 에로무라 군…… 안색이 안 좋은데 괜찮아요?"

아저씨는 왠지 우울증에 빠진 에로무라를 이상하게 바라봤다.

"던전…… 정말 가려고? 거기에? 싫어, 난 안 가. 놈들이…… 놈들이 기다려……."

'……전에 혼자 던전에 갔을 때 무슨 일이 있었나?'

츠베이트는 뭔가 사정이 있다고 눈치챘지만, 원인까지는 알지 못했다.

유일하게 아는 점은 겁을 먹어도 아주 단단히 먹었다는 것뿐이었다.

"지금은 3층까지밖에 못 간다고 하니까 딱히 문제없지 않을까요? 마물도 잔챙이예요, 잔챙이."

"스승님한테는 그렇겠지만, 머릿수가 모이면 위험해. 공작가에 제공된 자료에 따르면 지금도 구조가 변하는 불안정한 상태라고 하잖아."

"정 위험하면 천장을 구멍이라도 내죠, 뭐."

"그런 게 가능한 사람은 스승님(선생님)뿐이야(예요)."

제법 위험한 사고방식이었다.

실제로 그게 가능하니까 더 문제고, 천장을 뚫어 탈출하는 방법은 이미 써먹기도 했다.

던전을 무서워할 게 아니라 던전이 아저씨를 무서워해야 할지도 모르겠다.

"어차피 한가하니까 며칠간 던전에 들어가도 괜찮잖아요? 비상시를 위한 생존 기술은 시간이 있을 때 배워두는 게 좋아요."

"그것도 일리가 있군……. 그러면 내일에라도 가 볼까?"

"오라버니는 공무도 돕고 있지 않나요?"

"그게 말이지, 아버지가 거의 다 처리해 버리니까 일이 대부분 직원한테 돌아가서 내가 도울 일이 없어. 아버지가 나한테 공작가를 물려줄 생각이 있는지 의심스러워."

"아버지……."

귀족 가문의 후계자는 이스톨 마법 학교가 휴가에 들어가면 각자 영지에서 후계자 수업을 받는 것이 일반적이다. 하지만 츠베이트는 그러기가 쉽지 않았다.

그 이유는 친아버지가 너무 유능한 나머지 츠베이트가 배울 기회를 전부 빼앗아 가기 때문이었다.

크레스톤이라면 일을 다소 남겨주겠지만, 델사시스는 스케줄을 전부 처리할 때까지 손을 멈추지 않을뿐더러 본인이 자유시간을 얻기 위해서 남의 일까지 모두 처리해 버린다.

『남한테 맡기는 것보다 내가 하는 게 빠르다』라는 이유지만, 이래서는 젊은 인재를 키울 수 없다며 크레스톤은 탄식했다.

그의 행동은 다른 의미로 주변 사람을 울리고 있었다.

“나, 아버지를 뛰어넘을 수 있을지 불안해…….”

“아니, 그건 꿈이 너무 크죠. 츠베이트 군이 델사시스 공작님처럼 될 필요도 없다고 봅니다. 무리하면 사흘 안에 몸이 망가져요. 그분은 어떤 면에서 저만큼 비상식적이니까요.”

“설득력이 엄청나군…….”

“바로 이해되어서 심정이 조금 복잡하네요…….”

“아버지는 대체 언제 쉬고 계실까요?”

델사시스 공작의 사생활은 비밀에 싸여 있었다.

“하던 얘기를 마저 하자면, 던전 탐색은 내일부터 하죠. 괜찮습니다. 저는 당일치기도 했으니까 가벼운 마음으로 가면 돼요. 크레스톤 씨도 두 사람에게 여러 경험을 시켜달라고 부탁하셨고요.”

““할아버지…….””

이리하여 아한 마을 폐광 던전에 가기로 결정되었다.

하지만 얘기를 듣던 에로무라의 얼굴은 창백해졌다.

"시, 싫어어어어어어어어어어어어어!"

"이 녀석, 던전에서 무슨 트라우마라도 생겼나?"

솔리스테어 공작가 별장에 에로무라의 비명이 울려 퍼졌다.

그렇지만 츠베이트의 경호원이기도 한 에로무라에게 거부권은 없었다.

그것이 그의 일이니까…….

이튿날, 던전에 가길 싫어하는 에로무라를 끌고 도착한 아한 마을 폐광 던전.

왠지 이상하게 겁먹은 에로무라를 무시하고, 신축한 용병 길드에서 입장 수속을 마친 뒤 바로 갱도로 들어갔다.

"여기가 던전인가요? 겉으로 보면 평범한 갱도와 똑같네요?"

"그렇게 생각하겠지만, 이 던전에는 출입구가 여러 개 있고 3층부터 아래는 탐색에 꽤나 애를 먹는다고 합니다. 지금은 어떤 식으로 변했을지 모르겠네요."

"생각해보면 용병들은 목숨 아까운 줄 모르는구나. 수시로 구조가 변하는 던전은 미지의 위험지대잖아."

"그 사람들도 먹고살아야 하니까요. 밥줄이 끊긴 사람이 일확천금을 노리고 도전하는 거죠."

—Kurrrrrrrrrrrrrrrr…….

던전 안에서는 때때로 땅울림이 들리고는 했다. 지하 어딘가에서는 지금도 구조가 변하고 있다는 증거였다.

조사한 정보도 다음 날에는 무의미해져서 용병들이 조사하기도 여의치 않았다.

갱도 입구에서 파는 지도도 참고 수준밖에 되지 않았다.

"원래 광산이라서 길이 복잡하게 꼬여있나? 설마 1층에서 갑자기 미탐색 지역으로 이어지는 건 아니겠지."

"눈치가 빠르네요, 츠베이트 군. 지하인데 왠지 광대한 세계가 형성됐더라고요. 그게 갱도로 복잡하게 연결되죠. 공간이 왜곡되기라도 했나? 이야, 던전은 신기한 비밀로 가득하네요~."

"마물보다 일부 용병이 위험하지만…… 후후후."

츠베이트도 에로무라의 상태를 보고 전에 갔던 던전에서 험한 꼴을 당했다는 것은 짐작했지만, 왜 용병이 위험하다고 말하는지는 이해하지 못했다.

그렇지만 구태여 캐물을 생각은 없었다.

감일 뿐이지만, 들으면 후회할 것 같은 느낌이 들었다.

"그래봤자 파프란 대산림 지대 정도는 아니에요. 다만, 여기서 주의해야 할 건 함정이죠."

"함정……이요?"

"던전에 의지가 있는지는 모르겠지만, 변덕스럽게 통로에 함정이 설치되고는 해요. 실수로 발동하면 큰일 나요."

던전 미경험자가 가장 경계해야 할 것이 어디에 있는지 모를 함정이다. 마물과 싸우다가 자기도 모르게 건드려서 사망하는 용병도 적지 않았다.

베테랑 용병은 함정도 이용해서 마물을 해치우지만, 초보 용병과 던전 미경험자는 판별하기 어려워 함정을 감지하는 도적이나 암살 능력을 갖춘 용병이 인기가 있다.

개중에는 정말로 암흑가의 암살자나 도적이 있기도 하지만…….

"용병 랭크에 따라 도전할 수 있는 층수가 변하지만, 무시하는 사람이 많다고 합니다. 가끔 던전 도적이 되는 사람도 있다나 뭐라나. 둘 다 죽어봤자 자업자득이죠."

"무법지대네. 용병 길드가 단속을 안 해?"

"못 하죠. 용병은 거의 다 가난한데다 수가 많아요. 길드는 직원 수가 한정돼 있고요. 인력 부족은 어디서든 심각한 문제라는 얘기죠~."

"살기 위해 들어온 던전에서 죽는다니, 아이러니잖아. 아무리 자기 책임이라도 그렇지, 명색이 길드인데 좀 무책임하지 않아?"

"주의 안내를 했는데 무시하고 던전 깊은 곳까지 들어간 용병들이 잘못이죠. 그보다도 던전은 마도사에게도 매력적이에요. 희귀한 금속과 약초, 마물 소재를 대산림 지대보다 안전하게 구할 수 있거든요. 가슴 설레지 않나요? 크로이사스 군도 이 사실을 알면 콧노래를 부르며 도전하지 않을까요."

"그 녀석이라면, 그럴 수 있지……."

츠베이트의 동생 크로이사스는 마도구뿐 아니라 마법약 재료인 약초나 희귀 광물, 무엇보다 마물 소재라면 사족을 못 썼다.

희귀 소재에 관한 소문이라도 들으면『흥미롭군요. 어떻게 해서든 현지 조사를 가 봐야겠어요!』라며 흥분해서 던전에 들어갈 게 틀림없고, 그리고 조난당할 게 확실했다.

실내파라서 체력이 없는데도 무모한 짓을 벌이는 모습이 절로 상상됐다.

"크로이사스 오라버니라면 틀림없이 던전에 오겠네요. 호위병도 고용하지 않고 호기심만으로 침입했다가 바로 죽을 것 같은 기분이……."

"세레스티나……. 너, 크로이사스의 성격을 이해하기 시작했네."

"목적을 위해서라면 수단마저 잊는 사람이니까요. 이더 란테에서도 고대 마도구를 몰래 훔치기도 했고……."

"야! 지금 큰일날 소리 하지 않았어?! 마도구를 훔치는 장면을 봤어?"

"우연히 범행을 목격하고 말았는데…… 크로이사스 오라버니는 평소에도 그러나요? 손놀림이 묘하게 익숙해 보였어요. 쫓아갔지만 금방 놓쳤고, 증거도 남기지 않은 터라……."

"……그 멍청이, 도둑질 솜씨를 늘려서 어쩌자는 거야."

난감하게도 크로이사스에게는 악의가 없었다. 그 행동으로 주변에 어떤 폐를 끼칠지 생각조차 하지 않는다.

본인의 호기심과 연구 앞에서는 모든 것이 사소하고 잡다한 일에 불과했다.

취미에 심취한 제로스와 똑같다는 말에도 일리가 있었다.

"그럼 지금부터 던전의 주의사항을 알려드리겠습니다. 방금 말했다시피 함정을 조심해야 해요. 어디에 설치됐는지 알 수 없고 위장까지 되어있어서 발견하기 어렵죠. 앗, 이건 훈련이니까 저와 에로무라 군은 【트랩 서치】를 쓰지 않을게요. 두 사람이 쓰는 건 인정하겠지만."

"소비 마력을 잘 생각해서 배분해야겠군……. 구멍 함정은 육안으로도 쉽게 보이겠지."

"츠베이트 군 말대로 구멍 함정은 대표적인 함정이고 바닥에 난 부자연스러운 균열을 보면 쉽게 알아챌 수 있죠. 바닥에 부자연스러운 일직선 균열이 있으니까 어지간한 초보가 아니면 걸리지 않겠지만요. 구멍 바로 위에 서지 않으면 덮개가 열리지 않지만, 간혹 일정 시간마다 저절로 열리는 것도 있으니까 충분히 주의하세요."

"헤헤헤…… 나도 걸렸어. 어떻게든 살긴 살았지만, 히헤헤헤."

"이 녀석, 진짜로 괜찮나?"

정신이 불안정해진 에로무라가 걱정이었다.

에로무라의 사정은 듣고 싶지도 않지만, 이대로 데리고 가도 될지 두 사람은 진심으로 고민했다. 잘 생각해 보면 그가 없다고 딱히 곤란할 것은 없었다.

"에로무라 군, 컨디션이 안 좋으면 마을에서 기다려도 돼요. 그런 상태로 함정에 걸리면 큰일이니까."

"나를 버릴 생각이냐, 아저씨!"

"왜 그렇게 돼요?!"

"마을은 싫어, 마을은 싫어, 마을은 싫어, 마을은 싫어, 마을은 싫어……."

아저씨는 점점 더 당혹스러웠다.

에로무라에게 위험한 곳은 던전이 아니라 아한 마을에 머무는 『우홋♡』한 용병 파티였다.

그에게는 차라리 던전 안이 더 안전한 셈이었다.

"에로무라, 그 상태로 호위나 할 수 있겠어?"

"마을…… 아니, 용병 길드에 돌아갈 바에는 마물을 몇 마리든 해치워주마!"

"아니, 이번에는 광석 채굴과 약초 채집이 목적이거든요? 용병 길드 규칙도 지킬 거예요."

마물과의 전투는 예상되지만, 사고는 언제 일어날지 모르는 법이다.

하지만 지금은 에로무라가 사고를 일으킬 것 같아서 함께 있는 편이 불안했다.

"그럼 빨리 가볼까요. 제 뒤에 붙어서…… 앗, 에로무라 군, 천장을 주의—."

"으악?!"

제로스가 주의를 준 순간, 갑자기 천장에서 떨어진 창에 꼬챙이가 될 뻔한 것을 꼴사나운 자세로 피했다.

골격에 이상이 생기지 않았을지 걱정이었다.

"……전에 왔을 때는 이런 곳에 함정이 없었잖아?! 스위치도 안 밟았는데!"

"아마도 랜덤 트랩인가? 두 사람도 잘 기억해둬요. 함정 중에는 지금처럼 갑자기 발동하는 것도 있으니까 경계를 늦추지 않도록 조심하세요.”

“응……. 입구 근처부터 갑자기 나오네.”

“던전은 무섭네요…….”

“내 걱정은?! 이봐, 내 걱정은 안 해줘?!”

제로스는 같은 전생자인 에로무라라면 쉽게는 죽지 않으리라고 생각했고, 츠베이트와 세레스티나도 『이 인간이라면 끈질기게 살아남겠지』라는 근거 없는 믿음이 있었다.

그것을 신뢰라고 불러도 될지는 모르겠지만.

“다들 야박해……. 나, 운다? 울어도 되지?”

그런 그들의 태도에 에로무라는 귀찮고 한심하게 우는소리를 했다.

던전 탐색을 계속하며 1층 보스방에서 【홉 고블린】이 이끄는 고블린 소대를 싱겁게 해치운 일행은 2층에 도착했다.

그곳에는 도저히 지하 세계라고 믿기 어려울 정도로 넓은 숲이 펼쳐져 있었다.

“……이게 던전 내부의 필드인가. 이야기는 들었지만, 굉장하군.”

“정말로 숲이 있네요. 이 햇빛은 어디서 들어오는 걸까요?”

“출현하는 마물은 고블린, 오크, 불도도도, 포레스트 울프, 레드 호크, 혼 래빗 등등 밖에서도 자주 보는 종이군요. 전에 이곳은 단순한 갱도였는데…….”

“내가 피트 슈터로 떨어진 곳은 설산이었는데 거기는 몇 층이었을까……. 추웠지~.”

“엥? 제가 두 번째로 와서 의도적으로 떨어진 곳은 독 습지대였는데요? 역시 내부 구조가 꾸준히 변하나 보네요. 지역이 몇 군데나 있는지 원…….”

한 번은 최하층까지 내려간 제로스지만, 모든 지역을 기억하지는 못했다.

그중에는 갱도로만 이루어져서 무슨 계층인지 판단되지 않는 지역도 있었고 지도도 그리지 않아서 제로스의 기억에 있는 던전 구조는 몹시 모호했다.

비교적 얕은 곳에 광맥이 발견됐다고 하지만, 구조가 자주 변하는 이상 이 정보도 무턱대고 믿을 수 없었다.

하지만 참고 정도는 할 수 있다.

“용병 길드에 약초나 광석을 가져오는 채집 의뢰가 있던데, 신인 용병에게 이 던전은 힘들지 않을까? 1층부터 느닷없이 함정이 튀어나오는데.”

“에로무라가 길드 게시판을 확인했다고?! 맙소사, 세상에 이런 일이…….”

“동지, 너무하지 않아?! 나를 생각 없는 놈이라고 생각하는 거 아니지?!”

“…….”

평소 행실이 본인의 평가를 결정한다.

에로무라에 대한 츠베이트의 평가는 『생각 없는 바보』로 굳어졌고, 무언의 대답이 그 사실을 전해줬다.

에로무라는 자신에 대한 불신에 진심으로 울고 싶어졌다.

자업자득이었다.

“응? 바로 손님이 오셨나 보군요. 고블린 다섯 마리, 열심히 해치워 보세요.”

“이 정도야 식은 죽 먹기지.”

“솔직히 생물을 죽이는 행위는 좋아하지 않지만…….”

츠베이트는 대검으로, 세레스티나는 메이스로 고블린을 상대했다.

어떤 대산림 지대에 사는 고블린보다 약해서 전투는 금방 끝났다.

그리고 두 사람은 마석만 남기고 소멸하는 고블린을 보고 놀랐다.

“이, 이게 **던전에 먹힌다**는 건가……. 처음 봤어. 위에서는 관찰하지 않고 왔으니까.”

“저기…… 이러면 해체는 가능한가요? 마석만 남기고 사라져 버렸는데.”

“포레스트 울프는 숙련자가 아니면 모피조차 벗기지 못할 거야. 티나, 해체 작업에 도전해볼래?”

“개체 차이는 있지만, 보유 마력에 따라서 모피도 사라지지 않고 남는 경우가 있어요. 다만, 싸우기는 조금 버겁겠지만요.”

“마력이 적은 마물은 금세 던전에 먹히고, 많아도 마력이 포함된 부위만 남아. 어떻게 소재를 들고 나가지?”

던전에서 쓰러뜨린 마물과 소재는 짧은 시간 안에 소멸한다.

해체 스킬을 구사해서 소재를 얻어도 시간이 지나면 전리품은 모두 던전에 흡수되고 만다. 소멸을 방지하기 위해서는 특수 가공한 가방이나 가죽 주머니가 필요하지만, 용병 대다수는 이런 도구를 가지지 못한 실정이었다.

길드 직원이기도 한 포터가 이런 도구를 소지했는데, 고용하려면 제법 돈이 들기 때문에 많은 용병은 던전에서 우연히 발견하기를 기도할 뿐이었다.

그래서 중급 이하 용병이 가지고 나올 수 있는 물건은 흡수되지 않는 마석과 약초 같은 채집물, 마력이 담긴 부위의 일부 정도였다.

"……스승님. 우리도 그런 편리한 주머니는 없어."

"괜찮아, 문제없어. 사실 몰래 준비해 뒀거든요. 저한테 빈틈은…… 산더미처럼 있지만요."

"『빈틈은 없다』라고 확실하게 말해주면 좋겠어……."

아저씨는 인벤토리에서 꺼낸 가방을 츠베이트와 세레스티나에게 건넸다.

츠베이트가 받은 것은 평범한 가죽 가방이고, 세레스티나가 받은 것은 토끼 모양의 핑크색 어린이용 가방이었다.

"""……."""

"훗…… 불도도도 가죽으로 만든 가방을 아라크네 실로 짠 수건으로 감싼 특별 사양입니다. 이런 팬시용품은 전문이 아니라서 조금 고전했어요."

"아니, 아저씨…… 아무리 그래도 이건 아니지. 아무리 봐도 유아용이잖아……."

"그래도 성능은 끝내줍니다. 이거면 던전의 흡수 효과를 막을 수 있는 데다가, 심지어 매직 백이라고요! 대형 트롤 한 마리 정도라면 들어가죠."

"""……."""

매직 백은 기쁘지만, 그중 하나의 모양새가 굉장히 묘했다.

기쁨이 박살나서 날아갈 정도였다.

키가 8미터는 되는 대형 트롤이 들어가는 시점에서 이 아이템 백은 국보급 가치를 지닌 파격적 성능이었다.

하지만 현실적으로 군사 행동 중에 이 가방을 메면 너무 튀어서 적의 눈길을 끌 뿐 아니라 지나치게 어린애 같은 디자인 때문에 창피해서 견딜 수 없었다.

요약하면, 없으니만 못한 디자인이었다.

그런 불필요한 요소에 전력투구하는 것이 제로스라는 아저씨였다.

"갈까요? 3층에는 약초도 많고 사람도 별로 없다고 합니다."

"이거…… 정말로…… 제가…… 메야 하나요? 귀엽……지만…… 귀엽긴 하지만……."

"틀림없이 성능도 굉장하겠지만…… 왜 쓸모없는 장식을 넣어? 스승님 생각은 알다가도 모르겠어."

"괜찮아, 동지. 나도 저 아저씨는 이해가 안 돼……."

던전에 관한 이야기로 돌아가면, 이 아한 폐광 던전에는 층마다 보스방이 존재한다.

보스는 해당 층에 서식하는 다른 마물보다 한 단계 강한 마물이지만, 지금 츠베이트와 세레스티나라면 여유롭게 이길 수 있는 상대였다. 적어도 마법을 쓰는 상대는 상층에 출현하지 않는다고 알려졌다.

2층 보스방에서 일행을 기다리던 마물은 【하이 오크】를 리더로

한 다섯 마리 오크 소대였다.

"돼지가 나왔어."

"【미트 오크】 말고는 못 먹으니까 마석만 노린다는 생각으로 싸워야겠군요. 두 사람이라도 쉽게 이길 겁니다."

"우리만 싸우라고?!"

"오크가 다섯 마리나 있는데요?!"

"위험해지면 도울게요. 힘내라, 힘~."

"아니, 이것 봐요, 아저씨. 공작가 도련님과 아가씨한테 상처가 생기면 내 입장이 난처해져……."

"자~, 그럼 지금까지 한 훈련의 성과를 보여주실까요? 얼마나 실력이 올랐으려나~♪"

"""……즐기는 거 아니야(아니에요)?!"""

하이 오크는 오크종 중에서는 지능이 아주 조금 좋은 마물이다.

네 사람이 조잘대는 사이에도 공격할 순간은 있었지만, 어설프게나마 아저씨와 에로무라가 강하다고 꿰뚫어 본 탓에 거리를 두고 주변을 서성거리고 있었다.

다른 오크도 리더가 경계하는 것을 알고 무기를 든 채로 움직이지 않았다.

"하는 수 없구만……. 실전 훈련이군."

"선생님의 수업은 혹독해요……."

"꾸히이이이익!"

상대가 두 명이라고 인식하자 하이 오크는 공격 지시를 내렸다.

오크 네 마리는 둘로 나뉘어 각각 츠베이트와 세레스티나를 표적으로 삼고 좌우에서 공격하려고 움직였다.

""신체 강화!""

무영창으로 신체 강화 마법을 사용한 츠베이트와 세레스티나는 단숨에 하이 오크에게 접근했다.

그런 두 사람을 노리고 하이 오크가 곤봉을 번쩍 들어 츠베이트에게 휘둘렀다.

"맞겠냐!"

오른쪽에서 비스듬히 내려친 곤봉을 츠베이트가 대검으로 막았다.

"……큭!"

예상보다 묵직한 충격에 살짝 인상을 찌푸렸다.

"지금이에요!"

세레스티나는 그 순간을 놓치지 않았다.

츠베이트가 대검으로 하이 오크의 곤봉을 막은 틈에 그녀는 메이스로 하이 오크의 팔꿈치를 겨냥해 둔중한 일격을 꽂았다.

우득!

끔찍한 소리가 들린 순간, 하이 오크는 고통으로 비명 질렀다.

"꾸아아아아아아아아아아아아악!"

"뒈져!"

통증으로 정신이 흐트러진 틈을 찔러 츠베이트는 대검을 고쳐 잡고 하이 오크의 머리 위로 치켜들었다. 그리고 힘껏, 단숨에 내려쳤다.

노렸던 곳에서 조금 비켜나기는 했으나, 대검은 머리에 파고들었다.

아무리 강인하고 재생 능력이 있는 하이 오크라도 머리에 검이 박히자 즉사했다.

"나머지 넷! 오라버니, 오른쪽 오크를 부탁드려요."

"두 마리 동시에 상대할 수 있어? 뭐, 위험하다 싶으면 도와줄게."

리더인 하이 오크가 패배해서 동요했는지, 오크들은 뿔뿔이 도망치기 시작했다.

그런 와중에도 제로스와 에로무라 쪽으로는 가지 않았다.

"하이 오크를 순식간에 죽였어……. 동지, 의외로 강했구나. 내가 나설 기회가 없잖아."

"훈련했으니까요~. 이 정도는 해야죠."

"게임처럼 레벨 시스템이 있지 않았나, 이 세계……."

"훈련한 만큼 성과가 반영되는 건 어느 세계건 똑같아요. 레벨만 믿고 안주하면 세레스티나 양에게도 허무하게 추월당할지 모릅니다?"

"나, 필요 없어져? 또 백수야?! 그건 싫어어어~!"

"그걸 왜 나한테 말하시나~. 관계도 없는데."

그러는 사이에도 세레스티나가 메이스로 오크를 때려죽이고 츠베이트가 대검으로 압살했다.

정석대로 무리의 리더를 먼저 처치한 덕분에 보스방의 오크들은 단시간에 제압당했다.

그 결과에 제로스도 만족했다.

"이 정도면 거저먹기네."

"보물상자는 없나 보네요."

“아~, 2층이나 3층이라면 찾아도 내용물은 별로 기대하지 마.”
“에로무라 씨, 잘 아시네요.”
“대충은 알지. 던전 상층은 마력 농도가 낮아서 보물상자의 내용물에도 마력이 그다지 담기지 않아. 나와봤자 고물이나 다를 바 없어.”
“마력 농도의 차이로 보물상자의 내용물도 변한다니…… 대체 무슨 원리죠? 신기하네요.”
‘…….’
곰곰이 생각해 보면 던전이라는 존재 자체가 미스터리였다.
일반적으로는 필드형 마물이라고 분류되지만, 지하 공간에 광대한 숲 필드를 만드는 힘은 상식적으로 설명이 안 된다.
그만한 힘이 있으면 굳이 외부에서 먹이가 될 생물을 불러들일 필요는 없지 않을까. 마물로 본다면 이동하며 사냥감을 잡는 편이 효율적일 것이다.
외부에서 먹이를 유인하려고 보물상자라는 미끼를 준비하는 것은 이해할 수 있지만, 그중에는 드물게 어마어마한 성능을 품은 마도구나 무기도 존재한다. 그것들은 아무리 생각해도 전문 지식 없이는 만들 수 없는 물건들이다.
심할 때는 던전의 핵인 던전 코어마저 파괴하는 물건까지 있다.
정말로 던전을 생물로 본다면 자살 목적이 아닌 한 자신을 죽이는 무기를 배출하는 까닭을 알 수 없다.
그 이전에 무기와 도구라는 인공물이 자연 발생하는 메커니즘이 이상하다.

일설에 의하면『용병들이 쓰러지고 남은 무기와 도구가 흡수되지 않고 고밀도 마력으로 변질해 강력한 힘을 얻는다』라고 하지만, 그 가설이 사실이라면 개량과 가공이 이루어졌다는 뜻이다.

보물상자가 배치된 것도 명백히 인간의 욕망을 이해한다고밖에 생각할 수 없다.

누군가가 이것을 설계하고 만들어 냈다면 그나마 이해가 되지만, 그 모든 것을 던전 코어가 했다면 던전은 상당히 고도의 지성을 지녔다는 말이 된다.

또한, 던전 내부에서 자라는 마물은 먹이를 먹지 않아도 된다. 생물학적 관점에서 보아도 이건 말이 안 된다.

생각하면 생각할수록 던전이라는 존재는 불가사의하며 무엇을 위해 존재하는지 알 수 없었다. 그래서 신비하기는 하지만, 이세계인의 시점에서 보면 부자연스럽고 꺼림칙하기도 했다.

굳이 비교하자면 제로스가 하던 VR게임에 가까운 존재일 것이다.

"던전은, 대체 뭘까……?"

누구에게도 들리지 않게 조용히 중얼거렸다.

제로스는 제자들의 뒷모습을 바라보며 던전이라는 존재에 경계심을 가졌다.

이 일정 영역 내에 창조된 세계에—.

제8화 아저씨, 마요네즈로 테러하다

던전, 그것은 욕망이 소용돌이치는 마굴.

사람들은 저마다의 이유로 이곳을 찾는다.

예를 들어―.

"우하하하하하, 상층에서도 제법 나오잖아! 자, 츠베이트 군도 캐세요! 캐고 캐고 또 캐요!"

"왜 그렇게 흥분했어……? 전부 희귀 금속도 아니라 철광석이잖아."

"잘 확인해 보세요. 적철, 흑철, 미량의 금과 은, 동, 주석, 미스릴까지 섞여 있다고요~. 마도 연성을 쓰면 소량이지만 희귀 금속도 구할 수 있다는 말씀!"

"아니, 나는 스승님만큼 마도 연성을 잘 다루지 못해. 미스릴이 이 광석 어디에 있는지도 모르는데 추출은 어림도 없지."

"그건 제가 해줄테니까 열심히 곡괭이질만 하세요. 미량의 미스릴을 위해서 죽을 각오로……."

"죽을 각오로?!"

"아니, 잘못 말했어요. 죽을 때까지."

"더 심해졌잖아!"

―광석을 찾으러 던전에 온 자.

혹은―.

"이건【찐득 이끼】네요. 마나 포션 재료로 쓴다고 해요."

"으아, 끈적끈적해……. 이거 이끼 맞아? 점균 아니야? 아니면 슬라임의 일종이거나……. 우리는 이런 재료로 만든 마법약을 마셨던 거야?"

"이끼 맞아요. 앗, 여기에는【본 머시룸】이 있네요. 뼈에서 자라는 희귀한 버섯이고 면역력을 높인다고 해요."

"던전에서 쓰러뜨린 마물은 사라지는데…… 왜 뼈는 남지?"

—조합 재료를 수집하는 자와 그를 호위하는 자.

이처럼 던전에 도전하는 자들은 많든 적든 명확한 목적이 있다. 지금 이곳에 있는 이들은 보다시피 취미 생활을 위한 폭주와 학술적 조사가 그 이유였다.

물론 위험천만한 던전에서는 마물이 덤벼들기도 하지만…….

"으르르르르……."

"아저씨, 코볼트야!"

"더블 곡괭이…… 부우우우메라아아아아아아앙!"

아저씨가 던진 곡괭이가 코볼트 여러 마리를 처리하고 다시 손아귀로 돌아왔다.

아무리 봐도 물리 법칙을 무시했다.

"자, 계속할까요. 마석 회수는 에로무라 군에게 맡기겠습니다."

""""아무 일도 없었던 것처럼…….""""

……상식 파괴자 앞에서는 마물 습격 따위 의미가 없었다.

일부러 죽으려고 나타난 꼴이었다.

무상한 생명에 측은함마저 느낄 정도였다.

"아저씨…… 내가 여기 있을 이유가 있어? 마물이 나와도 아저씨가 다 처리하잖아. 나, 경호원 맞지? 혹시…… 난 필요 없는 인간?"

“아이고, 내 정신 좀 봐……. 그만 버릇대로 해치워 버렸네. 미안하네요, 에로무라 군. 방해하는 녀석은 곡괭이 하나로 다운시키는 게 제 방식이거든요.”

“에로무라의 존재 의의가 없군. 스승님 한 명 있으면 충분하잖아? 너…… 왜 있냐?”

“그걸 물어? 진짜로 물어? 어떻게 그걸 물어?! 정말로 나는 왜 있는 걸까!”

호위하러 온 에로무라의 존재 의의가 없어졌다.

제로스는 적을 감지하면 무의식적으로 반응해서 공격해 버린다.

방금은 곡괭이였지만, 지금까지 나타난 마물은 전부 돌팔매질 하나로 처리했다. 이러면 에로무라는 그냥 월급 도둑이었다.

마물과는 다른 무상함이었다.

“오, 에메랄드다…….”

“그다지 크지는 않군요. 반지에나 쓸 수 있으려나?”

“반지라…….”

츠베이트의 머리에 왠지 크리스틴의 얼굴이 떠올랐다.

“……스승님, 철광석에 포함된 미스릴을 추출해준다고 했지?”

“응? 그 정도라면 주괴를 만드는 김에 해줄 수 있는데, 왜요?”

“좋아, 미스릴을 최대한 많이 구하겠어.”

“오오?! 갑자기 의욕이 넘치는군요.”

제로스는 취미에 쓸 광물이 목적이었고 츠베이트는 희미한 연심의 충동에 따라 채굴, 세레스티나는 조합 재료 채집, 에로무라는 호위와 급료. 저마다 각자의 욕망을 충족하기 위해서 행동했다.

위험 의식이 저조하지만, 제로스의 힘을 아는 세 사람에게는 아저씨 옆이 가장 안전한 곳이었다.

"오리하르콘이나 다른 희귀 금속은 아직 있으니까 철만 캐면 됩니다. 합금으로 만들면, 크크크……."

아저씨는 캤다.

하염없이 철광석을…….

곡괭이를 휘두르는 속도는 인간의 영역을 벗어났고, 채굴 소리는 중장비 그 자체였다.

제로스 일행은 얼마간 광석을 캤다. 그리고 몸을 움직이면 배가 고프기 마련이다.

일을 한바탕 끝낸 광산 노동자처럼 동굴에서 나오자 바위산 앞에는 맑은 물이 찰랑거리는 호수가 펼쳐져 있었다.

"눈앞에 펼쳐진 대자연……. 아름다운 호수. 거짓말 같지? 여기 던전 안이야."

"에로무라 군, 왜 동생이 사고로 죽은 형[#5]처럼 말하나요?"

"그 책이라면 저도 읽은 적 있어요."

"……보나마나 짝퉁이겠지."

마음으로 생각해도 입 밖으로는 내지 않았다. 아저씨와 에로무

#5 동생이 사고로 죽은 형 만화 『터치』의 등장인물 우에스기 타츠야. 「거짓말 같지? 죽은 거야. 그렇게……」라는 대사가 유명하다.

라 나름의 배려였다.

"기사를 목표로 하는 동생과 동생에게 양보하려고 격투가를 목표로 하는 형, 그들과 얽히는 히로인의 로맨스였죠? 사고 후에 기사의 길로 전향해서 동생의 뜻을 이루려고 하지만, 소꿉친구인 여성은 다른 남자 캐릭터에게 부자연스러울 정도로 인기가 많아서 마지막에 격투 대회 회장에서 형이 약혼을 파기하는 내용이었어요. 이 약혼 파기 패턴이 자주 보이던데 유행하는 걸까요?"

""다른 이야기잖아……. ""

모 유명 작품에 여성향 판타지 연애 게임 요소가 섞인 모양이었다.

심지어 배드 엔딩.

짝퉁을 만들면서 원작에 대한 존중도 없었다.

"책 이야기는 아무래도 상관없잖아. 그보다 어디서 쉴지가 문제지."

"그렇군요. 이 지역은 호수가 대부분을 차지하고 숲이 적어요. 안전하게 쉴 곳은 한정되겠네요."

"이 층의 코볼트 정도라면 상대하기 쉽지만, 쉴 때까지 공격받고 싶지는 않아."

"주괴를 만들어야 하니까 마물 출현율이 낮은 곳이 좋겠군요. 호숫가는 피합시다."

"이유가 뭐야, 스승님?"

"육지가 적고 호수가 넓다……. 수생 마물이 나올 확률이 높잖아요?"

던전의 패턴으로 봐서 물속에 사는 마물이 출현할 확률이 높다고 판단했다.

특히 호수라는 지형에서 리저드맨이나 사하긴 등 무리로 행동하는 마물과 싸우면 귀찮아진다.

무엇보다 이번 탐사의 목적은 채굴과 채집이었다. 느긋하게 탐색하면서 필요한 물건을 구하면 그만이었다.

"아저씨, 저기 절벽 중턱에 튀어나온 턱이 있는데?"

"흠, 【가이아 컨트롤】로 계단을 만들면 위에서 안전하게 쉴 수 있으려나."

"그 마법, 임시 거점을 만들 때 편리하더라. 스승님이 만든 마법이지?"

"사용자의 마력에 따라서 응용이 자유로워 보였어요."

휴식 장소를 결정한 네 사람은 절벽 아래로 갔다.

높이는 8미터 정도지만, 아저씨는 콧노래를 흥얼거리며 마법으로 계단을 만들어 중턱 위로 올라갔다.

바로 아래로는 투명한 호수가 펼쳐졌다.

"만드는 김에 같이 해둘까."

제로스는 중턱에 화덕과 돌 탁자도 만들었다.

"……정말로 눈 깜짝할 사이에 거점이 완성됐군. 이 마법은 전략적으로 이용하면 상당히 위험하겠어."

"그 정도야, 동지?"

"그래……. 기사단 전원이 배우면 강력한 공병 부대가 완성돼. 난공불락의 요새도 지하에 땅굴을 파면 함락당할지 모르잖아."

"아~, 진지 구축도 편하겠네. 호만 파도 적의 침공을 막을 수 있으니까 전쟁터에서는 꽤 수요가 있겠어."

"전쟁에서도 토목 작업은 해야 하니까. 진지의 상태에 따라서 전략도 복잡하게 나뉘어. 적에게 유출되면 위험한 마법이야."

역시 전술을 연구하는 츠베이트는 토목 마법【가이아 컨트롤】의 유용성을 잘 알고 있었다.

진지 구축에 이용하면 좋지만, 적이 사용하면 국내에 적 거점이 생길지도 몰랐다.

심지어 일회용 거점으로 쓰고 함정을 설치하면 아군에게 적지 않은 피해가 발생할 것이다. 부대로 보면 작은 피해라도 군 전체로 보면 큰 손해였다.

"응용력이 뛰어나다는 것도 성가셔."

"그렇지……. 전쟁에서 토목 작업은 필수 불가결이야. 눈이 닿지 않는 곳에 거점을 만들면 척후 부대도 꽤나 애를 먹겠지. 특히 지하 거점이라도 만들면 귀찮아져."

상대 국가에 공작 부대를 밀입국시켜 조금씩 거점을 만드는 방법도 있다.

그 후에 파괴 공작을 실행할 특수부대를 합류시키면 전쟁을 벌이는 중에 적국 내부에서 교란 작전이나 테러를 감행할 수도 있다. 굳이 적국에서 거점으로 쓸 집을 빌릴 필요도 없다.

거점만 있으면 남은 문제는 식량 등 물자 비축이지만, 상인을 가장해서 거래하면 그것도 어렵지 않게 해결된다.

"그렇게 쉽게 풀릴까? 소수 정예라도 사람이 움직이면 증거가 남지 않아?"

"에로무라 치고는 날카롭지만, 군이 항상 국내를 감시하지는 않아. 게다가 왕정 국가의 군대 대부분은 영지를 다스리는 귀족의 사병으로 이루어졌고 지휘도 그 귀족이 해. 많은 귀족 중에는 병력은 있어도 영지 관리가 엉망인 인간도 있어. 마음만 먹으면 얼마든지 가능해."

"군대와 경비병의 지휘 체계를 나누면 되지 않아?"

"그러면 군대와 경비병 사이에 영역 의식이 생기잖아. 지휘 체계는 하나로 통일하는 게 편하고……."

"이야기하는 도중에 미안하지만, 저는 잠시 물을 퍼 오겠습니다. 그동안 수비는 에로무라 군에게 맡길게요."

어느새 중턱은 전망대로 변했다.

아저씨는 장난으로 만들었겠지만, 에로무라는 단시간에 전망대를 만든 제로스와 그 마법에 츠베이트와 같은 위기감을 느꼈다.

"이거, 확실히 위험하겠어…… 동지."

"……그렇지?"

범용 마법의 군사적 이용에 다시금 위험을 느낀 순간이었다.

제로스처럼 혼자 거점을 구축하지는 못하더라도 인원을 늘리면 충분히 가능하다. 병력을 많이 투입하면 요새조차 하룻밤에 뚝딱 만들어 낼지 모른다.

절대로 타국에 넘어가도 될 마법이 아니었다.

◇ ◇ ◇ ◇ ◇ ◇ ◇

3분 후, 제로스는 콧노래로 애니 음악을 부르며 돌아왔다.

제로스를 빼면 모두 요리를 못해서 조리도 혼자서 하기로 했다.

야영에서는 냄새가 적을 불러들일 수 있어서 아무리 기력을 보충하고 싶어도 적극적으로 요리하려는 용병은 적다. 그래서 식사는 오래 보존되게끔 심하게 염지한 마른고기나 딱딱한 빵이 되기 일쑤다.

필수 생존 기술이지만, 실제로 조리를 하는 것은 조직으로 행동하는 용병 클랜이나 군대 같은 방위 조직으로 한정된다. 그만큼 야외의 조리 작업은 위험이 따른다.

적어도, 일반적으로는.

“““……..”””

세 사람 앞에는 야채 샐러드와 고기 야채 볶음, 수프까지 있었다.

집이나 음식점이라면 이해하지만, 그들이 있는 곳은 마물이 사는 던전이었다. 많은 용병 중에서도 던전에서 이런 식사를 하는 사람은 없을 것이다.

이 요리들을 만든 제로스는 지금 꽤 본격적인 돌화덕에서 빵을 굽고 있었다.

“……이거, 이상하지 않아?”

“던전에서 요리해도 되나요? 냄새를 맡고 마물이 몰려오지 않을까요?”

“나는 아저씨의 요리 솜씨가 더 놀라워. 이거 던전 안에서 구한 나물과 고기지? 얼마나 생존 능력이 높은 거야?"

"지금 선생님이 굽는 빵…… 버터 향이 나요."

"아저씨 옆에 있는 둥근 반죽과 식료는…… 설마 피자도 구울 생각이야?!"

"호화롭군. 훈련에서도 이 정도로 하는 사람은 없었어……."

거점 구축은 그나마 이해한다.

하지만 마물이 서성대는 던전에서 요리를 한다? 이건 너무 지나쳤다.

후각이 예민한 마물은 무리로 행동하는 경향이 강하고, 먹잇감이 얼마나 멀리 있어도 민감하게 알아차려 집단으로 습격한다. 마물에 따라서는 방귀조차 생명의 위기로 이어질 수 있을 정도다.

제로스처럼 본격적인 요리를 만드는 것은 상식선에서 이해할 수 없는 무식한 행동이다.

당연한 얘기지만, 던전 탐색에서 쾌적함을 바라는 것 자체가 이상하다.

"뭐…… 아저씨라면 던전 마물쯤이야 손가락 하나로도 잡겠지."

"수가 많으면 귀찮아지지 않을까?"

"그래도 오라버니, 이곳은 선생님이 만드신 좁은 계단이 아니면 접근할 수 없어요. 방어는 의외로 쉽지 않을까요? 위에서 상황도 살필 수 있고요."

"마물이 꼭 아래에서 온다는 보장은 없잖아. 새 마물이면 어떡해?"

절벽 중턱에 만든 전망대. 새 마물이라면 확실히 노리기 쉬운 곳이었다.

고속으로 비행하는 마물에게 마법을 맞히기는 어려워서 마도사에게 상당한 마법 제어력과 사격 정확도가 요구된다. 무영창 마법을 쓸 수 없는 마도사는 주문을 외는 틈을 당할 수밖에 없고, 특히 이렇게 전망이 좋은 곳에서 습격받으면 대처하기 어렵다.

츠베이트가 그 이야기를 제로스에게 하려는데—.

"아차, 이걸 설치한다는 걸 깜빡했네."

""""……""""

아저씨는 한 손으로 피자 반죽을 빙글빙글 돌리며 무심하게 인벤토리에서 발리스타를 꺼내 설치했다. 손끝에서는 원심력을 받은 반죽이 점점 커져갔다.

참고로 발리스타는 조준하기 쉽도록 받침대가 움직이는 타입이었다.

이쯤 되면 그냥 캠핑이다.

"어디 보자, 빵은 다 구워졌나~? 응, 노릇노릇하네. 자, 받으세요! 갓 구운 빵, 대령이오!"

"아저씨, 이젠 그냥 못하는 게 없네."

"새삼스럽게 뭘 놀라세요, 에로무라 씨……."

"스승님이 못하는 일은, 없지 않을까?"

"핫핫, 아무리 저라도 머리를 365도 회전시키거나 브릿지 자세로 계단을 뛰어 내려가지는 못해요. 못하는 것도 꽤 많죠."

""그게 가능하면 인간이 아니지(아니죠)…….""

사실 아저씨는 다른 의미로 인간이 아니었다.

"그리고 샐러드에 뿌린다면 이거! 아저씨 특제【사나이 마요눼~

즈】!"

"마요눼~즈? 평범한 마요네즈가 아니야?"

"선생님은 마요네즈도 만드세요?"

"그보다 **사나이**라는 말은 왜 붙은 거야? 스승님을 가리키는 건 아니겠지?"

마요네즈는 옛날에 소환된 용사가 퍼뜨려 지금은 일반 가정에서도 평범하게 만들어 먹을 만큼 레시피가 퍼졌다. 가정마다 맛이 조금씩 다른 것이 특징이었다.

하지만 제로스가 만든 만능 소스에는 어딘지 모르게 수상한 뉘앙스가 숨어있었다.

"훗…… 이건 사나이의 맛이라고 할 수 있을 만큼 강하죠. 건방지게도 마요네즈 주제에 말입니다."

"아니, 아저씨. 마요네즈가 강하다는 건 또 뭐야? 상상도 안 되는데."

"나도."

"평범한 마요네즈와 어떻게 다른가요?"

"백문이 불여일견. 스푼을 드릴 테니까 한번 핥아 보십쇼~. 무슨 말인지 알 수 있을 테니까."

아저씨는 【사나이 마요눼~즈】가 든 작은 단지를 탁자 위에 놓고 『Hey, You 한입 핥아 봐Yo. 강하다구Yo☆』라며 끈질기게 권유했다.

수상하다. 수상하기 짝이 없다.

하지만 샐러드를 먹으면 결국 이 수상한 마요네즈는 입에 들어간다.

시간문제일 뿐이므로 세 사람은 아저씨의 말대로 맛이나 보기로 결심하고 단지에서 마요네즈를 한 스푼 떴다.

그리고 혀로 한 번 핥자…….

"응?!"

"이, 이게 뭐야아아아~?!"

"확실히 진하고 강한 맛이군……. 이것만으로 주식이 되지 않을까?"

강했다.

【사나이 마요눼~즈】를 달리 설명하면, 초강력한 감칠맛이 응축된 초농축 소스.

맛은 분명히 마요네즈였다. 하지만 말로는 다 표현하기 힘들 만큼, 소스라고는 도저히 생각할 수 없는 감칠맛이 입안에 퍼졌다. 아니, 폭발했다.

냉소를 지으며『나한테 반하지 마. 다쳐』라고 주장하는 느낌이었다.

이 맛을 알면 누구나 마요네즈파로 전향할지도 모른다.

아니, 틀림없이 마요네즈파가 양산되리라고 자신 있게 말할 수 있다.

"봤죠? 이루 말할 수 없을 만큼 강력하죠~? 그래서 사나이라는 겁니다. 달리 표현할 방법이 없어요."

"이건…… 확실히 그렇군."

"그래…… 계란의 감칠맛이 입 안에서 폭발해. 식초와 기름도 엄선했군. 얼굴에 강렬한 펀치가 꽂힌 것처럼, 굉장히 진하고 압도적인 파괴력을 품은 맛이야……."

"나, 하마터면 요리 만화처럼 옷이 벗겨질 뻔했어……. 뭐야, 이건? 나에게 나체족이라는 새로운 칭호를 달게 하려는 함정인가? 듣던 대로 자극적이고 남자다운 맛이지만……."

잊을 수 없는 맛에 세 사람은 전율했다.

고작 소스일 텐데 모든 요리를 압도적으로 능가할 감칠맛이 응축되어 샐러드가 불쌍할 지경이었다.

빵에 발라도 마찬가지일 것이다.

"스승님…… 대체 뭘 먹인 거야. 이건 미쳤어!"

"그렇죠~. 하지만 츠베이트 군 같은 실전파 마도사라면 요 녀석의 유용성도 느껴지지 않나요?"

"무슨 소리야?"

"마요네즈는 단독으로 충분한 영양을 보급할 수 있는 소스입니다. 등산하다가 조난당한 사람이 이 마요네즈 덕분에 살아남았다는 일화도 있을 정도예요."

"그 말은……."

조난자가 마요네즈로 살아남았다.

그건 전쟁터에서 고립됐을 때의 비상식량으로도 유용하다는 뜻이다.

마요네즈는 칼로리가 높고 필요 최소한의 영양을 간편하게 제공한다. 더구나 적에게 조리 시 발생하는 냄새나 연기로 위치가 발각되는 불상사를 방지한다.

게다가 이 【사나이 마요눼~즈】는 보통 마요네즈보다 진하다. 그만큼 고칼로리에 식초가 들어가서 항균 효과로 오래 보관하기도

용이하다.

요컨대, 비상식량으로 아주 우수하다.

“잠깐만! 아저씨…… 평범한 마요네즈라면 몰라도 이건 위험해. 마요네즈에는 중독성이 있다는 거 잊었어?!”

“맛있으면 됐죠. 게다가 위험한 약처럼 몸에 악영향을 주지도 않잖아요? 그야 너무 많이 먹으면 어떻게 될지 모르지만.”

“참을 수 있다고 생각해? 이 맛을 알면 평범한 마요네즈는 못 먹어. 마요 요괴를 양산할 셈이야?!”

“그건 개인의 문제죠. 그리고 무슨 맛이든 매일 먹으면 물릴 거예요.”

“““글렀어(요).”””

마요네즈는 고칼로리라서 매일 먹으면 건강에 안좋은 영향을 미치겠지만, 그 이상으로 맛이 문제였다.

이 【사나이 마요눼~즈】의 황홀한 맛은 한번 맛보면 멈출 수 없어서 자꾸만 찾는 이들이 나올 게 확실하다. 심지어 군대에서 그런 일이 벌어지면 크나큰 문제다.

자칫 잘못하면 마요네즈 때문에 부대가 파멸할지 모를 만큼 강렬한 감칠맛이다.

실제로 세 사람은 스푼으로 마요네즈를 푸는 손이 멈추지 않았다.

“겨우 마요네즈 가지고 다들 호들갑은~.”

““그만큼 맛있다고!””

“어쩌죠……. 손이, 손이 멈추지 않아요.”

아저씨 특제 【사나이 마요눼~즈】는 일기당천의 용사에 버금가는 흉악한 무기였다.

“대체 무슨 달걀을 썼어? 이 진한 맛은 정상이 아냐.”

“그냥 꼬꼬 알인데요?”

“저기…… 선생님? 마요네즈에 주로 쓰는 알은 빅퀘일 알로 아는데요…….”

“빅퀘일? 퀘일은 메추리라는 뜻이었나? 커다란 메추리?”

“아니, 아저씨……. 그건 메추리라고 부를 만한 생김새가 아냐. 무지하게 못생긴 칠면조 같았어…….”

“그거 그냥 칠면조 아닌가요? 꼭 통구이로 먹어보고 싶네요. 어쨌든 요리가 식기 전에 빨리 먹을까요.”

““““…….””””

“앗, 지금부터 구울 피자는 마요네즈로 맛을 내 볼까요? 구우면 맛이 변하거든요.”

식사는 맛있지만, 세 사람의 뇌에는 계속 【사나이 마요눼~즈】의 맛만 남아 있었다.

메인 요리(주역)의 맛조차 완전히 덮어버리는 압도적 파괴력. 그것이 아저씨가 만든 경이로운 소스 【사나이 마요눼~즈】였다. 그리고 피자는 손이 멈추지 않을 정도로 맛이 일품이었다.

세 사람은 훗날, 지금까지 이렇게 복잡한 기분으로 식사한 적이 없었다고 심경을 밝혔다나 뭐라나…….

그와는 별개로—.

“스승님……. 나, 왠지 【독 내성】과 【마비 내성】, 거기다가 【혼란 내성】 스킬을 얻었는데……. 심지어 스킬 레벨이 단번에 10까지 올랐어.”

“저도요.”

“나도 내성 레벨이 한 단계 올랐네…….”

“그래요? 왜 그럴까…….”

—아저씨는 역시나 무슨 짓을 저질렀다.

제로스는 식후 마도 연성으로 광석을 주괴로 만들고 있었다.

세레스티나는 약사발로 약초를 갈고, 츠베이트는 채굴한 보석 원석을 망치로 깨서 추출 작업에 열중했다.

그런 가운데, 보초를 서던 에로무라는 전망대로 변한 절벽 아래에서 이변이 발생했다고 알아챘다.

“아저씨…… 잠깐만.”

“응~? 왜요?”

“호수에서 이상하게 거품이 올라와. 마물이라도 있는 거 아니야?”

“그야 던전이니까 물속에 사는 마물 정도는 있겠죠.”

아저씨는 주괴 연성에 몰두해서 진지하게 대응해주지 않았다.

그러는 사이, 수면에 등지느러미 같은 것이 여러 개 나타났다.

“아저씨…….”

“왜요?”

“물고기 마물이 나왔어. 아마 사하긴 같은데…….”

“먹든가요.”

“반어인 같은 거 먹기 싫거든?! 그게 아니라 아마 무리 같아…….”

“대응은 맡길게요. 호위는 에로무라 군의 일이죠?”

역시나 진지하게 받아주지 않았다.

사하긴 같은 마물은 호수에서 뭍으로 올라오더니 이동하기 시작했다.

수는 대략 100마리 정도일까? 마물 무리는 나무가 드문드문 자란 숲 안쪽으로 들어갔다.

‘저 숫자라면 나라도 쉽게 이기겠어. 아, 그래도 사하긴 피는 비릴 것 같아서 묻히고 싶지 않은데. 어쩌지…… 응?’

에로무라가 사하긴을 사냥할지 말지 고민하던 중, 호수 중앙부의 물속에서 부상하는 무언가를 목격했다. 아니, 중앙뿐 아니라 호수 전체에 한 줄기 선이 떠올랐다.

“물속에서 뭔가 올라와…….”

“흐음…….”

“저건 길, 인가? 모래 길…… 아니다. 다리야! 다리가 호수 바닥에서 올라왔어.”

에로무라는 지금 있는 절벽 아래에서 호수 중심까지 이어지는 다리가 조용히 떠오르는 순간을 목격한 것이었다.

“성장 중인 던전이니까 그런 것도 있겠죠. 그냥 확장 공사라고 생각하시죠?”

“아니, 왜 그렇게 태평해?! 이 구역의 구조가 변하고 있다니까! 던전 안에 있는 우리는 안전한 거 맞아?!”

“앗…….”

아저씨는 에로무라가 왜 허둥대는지 겨우 깨달았다.

여기까지 오는 길에도 몇 번이나 땅울림을 들었다.

즉, 던전의 구조 변화는 실시간으로 일어나고 있다는 뜻이었다. 그게 제로스 일행 코앞에서 일어나도 이상하지 않았다.

그렇다고 아저씨가 허둥댈 이유는 되지 못했다. 오히려 어떤 변화가 일어나는지 궁금하기도 했다.

"야, 다리가 올라온다고?!"

"그래, 동지! 이 아저씨가 정신 차리게 도와줘. 사람이 말을 하는데 흘려들어."

"다 들었어요. 음, 어디 보자…… 오오~, 이건……."

그 다리는 오랜 세월의 풍파를 겪은 유적을 연상케 했다.

하중을 분산하는 아치형 다리로, 파손되기는 했지만 아름다운 조각이 좌우 대칭, 일정 간격으로 들어가 있었다. 명백히 사람의 손으로 건축된 구조물이었다.

그 다리는 함께 부상한 유적 같은 건물이 선 작은 섬으로 이어졌다.

"……던전은 이런 걸 어디서 들고 오지?"

"겉으로 보기에는 수천 년은 지난 유물이군요. 만약 던전에 의지가 있다면 필사적으로 디자인을 생각했으려나? 그보다 다리 앞에 있는 섬의 유적…… 아니, 신전인가? 신경 쓰이네요."

"아무리 생각해도 아래층으로 이어지는 경로 같은데……. 아저씨, 조사하러 갈래?"

"어쩐다……."

용병 길드에서 얻은 정보에 의하면 3층으로 가는 길은 호수 반대편에 있는 동굴이라고 하는데, 그것과는 다른 새로운 루트가 생긴 모양이었다.

제로스도 모험심을 자극받았지만, 이 앞쪽의 위험도를 알 수 없으므로 츠베이트와 세레스티나를 데리고 도전할 수도 없었다.

굉장히 고민되는 문제였다.

“용병 길드에서 상층의 변화는 미미하다고 들었는데 그다지 신빙성 있는 정보는 아니었군요. 자, 이걸 어쩐다.”

“보통은 돌아가는 루트를 걱정해야겠지만, 스승님이 있으니까 왠지 불안하지 않아.”

“최악의 사태에 빠져도 섬멸 마법으로 천장을 뚫으면 되니까요. 이것도 다 경험이에요.”

“그…… 아저씨? 천장을 뚫다가 위층 용병들이 말려들면 어떡해?”

“긴급 피난 시 정당방위로 무마하죠?”

““그럼 안 되지!””

제로스는 전에 이 던전에서 인명 구조를 할 때, 광범위 섬멸 마법을 날려서 상층으로 가는 길을 강제로 뚫어버린 전과가 있었다. 그것도 따지고 보면 샌드 웜을 섬멸한 부차적인 결과에 지나지 않지만.

좌우지간, 긴급 탈출 목적으로 섬멸 마법을 썼다가 다른 용병이 말려들어도 과실은 있을지언정 죄를 묻지는 않을 것이다.

그랬다가는 아저씨의 힘이 온 나라에 알려지므로, 감옥에 가지는 않더라도 국가의 관리나 통제를 받은 것은 확실했다.

솔직히 말해서 최후의 수단은 메리트가 없었다.

'귀찮아질 건 불 보듯 뻔하지……. 최악의 사태를 상상하는 건 이쯤하고 주변을 조사해볼까? 아무것도 없으면 좋을 텐데~.'

호수 중앙까지 이어지는 대교의 출현은 아무리 생각해도 대규모 확장의 전조였다.

이 3층만으로 그치면 다행이지만, 위층까지 영향을 미쳤다고 가정하면 츠베이트와 세레스티나의 체력도 고려해야 했다.

두 사람은 제로스나 에로무라처럼 사기적인 힘을 가지지 않았다. 얼마나 변했는지 알 수 없는 이상, 여기서 두 사람의 체력을 빼는 것은 좋은 방안이 아니었다.

"서둘러 정리하고 주변 탐색을 시작하죠. 파프란 대산림 지대 수준의 신중함을 요구하는 상황이라고 생각하고 냉정하게 행동하세요."

"네!"

"스승님이 그렇게까지 말할 만한 사태가 벌어지고 있다는 말인가……."

"저는 아무 일도 없기를 바라지만요."

"아저씨, 그거 복선…… 죄송합니다, 째려보지 마세요."

네 사람은 서둘러 정리에 들어갔다.

이 미완성 던전에서는 어떤 비상사태가 일어날지 알 수 없었다.

변화에 따라서는 아래층을 거쳐서 위층으로 가는 사태도 충분히 있을 수 있다. 최악의 경우를 상정해야 할지 판단하려면 왔던 길을 먼저 확인해야 했다.

—KwaaaaaaaaaaaaaanG!

멀리서 폭발음이 들렸다.

아마 용병들이 방금 호수에서 상륙한 사하긴과 접촉한 모양이었다.

“의외로 가까운 곳에 용병이 있었네…….”

“선생님, 구하러 가지 않나요?”

“사하긴 정도라면 뿌리칠 수 있겠죠. 그것들은 지상에서는 발이 느리니까.”

“아저씨…… 사하긴이 100마리는 있었는데?”

사하긴은 팔다리가 있지만, 어차피 수생 생물이라서 지상전은 약했다.

하지만 무리를 지을 만큼 수가 많으면 용병들도 소수로는 대처하기 힘들다는 것도 분명했다. 구조하러 가야 할지 고민되는 문제였다.

제로스 입장에서는 여기서 짐덩어리를 끌어안고 싶지 않았다.

“그나저나 역시 매직 백은 편리해.”

“나랑 아저씨의 인벤토리나 용사의 아이템 박스에 비하면 수납력이 떨어진다고 하지만, 있으면 편한 건 확실하지…….”

“에로무라 군이…… 용사의 정보를 조사했었다고요?! 불길해…… 안 좋은 예감이 들어.”

“아저씨, 그게 무슨 뜻이야?!”

제로스의 머릿속에서는 이미 에로무라=바보라고 인식이 굳어버렸다.

본인에게는 미안한 이야기지만, 에로무라가 정상적인 소리만 해도 『세상에, 말도 안 돼……』라고 놀랄 만큼 정착한 모양이었다.

"매직 백……. 갖고 싶었던 물건이라서 기쁘고 편리하기는 하지만…… 역시 이 디자인은……."

"파격적인 수납력이 있는데 디자인이 대수야?"

"그럼 오라버니가 메세요, 이 토끼 가방……."

"싫어."

아무리 파격적인 성능이라도 토끼 가방은 부끄럽나 보다.

다른 사람에게 넘기고 싶어도 츠베이트는 평범한 아이템 백을 양보할 생각이 없고, 제로스와 에로무라는 애초에 필요하지 않았다. 심지어 제로스는 제작자다.

세레스티나는 세 사람을 원망스럽게 노려봤다.

"궁금해서 그런데, 왜 저렇게 디자인했어? 아저씨라면 더 괜찮게 할 수도 있었잖아."

"원래 만들다 만 재고였어요. 형태부터 이미지해서 충동적으로 만들었더니 귀여운 토끼가 완성됐죠. 악의는 없었어요."

"엄청나게 공들인 것 같은데?"

"평범한 물건을 만들어봤자 뭐가 재밌죠? 당연함에서 벗어나야 진정한 생산직이라고 생각합니다."

"너무 벗어났잖아……."

【소드 앤 소서리스】에서 아이템 백은 전투를 보조하는 역할이다.

원래 인벤토리는 많은 아이템을 보관할 수 있지만, 플레이 시간이 길수록 복잡해진다.

심지어 이름순으로 자동 정렬되므로 전투 시에 필요한 아이템을 바로 꺼내기가 어렵다.

물론 제로스처럼 익숙해지면 큰 문제는 아니지만—.

아무튼 아이템 백은 수납할 수 있는 물건의 종류나 양이 한정되어 아이템을 꺼내는 속도가 인벤토리보다 빠르다.

생산직은 이런 아이템 백을 제작할 수 있어서 제로스도 판매용으로 만든 적이 있는데, 손이 많이 가는 데 비해 디자인은 애매해서 완성해도 안 팔린다고 판단한 미완성품은 인벤토리에 박아뒀었다.

이번에는 그런 먼지 쌓인 잡동사니를 재활용한 것이었다.

"말이 심하시네. 부탁하면 멀쩡한 무기도 만들어요. 재료는 본인 부담이지만."

"재료는 직접 구해야 해? 새로운 무기를 만들고 싶었는데 어렵겠네. 당분간은 보류해야겠어."

"스승님, 정리 끝났어."

"좋아, 그럼 이 3층을 조사하죠. 이상한 것을 찾으면 말하세요."

""알았어!""

"네!"

이리하여 네 사람은 던전의 변화를 조사하기 위하여 즉석 절벽 전망대에서 내려갔다.

지금도 던전 안에서는 불온한 땅울림이 울려 퍼지고 있었다.

제9화 아저씨, 던전의 변화를 이해하지 못하다

한편, 그보다 조금 이른 시각, 갱도 던전 2층.

2인조 용병이 숲 구역을 빠져나와 보스방 공략을 끝마친 참이었다.

"하아…… 왜 내가 던전에서 싸우고 있지?"

지긋지긋한 표정으로 중얼거린 사람은 메티스 성법 신국에 소환된 용사 중 한 명, 【이치죠 나기사】였다.

그녀가 던전에 도전한 원인.

그것이 눈앞에 있었다.

"으음, 고블린 마석은 팔아도 푼돈밖에 안 되잖아. 어디에 거물 없나……."

솔직히 나기사는 자기 앞에 있는 이 소년—【타나베 카츠히코】를 패고 싶었다.

며칠 전, 나기사가 아르바이트하는 레스토랑에 같은 용사인 【타나베 카츠히코】가 나타났다.

그리고 나기사 앞에서 갑자기 넙죽 엎드리고는 어리둥절한 그녀에게 『부탁해, 이치죠! 아무것도 묻지 말고 돈 좀 빌려줘!』라고 말했다.

자세하게 추궁하자 『인생 역전을 노리고 카지노에 들어갔다가 빈털털이가 됐어! 그 여자, 말도 안 되게 계속 이기더라니까! 그거 무조건 사기꾼이야. 나 내일부터 뭐 먹고 살아……』라는 대답이 돌아왔다.

용병 길드에 등록하고 호위나 잡다한 의뢰를 받는가 싶더니, 갑자기 카지노에서 재산을 탕진하고 골치 아픈 돈 문제를 끌고 왔다.

당연하지만 나기사가 카츠히코를 도와줄 이유는 없었다. 돈을 빌려달라는 얘기는 단호히 거절했다.

그러자 하필이면 일하는 가게에서『나를 버리지 마!』라고 소리치는 것이 아닌가. 그것도 손님들이 다 보는 앞에서.

그것을 말리다가 우여곡절을 거쳐 당면한 생활비 문제를 해결하기 위해 아한 마을에 온 것이었다.

충동적인 분노에 사로잡힌 나기사는 태평하게 마석을 줍는 카츠히코의 뒤통수를 말없이 걷어찼다.

"아야! 뭐 하는 거야, 이치죠!"

"닥쳐, 쓰레기야! 갑자기 남의 직장에 나타나서 사람들 다 보는데 그딴 소리를……. 생각만 해도 화가 치밀어!"

"몇 번이나 사과했잖아, 그만 우려먹어!"

"시끄러워! 점장님한테『나기사…… 저런 남자랑은 빨리 연 끊는 게 상책이야. 인생 망치기 십상이다?』라고 훈계 듣는 내 기분을 알아?!"

"뭐 어때서? 우리는 같은 용사잖아?"

"웃기지 마. 너랑 사귄다고 오해받는 내 입장을 생각해봐! 죽고 싶다고!"

"그 정도야?!"

카츠히코를 한마디로 정의하면 **아무 생각 없이 사는 바보**였다.

나쁜 인간은 아니지만, 항상 행동 원리가『그냥』이기 때문에 말썽을 일으키는 경우가 많고, 감당하지 못할 상황에 빠졌을 때만 남에게 기대려는 경향이 있었다.

아니, 정확히는 감당하지 못할 상황만 일으켰다.

그런 그와 콤비가 된 이유는 순전히 반장이었기 때문이었다.

나기사 입장에서는 제비뽑기에서 꽝을 뽑은 격이었다.

카츠히코의 존재 자체가 굉장히 부끄러웠다.

"도박으로 돈을 날린 건 네 잘못이잖아. 내가 무슨 상관이야? 너, 나한테 뭐 할 말 없어?"

"던전에 같이 와준 건 나도 고맙게 생각해."

"도저히 고마워하는 사람처럼 안 보여. 넌 나를 뭐라고 생각해? 필요할 때만 찾는 심부름꾼?"

"반장이니까 당연하잖아?"

"좋아서 된 거 아니야. 이 세계에서도 그런 책임 강요하지 마!"

아무래도 카츠히코의 마음속에서는『반장』=『뭐든 도와주는 심부름꾼』이라는 공식이 성립하는 듯했다. 그 인식은 소환됐을 때부터 지금까지 변하지 않았다.

"나는 내 앞가림만으로도 벅차! 왜 내가 너까지 돌봐줘야 해? 작작 좀 해!"

"말은 그렇게 하면서도 도와주잖아. 혹시 나한테 Love?"

"……기분 나쁜 소리 하지 말아줄래? 토 나와. 서울 앞에서 세 시간 정도 말뜻을 생각한 뒤에 말해."

"너, 너무하지 않아?!"

진저리나게 싫은 표정으로 모욕적인 언사를 내뱉으면 제아무리 카츠히코라도 『어라? 나…… 혹시 엄청 민폐인가? 미움 샀나?』라는 생각이 들게 마련이었다.

너무 늦은 깨달음이었다.

"도박으로 인생 역전? 그런 게 될 거라고 생각해? 이 세계 문화라면 카지노 쪽도 큰돈을 잃지 않게 다 수를 썼겠지."

"가게도 사기를 친다고?!"

"당연하잖아? 레스토랑에서 웨이트리스로 일하면 그런 정보는 금방 들어와. 사기를 파훼하는 도박꾼도 있다고 하지만, 초짜가 도박에서 대박을 터뜨리겠다는 생각은 잘못됐어."

"왜 빨리 말해주지 않았어!"

"네 사정을 내가 어떻게 알아? 자기 멋대로 돈 잃고 찾아왔으면서."

나기사의 말은 옳았다.

카츠히코는 의기양양하게 제 발로 카지노에 들어갔고, 스스로 돈을 쏟아부었다가 탕진했을 뿐이었다.

그 문제에 나기사를 끌어들이는 것은 크게 잘못됐다.

"하아…… 너, 여자도 조심해서 만나. 이상한 여자한테 손대면 『애가 생겼으니까 책임져』라고 할지도 모르니까."

"뭐~? 창관 정도는 가도 되잖아."

"그런 가게는 암흑가 사람이 쥐고 있어……. 억지로 약점을 만들어서 협박하는 건 흔한 수법이잖아. DNA 검사가 없는 이 세계에서는 애 아빠가 누군지 알아낼 수 없다고. 계속 지구의 상식에 사로잡혀 있으면 나중에 큰코다친다?"

"그건 확실히…… 싫네."

"용사라는 직함은 아무 쓸모도 없다고 생각해."

이렇게 상식을 알려줘도 카츠히코는 또 말썽을 일으킨다.

무의미한 짓인 줄은 알지만, 나기사도 말하지 않고는 배길 수 없었다.

"그런데 그렇게 정성껏 충고하는 걸 보면, 역시 나한테 Love? 이치죠, 츤데레야?"

"착각도 이쯤 오면 예술이네…… 그냥 확 죽었으면."

"죄송합니닷!"

카츠히코는 쓰레기처럼 흘겨보는 나기사에게 오늘만 몇 번째인지 모를 사죄의 큰절을 올렸다.

이날, 카츠히코는 나기사가 자신을 진심으로 싫어한다는 사실을 알았다.

왜 이제야 알았나 싶을 정도였다.

그 후, 두 사람은 마석을 챙기고 던전 3층으로 내려갔다.

갱도 던전 3층.

현재 용사인 카츠히코와 나기사는 마물과 싸우고 있었다.

두 사람은 메티스 성법 신국에 있는 던전 【시련의 미궁】에 여러 번 도전하며 레벨을 올려서 용병들보다 던전 구조를 잘 알고, 그리고 익숙했다.

지하 세계인 갱도 던전 안에 광대한 공간이 펼쳐져 있어도 두 사람은 놀라지 않았다.

소환되기 전 세계에서 게임도 해본 그들은 함정에 관한 지식 또한 풍부했다.

물론 게임에서 얻은 가공의 지식이지만, 그것을 검증해 이 현실 판타지 세계에서 충분한 성과를 거두었다.

이에 대한 폐해로 용사들의 정신은 어딘지 모르게 현실과 허구의 경계선이 모호했다. 나기사는 남들보다 먼저 현실과 게임 세계의 차이를 깨닫고 환경에 적응하려고 노력했지만, 카츠히코는 그 반대였다.

전쟁에서 동료가 절반 가까이 죽었는데도 아직 게임적 사고에서 벗어나지 못했다. 언제까지고 그런 감각에 젖어있는 것은 위험했다.

그녀가 카츠히코에게 충고한 것도 연애 감정 때문이 아니라 더는 동료가 죽는 모습을 보고 싶지 않다는 배려였다. 하지만 카츠히코가 그것을 깨달을지는 별개의 문제였다.

"【파이어볼】!"

마법을 써서 코볼트를 해치운 카츠히코는 나기사가 똑바로 보지 못할 만큼 들떠 있었다.

메티스 성법 신국에서는 마법 사용이 금기시되어 카츠히코는 용사로 소환되고도 마법을 쓰지 못하는 것이 불만이었다. 마도사인 용사【카자마 타쿠미】를 부러워했을 정도였다.

그래서 솔리스테어 마법 왕국에서 마법 스크롤을 써서 마법을 배운 뒤로 카츠히코는 신이 나 있었다. 문제는 신이 나도 너무 났다는 것이다.

반대로 나기사는 마법의 위험성을 진지하게 고민했다.

"캬아, 마법은 최고야! 잡몹을 쉽게 잡을 수 있어서 정말 편리해♪"

"너 정말…… 그만 좀 까불어. 우리는 메티스 성법 신국 소속이야. 만약 마법을 쓰다가 신관한테 들키면 암살자를 보낼지도 모른다고."

"응? 아니, 자객이 와도 우리라면 쉽게 이기겠지."

"……암살자가 정면에서 덤빌 리 없잖아. 모르는 곳에서 기습하면 막을 방법이 없어."

"이치죠는 걱정도 태산이네. 괜찮아, 괜찮아~."

메티스 성법 신국은 마법에 배타적이었다.

신성 마법만 절대시하고 마도사가 사용하는 마법을 말살하려고 집요하게 부정해왔다.

용사 중 유일한 마도사였던【카자마 타쿠미】를 냉대한 것만 봐도 마법에 대한 거부감이 얼마나 강한지 알 수 있었다. 만약 두 사람이 마법을 배웠다고 알려지면 메티스 성법 신국이 암살자를 보낼 가능성도 충분히 있었다.

나기사는 카츠히코만큼 상황을 낙관할 수 없었다.

"푹 잠들었을 때 노리면? 호위하던 상대가 암살자면? 여관 요리사로 숨어들지도 몰라."

"에이, 타국에 암살자를 보내는 건 말이 안 되지……."

"정말 단언할 수 있어? 우리는 사실상 탈영병이야. 조금 더 경각심을 가져."

"……."

두 사람은 전에 어떤 마도사에게 메티스 성법 신국— 4신교의 수상한 이야기를 들었다.

용사 소환의 에너지 문제와 그 폐해, 4신과 사신의 정체.

세상에 알려지면 메티스 성법 신국은 공공의 적이 된다.

또한, 그때 신관이 마도사를 공격한 것을 보면 메티스 성법 신국에 있다가는 목숨이 위험하다고 생각했다.

그런 경위로 두 사람은 솔리스테어 마법 왕국에 머물고 있었다.

무엇보다 이 나라는 살기 좋은 곳이었다.

"지금은 별의별 이유를 들어서 이 나라에 체류하고 있지만, 아마 저쪽에서는 의심하지 않을까? 게다가 별생각 없이 마법까지 배워버렸고……."

"아…… 마법이 뭐라고 그렇게 악을 쓰지? 사람 귀찮게 말야~."

【카자마 타쿠미】를 냉대하던 나라다. 메티스 성법 신국이 지금의 두 사람을 인정해 주리라고 생각하기는 어려웠다.

"같이 온 신관들도 이 나라에 있잖아. 그 인간들도 믿을 수 없어?"

"이야기하던 도중에 제로스 씨를 공격했어. 우리에게 불필요한 정보를 주지 않는 게 그 나라의 방침일 거야. 그래도 이미 그 사람들도 몰라도 될 정보를 알았으니까 나라로 돌아가지 못하겠지……."

신관이 제로스를 공격한 이유는 마도사에 대한 적개심 때문이지만, 둘을 따라다니던 일반 신관들조차 그런 일면이 있었다. 몰라도 될 진실을 알아서 나라로 돌아가지 못하더라도 절대로 아군은 아니었다.

배신할 가능성도 있고 가족을 인질로 잡혀 암살에 가담할 가능성도 충분히 있었다.

추적자를 위해서 방심을 유도하는 등 암살을 도울 방법 또한 얼마든지 있었다.

대국을 적으로 돌리는 것은 그만큼 위험했다.

“들키면 무슨 수를 써서라도 제거한다는 건가……. 너무 불안을 부추기지 마~.”

“그냥 자제해 달라는 말이야……. 너는 바보니까.”

“아니, 그래도 마법인데? 이세계에 오면 써 보고 싶잖아.”

“그럼 맘대로 써. 그러다가 등에 칼이 꽂혀도 나는 모르니까.”

나기사는 솔직히 당장 살아가기도 벅찼다.

그런데 카츠히코는 문제만 일으켜서 내심 넌더리가 났다.

사실『이제 연을 끊어도 되겠지?』라는 생각까지 했다.

그녀의 배려심도 무한하지는 않았다.

“……발목 잡히기 전에 알톰 황국으로 가야 하나? 그쪽에는 히메지마도 있다고 하고.”

“알톰 황국은 적국이잖아. 왜 히메지마가…… 설마 배신했나?!”

“제로스 씨 이야기로는 그쪽에서 검은 날개 달린 장군과 싸우다가 붙잡혔대. 그리고 카자마도 살아있다나 봐.”

“뭐어?! 카자마 그 녀석이 살아있다고?!”

죽었다고 생각한 동료가 살아있는 것은 기쁘지만, 상황은 기쁘지 않았다.

“칸자키 쪽도 배신한 거 같아. 좋은 조건으로 넘어갔대.”

“네가 그런 정보를 어떻게 알아?”

"제로스 씨한테 들었지. 그 사람, 가끔 가게에 식사하러 와서 소식을 알려줘. 그리고 카자마는 로리콤에 마조히스트로 각성했다고도 들었어."

"로리콤인 건 알았지만, 마조히스트로 각성해?!"

"칸자키네 애들한테 얻어맞았을 때 통각 내성 Max로 단숨에 각성했대. 그리고 알톰 황국에 합법 로리 공주님과 연인 사이라나……."

"남자한테 맞고도 좋아한다고?! 엄청난 변태 신사군!"

그리고 다른 의미로 기뻐할 수 없는 상황도 발생했었다.

"마지막 정보가 충격이야……. 왜 변태 신사한테 여자친구가 생기는 거야? 나도 아직 없는데……."

"너, 카자마가 로리콤인 건 알고 있었구나? 그게 더 의외야."

"걔랑 라이트 노벨 이야기를 자주 나눴거든. 다만, 히로인이 로리나 합법 로리인 작품만 골라 봐서 자연스럽게 눈치챘지."

"이 나라를 떠나면 도망갈 곳은 알톰 황국뿐인가."

"변태 신사랑 똑같이 취급받기 싫은데……."

"걱정하지 마. 네가 카자마랑 동족인 건 다들 아니까. 이제 와서 숨겨도 의미 없어."

"뭐~?! 애들이 나를 그런 눈으로 봤어?!"

약간 오타쿠 기질은 있어도 카츠히코는 자기가 정상적인 부류라고 생각했다.

하지만 나기사는 그것이 착각이라고 지적했다.

"네 행동을 잘 돌이켜봐. 창관에 다니지, 도박하지, 여자도 꼬시지, 낭비하는 버릇도 못 고치지……. 평범하게 생각해서 인간쓰레기잖아?"

"윽?!"

"심지어 그것들에 돈을 전부 쏟아붓고, 돈이 없어지면 남에게 빌린 뒤 갚지도 않아. 이게 쓰레기가 아니면 뭐야?"

"으윽?!"

"그러고 반성하면 양반이지. 경험에서 배우기는커녕 똑같은 짓을 계속 반복해. 학습이라는 말이 머릿속에 있기나 하세요~? 대답해봐."

"……나, 울어도 돼?"

"울고 싶으면 울든가. 그런다고 현실이 바뀔 줄 알아? 너 자신이 변하려고 노력하지 않는 한 쓰레기는 영원한 쓰레기야."

자근자근 씹히는 카츠히코.

하지만 실제로 나기사 말이 맞고, 지금도 피해를 겪고 있는 나기사는 비난할 자격이 있었다.

카츠히코는 눈물을 머금고 원망스러운 눈길을 보내지만, 자업자득인데 누굴 탓할쏘냐.

그런 그를 무시하고 나기사는 3층의 숲을 걸었다.

—KwaaaaaaaaaaaaanG!

그때, 갑자기 앞쪽에서 폭발음이 울렸다.

"뭐, 뭐야?!"

"마법 공격 같아. 숲속에서 폭발하는 마법은 위험하다고 생각하지만, 그런 마법을 써야하는 마물이 있다는 뜻일까?"

이때까지만 해도 두 사람은 긴급 사태가 일어났다고 깨닫지 못했다.

용병이 사냥할 때 끼어드는 것은 매너가 아니라서 행여나 자신들이 방해가 될까 둘은 그 자리를 벗어나려고 했다.

하지만 두 사람이 목격한 것은 숲 앞쪽에서 달려오는 십수 명의 용병들이었다.

"너희, 도망쳐! 사하긴 무리가……."

""어?""

경고한 용병은 두 사람을 무시하고 달려가 버렸다.

그리고 앞쪽에서 반어인 무리가 차례차례 모습을 드러냈다.

"반어인……인가."

"역시 애를 따라오는 게 아니었어……. 이 × 같은 자식."

"이치죠 씨?! 어휘 선택이 너무 저급한데요?!"

나기사는 귀찮은 일을 떠맡은 불만 때문에 삐뚤어졌다.

왜 이리도 사건에 휘말리는지, 세상의 부조리와 옆에 있는 카츠히코를 저주하면서 허리춤에 찬 검을 잡았다.

"그워어어어어어어억!"

"비켜!"

나기사는 검에 마력을 모아 범상치 않은 속도로 뽑았다.

검에 실린 마력이 날카로운 검기가 되어 무리 지은 사하긴 열 마리를 단칼에 죽였다.

"사, 살벌하네……."

"너도 싸워! 애초에 생활비 벌러 왔잖아, 마침 잘됐네."

"반어인 마석은 비릴 거 같은데…… 【비참】!"

검 기술인 비참(飛斬)은 방금 나기사가 쓴 기술이었다.

검이라는 매개체에 마력을 불어넣어 응축하고, 검을 휘두르는 동시에 보이지 않는 날로 적을 벤다.

보통은 마물 한 마리를 베면 효과가 끊기지만, 마력량이 많은 사람이라면 그 유효 범위가 넓어져 여러 적을 해치울 수 있다.

카츠히코는 이 비참으로 주변의 나무와 함께 사하긴 열다섯 마리를 한 번에 쓰러뜨렸다.

"회 쳐지고 싶은 녀석은 앞으로 나와. 지금 오면 서비스로 나메로우[#6]로 만들어주마."

"……너, 반어인도 먹어?"

"누가 먹는댔어?!"

사하긴들은 강적이 나타났다고 경계하며 두 사람을 둘러싸듯이 움직였다.

사하긴은 『바다의 고블린』이라고도 불리며, 사냥감을 포위해 일제히 덤벼드는 집단 전투를 선호한다.

하지만 그건 어디까지나 사냥감이 약하거나 조금 버거울 때의 이야기다.

상대가 강하다고 판단하면 곧바로 도망치는 성질도 고블린과 유사하지만, 유일한 차이는 상황 판단이 늦다는 점이다. 고블린은 동료를 일정 수 이상 잃으면 후퇴하지만, 사하긴은 동료를 절반

#6 나메로우 잘게 다진 생선을 일본 된장과 버무린 요리.

이상 잃기 전까지는 도망가지 않는다.

뭍에서는 움직임이 제한되는데도 불구하고 왜 자신들이 불리한지 이해하지 못한다.

인식 능력이 낮다는 증거였다.

"와아, 약한 몬스터는 하는 짓도 똑같네."

"육지에서 움직임이 둔해지는 이것들보다 고블린이 훨씬 성가셔. 집단으로 덤비면 위험하기도 하고."

"빨리 해치우자. 사하긴 마석이라면 나쁘지 않은 가격에 팔릴 테니까."

"에휴…… 비린내 나게 생겨서 싫은데."

카츠히코는 자신을 포위한 사하긴에게 대범하게 돌진했고 일방적으로 학살했다.

사하긴은 반격하고 싶어도 몸이 자유롭게 움직이지 않아서 뒤로 뺀 창에 동료가 상처 입을 뿐이었다. 그러는 사이에도 카츠히코의 학살은 계속됐다.

이 지경에 이르러 불리하다고 깨달았는지, 등을 돌려 도망치는 사하긴이 나오기 시작했다.

하지만 생선의 몸에 팔다리가 자란 기괴한 생물은 인간 같은 직립 보행 동물보다 균형이 안 맞고, 격렬하게 흔들리는 꼬리의 관성에 몸이 휘둘려 이 자리를 벗어날 수 없었다.

그런 사하긴의 뒷모습은 나기사도 무심코 웃음이 나올 만큼 우스꽝스러웠다.

'저 바보 혼자서도 정리할 수 있겠어. 그럼 나는 기다렸다가 마

석이나 챙길까. 점액 냄새가 옷에 배면 빨래하기 귀찮아지니까.'

사하긴은 뭍으로 올라올 때 몸이 건조해지지 않도록 비늘 사이에서 분비되는 점액으로 몸을 감싼다.

이 점액이 뭔지는 모르겠지만, 아무튼 하수구 같은 냄새가 나서 옷에 배면 당분간 악취가 빠지지 않는다.

그렇다면 던전이 사하긴의 몸을 흡수할 때까지 기다리면 된다.

반드시 마석만은 남기 때문이다.

"캬, 만선이다, 만선. ……아니지, 만선은 배였나?"

"야, 냄새나니까 가까이 오지 말아줄래? 옷에 냄새 배면 물어줄 거야?"

"너무 야박하잖아?! 나 혼자서 열심히 싸웠지? 그런데 대접이 왜 이래……."

"겨우 잔챙이를 전멸시키고 웬 잘난 척이야? 던전에 온 것도 원인을 따지고 보면 너 때문이야. 생활비를 벌러 온 사람도 너니까 당연히 죽을 각오로 싸워야지! 차라리 그냥 죽어!"

나기사는 카츠히코에게 자비가 없었다.

많은 사람 앞에서 창피를 당했으니까 태도가 냉담한 것도 당연하지만 반성하지 않고 뻔뻔하게 구는 카츠히코가 문제였다.

"……죄송함다. 그나저나 던전에 올 때마다 생각하지만, 왜 마석만 남고 시체가 사라지지? 해체하기 전에 사라지면 소재를 못 얻어서 곤란한데."

"(이 녀석, 사과할 생각이 없구나.)아무렴 어때. 마석만 팔아도 돈이 되잖아. 해체하고 싶으면 빨리 하든가."

"나, 해체 스킬 레벨이 낮아. 이치죠는 꽤 높았지? 도와주면 안 돼?"

"내가 왜?"

"아니, 왜냐니……."

나기사는 여기까지 와서도 자신에게 기대려는 카츠히코에게 살의를 느꼈다.

그 감정이 얼굴에 드러났는지, 말을 잇지 못하고 입을 다물었다. 자신에게 닥칠 위기에는 아주 민감하게 반응하나 보다.

"내가 해체 스킬 레벨이 높은 건 주방에서 고기나 생선을 요리해서야. 그거로 뭘 어떡하라고?"

"저기…… 왜 그렇게 화가 나셨을까요?"

"화가 안 나게 생겼어? 애초에 내가 누구 때문에 던전에 왔는데? 몇 번을 말해도 똑같은 짓만 반복하는 그 썩어빠진 뇌로 잘 생각해봐."

"뭐, 나 때문……이지……."

"그런데 해체를 도와줘? 너 양심 있어?"

"으……."

화제를 돌리고도 제 무덤을 판다.

그것이 타나베라는 남자.

"내가 던전까지 따라오긴 했지만, 너를 위해서 일할 생각은 없어. 내 말 알 · 아 · 듣 · 지?"

"넵…… 정말로 죄송합니다."

"또 헛소리 지껄이면 찌른다? 농담 아니야."

상황이 불리하다고 느꼈는지 카츠히코는 더는 아무 말도 하지 않았다.

하지만 나기사는 알고 있었다. 이런다고 카츠히코가 반성할 리 없다고.

10분만 지나면 똑같은 짓을 반복하는 진짜 바보라고.

나기사와 카츠히코가 사하긴 무리를 쓰러뜨리던 무렵, 제로스 일행은 용사 두 명과 엇갈린 채 왔던 길을 되돌아갔다.

호수 지역 가장자리에 선 절벽을 따라서 움직이는 중인데, 불현듯 제로스가 이변을 감지했다.

"이상해……."

"아저씨 얼굴이?"

"이상하네……."

"혹시 머리라는 뜻이었어? 아저씨가 이상하긴 해~. 드디어 깨달았구나."

"제가 에로무라 군도 아니고 그럴 리 없잖아요."

"너무해!"

"둘 다 거기서 거기 아닌가……."

제로스의 의문은 이 구역으로 올 때 통과한 입구가 보이지 않는다는 것이었다.

3층 호수 지역으로 올 때 세로 5미터 길이의 균열 같은 갱도를 내려왔는데, 그 갱도가 온데간데없이 사라져 버렸다.

즉, 이 호수 지역에 들어온 뒤에 사라졌다는 의미였다.

"츠베이트 군…… 3층으로 내려올 때, 이 부근에 입구가 있었죠?"

"내 기억에는 분명히 있었어……. 주변 경치도 익숙해."

"선생님, 안 좋은 예감이 들어요……. 설마 우리……."

"……던전 안에 갇혔나?"

""""……?!""""

계속 변화하는 던전에서는 드물게 내부에 갇히는 사례도 있다.

하지만 던전이 침입자를 불러들이는 성질상 반드시 탈출할 길이나 장치를 남겨 놓는다.

특히 지하에 필드형 구역이 여러 개 존재하는 던전은 침입자를 쉽게 죽이지 않는다. 침입자가 내부에 번식하는 마물을 사냥하게 두기 위해서다.

던전에게 마물과 침입자는 똑같은 먹이이며, 오히려 내부에 사는 마물들이 사냥당해야 더 많은 에너지를 흡수할 수 있다.

그래서 미끼로 갖가지 보물이나 희귀 자원을 만들어낸다. 자원과 보물을 노리는 용병들은 비유하자면 던전의 익충인 셈이다.

"……대충 그런 이유로 어딘가에 반드시 출구가 있을 텐데……. 과연 어디 있으려나?"

"스승님이 당황하지 않는 이유는 그거야?"

"그치만 아저씨, 그 출구가 어디 있는지 모르면 최악의 경우 여기서 며칠씩 서바이벌 생활을 해야 하지 않아?"

"괜찮아, 문제없어."

""당신은 그렇겠지!""

이 세계의 마경인 파프란 대산림 지대에서 일주일이나 살아남은 제로스는 태연할 따름이었다. 던전에 갇힌 정도로는 허둥댈 이유가 되지 못했다.

그 모습이 다른 세 사람에게는 아주 믿음직스럽게 보였다고 한다.

"스승님, 출구가 사라졌어도 어딘가에 반드시 출현한다고 했지? 그렇다면 주위를 샅샅이 뒤져 봐야겠군……."

"그렇죠. 단, 이런 상태라면 2층도 변했다고 봐야겠네요. 구조만 변했을지, 아니면 확장됐을지, 어느 쪽이건 신중하게 행동해야 합니다."

"선생님, 하지만 이 호수 필드만 해도 광대한걸요? 어디부터 찾아야 할지……."

"정석적으로 우선 외곽의 돌벽을 조사해야겠지. 그다음은 주위 숲속에 기묘한 것이 없는지 찾아보고, 마지막으로 호수 중앙에 떠오른 섬으로 가는 게 무난해."

""""에로무라(군, 씨)가 정상적인 소리를 했어?!""""

"나를 뭐로 보는 거야?!"

—KURRRRRRRRRRRRRRRRRRR!

던전의 변화를 알리는 땅울림이 제로스 일행과 가까운 곳에서 울려 퍼졌다.

거리도 그다지 멀지 않은 듯했으나, 동시에 낙석 같은 소리도 들렸다. 무슨 일이 벌어지고 있다고 직감했다.

"(서, 설마…….)【어둠 까마귀의 날개】!"

가까운 곳에서 들린 땅울림에 짐작되는 바가 있는지, 제로스는 얼른 비행 마법으로 나무보다 높이 날아올라서 주변을 살펴봤다.

그리고 멀지 않은 곳에 있는 절벽에서 명백히 인공물로 보이는 석조 건조물을 발견했다.

'저게 위층으로 가는 길인지, 아래층으로 가는 길인지…… 조사해 봐야 알겠구만. 으음, 어떻게 할까…….'

새롭게 탄생한 길은 위층이나 아래층으로 이어진 것처럼 보였다.

지상으로 이어지는 길이라면 다행이지만, 아래층으로 가는 길이라면 탐색하고 되돌아오는 수고를 감안해야 한다.

'좋아, 이건 츠베이트 군에게 판단을 맡기자. 나나 에로무라 군도 있으니까 아래층으로 가도 어떻게든 돌아올 수 있겠지.'

아저씨는 이것도 훈련이라는 생각으로 조사 여부를 츠베이트에게 떠넘기기로 결정하고 땅으로 내려왔다.

"스승님, 왜 갑자기 날아갔어?"

"북쪽 절벽에 건물이 나타난 것 같아요. 이러면 조사할 후보지가 두 곳이 되었군요."

"두 곳이라……. 호수 중앙에 출현한 신전과 절벽 건조물……."

"츠베이트 군은 어디를 고를 거죠? 아직 주변을 조사하고 싶다면 건축물 조사는 보류하고 탐색을 속행할 텐데요."

"……아니, 절벽 건물을 조사하고 싶어. 여기서 가깝지?"

"3킬로미터 정도니까 걸어가도 금방입니다."

아무것도 없는 곳을 무턱대고 돌아다니기보다 눈에 보이는 수상한 곳을 조사하는 편이 낫다고 츠베이트는 생각했다.

그는 제법 결단이 빨랐다.

"그럼 바로 선생님이 찾으신 건물로 갈까요? 안내를 부탁드릴게요."

"여기서 절벽을 따라가기만 해도 되니까 헤맬 일은 없어요."

"호수 신전 같은 곳은?"

"거기는…… 내 생각에는 아래층으로 가는 길이야. 확인하고 싶으면 에로무라가 갈래?"

"안 갈래……. 만약 놈들과 마주치기라도 하면……."

이따금 뭔가를 떠올리고 벌벌 떠는 에로무라를 수상하게 생각하면서도 일행은 제로스가 발견한 건조물로 걸음을 옮겼다.

약초 따위를 채집하고 담소를 나누면서 이동하느라 목적지에 도착했을 때는 약 한 시간이 지나 있었다.

그리고 정체 모를 건물 앞에서 네 사람이 본 것은—.

""""""…………."""""

—그것은 흔히 묘소라고 부르는 곳이었다.

중앙 입구를 지키듯 좌우로 석상이 세 개씩 늘어선 그곳은 고대 문명의 유적처럼 보였다. 다만, 이 입구는 척 보기에도 몹시 이질적이었다.

"……이거 아부 심벨 신전과 양식이 비슷하네요~."

"스승님, 건축 양식보다 이 조각상이 먼저 아냐? 이걸 보고 아무 생각도 안 들어?"

"매장된 왕을 본뜬 석상일까요? 그렇지만……."

"……나, 굉장히 불길한 예감이 들어."

그 건조물은 제로스와 에로무라가 아는 이집트 신전과 흡사했다.

암벽을 판 석상은 높이가 약 10미터에 이르고, 그 형태는 어떻게 봐도 고대 이집트의 왕을 연상케 했다.

이 세계에도 비슷한 문명이 있었는지 모르겠지만, 문제는 받침에 앉은 여섯 석상이 모두 묘하게 요염한 포즈를 잡고 있다는 것이었다.

'뭐야……. 이 건조물을 만든 문명은 왕이 그쪽 취향이었나?'

정체 모를 기이함을 느끼면서도 네 사람은 안쪽으로 들어갔다.

제10화 아저씨, 기묘한 존재와 조우하다

던전 내부의 변화를 깨닫지 못한 【타나베 카츠히코】와 【이치죠 나기사】는 사하긴 무리를 해치우고 마석을 챙긴 후 호숫가에 도착했다.

맑은 호숫물을 보고 『예쁘다……. 꼭 거울 같아……』라며 시적인 감상을 중얼거린 나기사에게 카츠히코는 『이치죠, 수영복 안 가져왔어? 이렇게 막, 하이레그 같은 거. 야한 거 입고 지금부터 나랑 바캉스 즐기자』라고 분위기 깨는 발언을 했다가 힘껏 걷어차였다.

나기사는 카츠히코와 단둘이 바캉스를 즐길 생각이 조금도 없는 모양이었다.

나기사는 그 심경을 대변하는 것처럼 조금 전부터 안경을 수상하게 빛내며 카츠히코를 말없이 가차 없이 계속 밟아대고 있었다.

"아파! 진짜 아파! 잠깐, 왜 그렇게 화를 내!"

"너는 자연의 정취가 살아있는 풍경을 보고도 감동할만한 이해력이 없다는 걸 새삼스럽게 재확인했을 뿐이야. 아름다운 경치에 감동했는데 네 한마디에 기분을 망쳤어. 타나베가 인기 없는 이유는 그 여자의 마음은 코딱지만큼도 이해하지 못하는— 아니, 하려고도 하지 않는 무신경함일 거야. 예언할게. 너는 결혼해도 반년 안에 이혼 확정이야. 자기밖에 생각하지 않는 그 성격 때문에."

"내가 그렇게 무신경해?! 장래까지 예언할 정도로?!"

"……네 무신경함은 답도 없을 만큼 중증이야. 이 × 같은 자식."

"이치죠 씨, 어휘 선택이 너무 저급한데요?!"

또 자근자근 씹히는 카츠히코.

사람이 모인 곳에서 돈을 빌려달라고 엎드려 빌다가 타협안으로 나기사를 던전에 끌고 와 놓고, 정작 만악의 근원인 카츠히코는 반성은커녕 자신의 부끄러운 현실마저 이미 잊어버렸다.

좋게 말하면 긍정적이지만, 나쁘게 말하면 후안무치한 쓰레기였다.

"너, 원숭이부터 다시 시작하는 편이 나아."

"나도 미안하게 생각하고 반성도 하고 있거든?!"

"반성이란 건 말이야, 다음부터 안 해야 의미가 있어. 너는 빛의 속도로 잊어버리잖아. 쉽게 말하면 너는 자기만 생각하고 남은 어찌 되든 상관없는 거야."

"빛의 속도라니……. 내가 그렇게 심하진 않다고 생각하는데……."

"그러면 조금이라도 남을 배려하고 폐를 끼치지 마. 안 그래도 무책임한 놈팡이면서."

"이치죠…… 너 언제부터 그렇게 까칠해졌어? 예전에는 더 착했는데……."

전형적인 놈팡이의 대꾸였다.

이런 말이 반사적으로 튀어나오는 카츠히코를 보며 나기사의 감정은 극한의 땅처럼 얼어붙었다.

"전 · 부 네 탓이잖아! 지금 그 말이 튀어나오는 것 자체가 네가 무신경하다는 증거야! 제발 깨달으라고. 아, 그래도 소용없겠구나? 어차피 지금 내가 한 말도 금붕어처럼 까먹을 테니까."

"……."

현재 진행형으로 민폐를 겪고 있는 나기사가 말하니까 말의 무게가 달랐다.

무시무시한 박력과 무자비한 질책.

악의 담긴 말에 카츠히코는 찍 소리도 내지 못했다.

반성하기 때문이 아니라 반박해도 더 가시 돋친 독설이 돌아온다고 판단한 결과로, 쉽게 말해 자기 보신을 위한 행동이었다.

진심으로 반성할 줄 안다면 애당초 이 던전에 오지도 않았을 것이다.

"……그, 그보다 물가에서 조금 떨어지자. 사하긴이 있었잖아. 놈들이 물속에서 갑자기 공격해 올지도 몰라."

"그래. 그것들은 육지에서는 둔하지만, 물을 끼고 싸우면 귀찮아. 유효한 마법도 없으니까 여기서 벗어나는 게 좋겠어."

"호수 반대편도 탐색하고 싶지만, 나는 호수 중앙의 섬이 신경 쓰여."

"척 봐도 수상한 신전이니까 아마 뭔가 있을 거야."

나기사와 카츠히코의 목적은 당장의 생활비 마련이었다.

사하긴 마석을 대량으로 얻었지만, 팔아도 한 달 먹고살 돈밖에 되지 않는다. 카츠히코라면 일주일도 가지 못하리라.

나기사는 카츠히코가 돈 쓰는 속도를 고려해 조금만 더 벌어두고 싶었다.

"중앙 섬에 가는 건 좋지만, 저 다리는 조금…… 수상해."

"사하긴한테 제발 공격해 달라고 애원하는 꼴이지~."

"섬까지 가려면 다리를 전속력으로 달릴 수밖에 없어. 물속에서 튀어나오는 사하긴을 상대할 수는 없으니까."

"그건 동감."

두 사람은 호숫가에서 다리 근처로 이동했다.

다행히도 마물이 공격해 오지는 않았지만, 여기서 나기사는 다리를 보고 이상한 느낌을 받았다.

'이 다리…… 고대 건축 양식 같은데 오래된 느낌이 안 들어. 내 착각인가? 보통은 이끼나 풀이 돌바닥 틈새로 자라지 않나? 그게 없다는 건 이 다리가 최근에 생겼다는 뜻인가.'

그렇다. 다리가 고대 유적이라면 이어진 석재 사이로 풀이 자라거나 수면에 닿은 석재에 이끼가 껴야 한다.

그런데 이 다리는 너무 깨끗했다.

"……타나베, 눈치챘어?"

"뭘?"

"이 다리, 너무 깨끗해. 아마 최근에 생겼을 거야."

"그 말은 미개척 지역이다? 그럼 보물도 기대할 만하겠어."

"……보물상자 함정에 걸려서 확 죽었으면."

"자연스럽게 저주하지 말아줄래?! 그보다 여기서 섬까지 전력 질주로 가자."

"호수에는 항상 주의해. 그럼……."

"출발!"

두 사람은 호수 중앙의 섬을 향해서 다리를 전속력으로 달렸다.

역시 예상대로 물속에 사는 사하긴에게 발각됐고, 수면으로 튀어 올라 입으로 뱉는【수탄】집중포화가 쏟아졌다.

"으아아아아아아아아아?! 머, 멈추지 마! 우리가 가는 길에 보물은 있어! 그러니까 이치죠, 너도 멈추지 말라고!"

'……누구한테 명령질이야, 이 멍청이.'

두 사람은 쏟아지는 수탄을 피하며 간신히 호수 중앙의 섬에 도착했다.

두 용사가 섬으로 달려가던 무렵, 제로스 일행도 고대 유적풍으로 변한 던전을 탐색하고 있었다.

기자의 피라미드 같은 경사로를 올라간 끝에 나타난 것은 균등하게 자른 돌을 쌓아서 만든 거대 미로였다. 친절하게 목제 문까지 보였다.

모 3D 게임에 들어온 기분이었다.

'직업이 사무라이가 아닌 게 아쉬워.'

아저씨는 새로운 지역에 들어섰으면서 위기감 없이 고전 게임을 떠올리며 마음속으로 중얼거렸다.

나오는 마물도 대부분 미라 계열이었고, 묘지 특유의 시체 냄새가 퍼져 있어서 기분은 최악이었다.

"……으엑."

무심코 소리를 낸 사람은 머미를 단칼에 벤 에로무라였다.

머미는 이집트 관련 박물관에서 보이는 미라 같은 언데드이며, 마물치고는 비교적 약하고 맷집도 없었다. 수는 많아도 에로무라 혼자서 쓸어버리고도 남을 수준이었다.

단, 해치운 뒤에 날리는 가루에 악취가 있어서 자꾸만 기분이 불쾌했다.

"싸움은 식은 죽 먹기지만, 이 가루는 어떻게 안 되나?"

"따라잡았다……. 그런데 이 고약한 냄새는 뭐야?"

"기분이 별로 안 좋네요……."

"인간형 마물에게서 발생한 신체 조직의 가루니까요……. 머미가 원래 인간이었는지는 알 수 없지만, 이게 피부였다면 비듬을 흡입하는 셈이에요."

""""읍?!""""

이 가루가 피부라면 성분은 단백질이다.

비유하자면 밀폐된 공간에 불결한 사람을 가둬놓고 다 같이 머리를 긁어 두피 각질이 날리는 상황이었다.

그런 설명을 들은 츠베이트와 세레스티나는 굉장히 불쾌한 표정으로 제로스를 바라봤다.

"이 가루…… 악취뿐 아니라 마비 효과도 있어요. 방진 마스크를 준비했어야 했네요……."

머미는 기본적으로 약하다.

하지만 그 몸에는 마비 효과나 독 효과를 가진 성분이 포함되어, 공격당함으로써 상대를 약화시키고 시간을 들여 죽음으로 몰고 간다.

해치울수록 불리해지는 변칙적인 마물로, 머미에게 죽은 자는 좀비로 변해 미궁을 떠돌게 된다. 밀폐 공간에서 싸우기에는 위험하다.

이 머미를 해치우면 퍼지는 가루는 【좀비 파우더】라고도 불리며 주술사가 좀비나 강시를 만드는 매개체로 사용한다.

"세레스티나가 마비 해제 포션을 제조해줘서 살았어. 에로무라가 무차별 공격을 계속했으면 우리가 쓰러졌을 거야."

"던전에서는 뭐가 도움이 될지 알 수 없네요."

"준비된 자는 근심이 없다고 하죠."

"……미안. 빨리 여기서 나가고 싶어서 그만……. 그런데 아저씨가 마법으로 이 녀석들을 불태우는 게 빠르지 않아? 나 혼자서도 소탕할 수 있지만, 수가 너무 많아서 솔직히 귀찮아."

머미의 약점은 기본적으로 불이다.

에로무라의 말에도 일리는 있지만, 머미 무리에게 불을 쓰면 큰불에 휘말릴 것이 확실했다. 밀폐된 공간에서는 산소 결핍으로 사망할 가능성까지 있었다.

방에 따라서는 일방통행인 곳도 있기 때문이었다.

"에로무라 군, 여기서 불을 쓰면 전부 질식할 텐데요? 상황을 생각하고 말하세요."

"그럼 어떡해……."

"에로무라 군이 차근차근 처리하는 수밖에 없죠. 간단한 일 아닌가요? 츠베이트 군도 싸우고 있으니까 똑바로 호위 임무를 수행합시다. 저한테 기대기만 하면 아무것도 못 배워요."

"나보고 하라고?!"

"스승님은 정말로 안 싸워?"

"의욕이 전혀 없으시네요……."

"언데드는 질렸거든요. 당분간 보고 싶지 않아요."

아저씨는 개인적인 이유로 전투를 포기했다.

머미는 약해서 굳이 나서지 않아도 충분히 대응할 수 있지만, 언데드는 공통으로 산 자에게 유인되는 특성이 있다. 지금은 편하게 제거하지만, 시간이 지날수록 수가 늘어나서 대처 불가능한 물량으로 둘러싸일지도 모른다.

"동지, 빈둥댈 시간 없어. 잔챙이라도 방치하면 끊임없이 늘어나니까. 가랏, 【열공참】!"

"잔해와 가루가 튀어서 힘들어."

의욕이 없는 제로스를 빼고 에로무라와 두 학생이 머미 처리 작업에 들어갔다.

이 머미가 원래 인간 시체인지 아닌지는 넘어가더라도, 부서진 잔해에서 뭐라고 표현하기 힘든 악취가 나서 처리 작업이 진행될수록 숨쉬기도 어려웠다.

심지어 날리는 가루가 눈에 들어가서 눈물이 멈추지 않았다.

은근히 짜증 나는 추가 효과였다.

"아저씨, 혹시 고글 없어? 가루 때문에 시야가 차단되고 눈도 아파……."

"다이아몬드 더스트로 얼리는 방법도 있지만, 바닥도 얼어서 미끄러지기 쉽거든요. 빨리 가고 싶으면 참아야겠죠?"

"'"으에엑……."'"

돌바닥은 얼면 미끄럽다.

던전 탐색에서는 항상 냉정한 판단력을 유지하는 것이 가장 중요하다.

싸우는 방법에 따라서는 불리해지는 상황도 있으니까 아저씨는 관심 없는 척하면서도 은근슬쩍 힌트를 흘렸다.

'어디, 이 상황에서 누가 가장 먼저 눈치챌까?'

아저씨의 성격은 사디스트였다.

다양한 상황에서 유용한 전략을 세우지 못하면 던전에서 살아남을 수 없다. 그래서 이 기회에 츠베이트와 세레스티나가 제로스라는 안전장치가 없는 곳에서 스스로 대처법을 찾아내도록 훈련시키고자 생각했다.

아니, 이 상황에서도 머미 집단을 이용하려는 점에서 아저씨는 그냥 성격이 독한 사람인지도 모르겠다.

"자자, 꾸물대지 마세요. 시간 없습니다~. 이러는 사이에도 옆

방에서 머미들이 몰려올지도 모른다고요.”

“그, 그래…….”

“저도 알고는 있지만…….”

머미는 세레스티나도 해치울 수 있었다.

움직임이 느려서 일방적으로 공격할 수 있기 때문에 비교적 쉬운 상대였다.

하지만 머미를 일격에 처치하려면 몸속에 있는 핵을 정확히 노려서 확실하게 부숴야 했다.

아무리 약한 적이라도 약점만 골라서 맞히기는 어려웠다.

“가, 【강격】!”

“【열파】!”

원래는 망치나 도끼로 쓰는 기술인 세레스티나의 【강격】과 츠베이트가 쓴 【열공참】의 하위 기술 【열파】가 여러 머미를 한꺼번에 깨부쉈다.

『『『『으어어…….』』』』

언데드인 머미는 몸속 어딘가에 핵이 존재하고, 핵을 파괴하지 않는 한 계속 움직이는 성질이 있다.

츠베이트와 세레스티나가 해치운 머미도 팔다리에 핵이 있는 개체는 끈질기게 움직이며 산 자를 공격한다. 행동 원리는 몸에 감긴 붕대로 사냥감을 포획하는 본능뿐이다.

방치하는 것도 위험해서 남은 부위도 박살내지만, 이 마무리 작업 때문에 은근히 피로가 쌓였다. 수도 많아서 정신적으로도 힘들었다.

생각 없이 싸우다가는 언젠가 붕대로 포박당할 위험도 있었다.

“놓치면 귀찮아져. 집단으로 둘러싸서 붕대로 방해할지 몰라.”

“머리가 없는데 어떻게 인간을 인식하는 거죠?”

“두 사람 다 냉정하네……. 약해서 해치우기는 쉽지만, 나는 정신적으로 지쳤어~. 단순 작업만 하니까 질려.”

“주위에 퍼진 독성 미세 먼지…… 이게 PM2.5라는 그건가? 아저씨는 건강이 걱정인걸…….”

아무리 붕대를 흐느적거리며 접근하려고 해도 머미는 머미일 뿐.

검이나 메이스 앞에 허무하게 쓰러지고 던전에 흡수되어 갔다.

요컨대 포박 붕대와 독 가루만 조심하며 한 방에 여러 마리를 해치우면 그만이라서 의외로 에로무라가 대활약을 하고 있었다.

“마석은 어떡할래? 주워?”

“으음, 이만큼 많으면 마석 가격이 폭락하겠네요. 전에 바퀴 소동에서도 중간 품질 마석이 폭락했다고 하니까요.”

“붕대는 어디에 써? 이런 넝마를 모아봤자 쓸모가 있나?”

머미 마석은 품질도 나쁘고 크기도 작았다. 부산물로 얻을 수 있는 붕대도 쓸모가 없어서 용병에게는 아무런 이득이 없었다.

연금술사에게는 용돈벌이로 좋은 소재지만.

“후우, 몰려온 녀석은 이걸로 정리됐군…….”

“선생님, 이 마석은 혹시 압축 결합으로 품질을 높일 수 없나요?”

“이렇게 많으면 상급 마석을 만들 수 있겠네요. 붕대도 마력수에 잠시 담가두기만 하면 【고대 방부제】가 만들어져요. 용돈벌이로는 쏠쏠하죠.”

"스승님, 그 방부제는 목수가 써?"

"붕대 양에 따라서 다르겠지만, 방부제 농도가 진할수록 귀합니다. 트렌트 소재로 만든 지팡이에 바르면 때깔이 기가 막히죠~."

일반적으로는 쓸모없는 소재지만, 연금술사나 목수 등 일부 기술자에게는 은근히 수요가 있었다. 이 고대 방부제는 마도사가 쓰는 목제 지팡이에 적당한 강도를 부여하고 마력 전도율을 높이는 효과도 있다. 또한, 마물 혈액과 희귀 금속에 혼합해서 가죽 방어구의 성능을 높이는 강화제를 연성할 수도 있다.

물론 던전에 사는 마물인 머미에게서는 붕대 조각밖에 얻을 수 없고, 지상에서 얻으려면 고대 유적을 탐사해 미라에게서 벗겨야 하는 탓에 현실에서는 꽤 희소가치가 높았다.

게임 세계와 현실의 차이지만, 제로스는 아직 그런 부분에는 생각조차 미치지 않았다.

"【엘리먼트 우드 수액】이나 【드래곤의 피】를 섞으면 단순한 목제 지팡이가 최고 품질 마법 지팡이로 탈바꿈하죠. 재차 연성하면 더 효과가 오르고요. 주된 사용법은 장시간 담그거나 여러 번 덧칠하는 거예요."

"드워프 기술자가 좋아하겠네……."

"그래도 방부제 추출에 시간이 걸리니까 붕대가 꽤 많이 필요해요. 몸에 감긴 붕대만 빼앗기도 보통 일이 아닙니다?"

머미를 해치우면 붕대도 던전에 흡수된다.

즉, 움직이는 머미에게서 억지로 벗겨 잽싸게 회수해야만 한다.

고가의 도구와 빠른 작업 속도가 요구되지만, 이곳에서는 아직 아무도 하려고 하지 않았다.

"머미를 벗기는 건가……. 그런 걸 누가 좋아해?"

"에로무라 군……."

"에로무라……."

"에로무라 씨……."

이야기를 뭐든 그쪽 방향으로 끌고 가는 에로무라에게 세 사람의 냉담한 시선이 푹푹 꽂혔다.

이러는 사이에 옆방에서 다시 머미 집단이 나타났다.

"으어어어어어……."

"또 나왔어."

"너무 많아서 징글징글하군요."

"조금 지쳤어요……."

"이 미세 먼지만 해결되면 좋겠는데……. 아저씨, 어떻게 좀 안 돼?"

제로스는 이미 좀비나 머미 같은 언데드에는 질렸다.

싸우면 금방 전멸시키겠지만, 마음이 내키지 않았다.

아저씨는 어쩔 수 없다는 투로 한숨 쉬고는 에로무라에게 최대한의 지원 마법을 걸어주기로 했다. 그것이 에로무라에게는 수난의 시작이었다.

"【멘탈 버스트】, 【갓 블레스】, 【홀리 인챈트】, 【브레인 버서크】, 【윈드 아머】."

"URYYYYYYYYYYYYYYYYYYYYYYYYYYY!"

에로무라, 폭주 모드 돌입.

【멘탈 버스트】로 전의 향상과 이성 저하, 【갓 블레스】로 모든 신

체 능력 상승, 【홀리 인챈트】로 불사 속성 저항력 부여, 【브레인 버서크】로 초광전사화(하이퍼 버서커).

【윈드 아머】는 미세 먼지 속으로 뛰어들 에로무라를 위한 아저씨의 소소한 배려였다.

에로무라는 지금 강제로 야생의 본능이 각성해 눈에 띄는 부정한 적을 모조리 멸하려는 성수로 변화했다.

"크오오오오오오오오오오오오오오오오오옷!"

에로무라가 우렁차게 포효했다.

울부짖으며 머미 무리로 돌격하는 그 모습은 인간이면서도 먹잇감을 노리는 육식동물을 연상케 했다.

폭풍 같은 참격이 몰아치고 머미들이 눈 깜짝할 사이에 잔해로 변했다.

지금 에로무라의 머리에 인간의 이성은 존재하지 않았다. 있는 것이라고는 적으로 인식한 자를 없애려는 파괴 충동뿐.

그 싸움은 너무나도 일방적이었다.

"서, 선생님……."

"너무하네……. 저건 너무했어……."

"인간을 초월하고 짐승을 초월하고 용사를 초월하여, 그는 지금 부정을 멸하는 신의 병사가 된 겁니다. 말려들지 않게 떨어져 있을까요?"

검에 베인 머미는 정화되고, 참격은 머미와 함께 벽까지 박살내며 폭주한 자아는 부정한 존재에게만 고정되었다.

모든 능력을 풀가동해서 언데드를 말살하는 에로무라에게 인간성 따위는 존재하지 않았다.

“짐승에게 야성을 묶는 목줄은 필요없다고 생각해요.”

“아니아니, 저래 보여도 에로무라는 사람이라고! 왜 맘대로 야수로 만들어?!”

“에로무라 씨, 불쌍해…….”

“그럼 둘이 해볼래요? 일주일은 근육통으로 못 움직이겠지만. 에로무라 군의 체력이라서 가능한 일인데 말이죠.”

““사양하겠습니다.””

츠베이트와 세레스티나는 1초의 고민도 없이 에로무라를 버렸다.

그렇다. 아저씨는 에로무라를 괴롭히려고 선택한 것이 아니었다.

체력적으로 부여 마법 중첩에 견딜 수 있는 사람이 에로무라밖에 없고, 공격력은 아저씨를 빼면 제일 높았다. 게다가 공작가 자녀를 버서커로 만들 수도 없는 노릇 아닌가.

소거법으로 결정했을 뿐이지, 악의는 전혀 없었다.

“어이쿠.”

여파로 날아드는 참격을 검으로 막으며 아저씨는 에로무라가 어지럽게 날뛴 뒷자리를 따라갔다.

다만, 풀풀 날리는 미세 먼지만은 어떻게 할 방법이 없었다.

‘목이 텁텁하네……. 두 사람이 스스로 눈치채기를 바랐는데.’

유적형 미로의 방은 좁았다.

가루가 날려서 앞이 보이지 않는 것이 마치 모래 폭풍 속을 나아가는 기분이었다. 심지어 단백질 특유의 역한 냄새가 떠돌았다.

이 불쾌한 상황을 조금이라도 개선하려고 아저씨는 간단한 마법을 사용했다.

"【미스트】."

【미스트】는 일정 범위를 안개로 가리는 마법으로, 주로 교란용으로 이용된다.

왜 이런 마법을 사용하냐면, 안개의 물 입자로 미세 먼지를 씻어내려 공기를 정화하기 위해서였다.

그리고 이 시도는 성공적이었다.

"……던전 안에서 비가 내리나. 동굴 탐험 같은걸~."

"이런 게 가능하면 진작 하지 그랬어?"

"【미스트】에 이런 사용법이……."

"가능하면 두 사람이 먼저 생각하기를 바랐는데 말이죠~. 츠베이트 군과 세레스티나 양은 여기에 뭐 하러 왔었죠?"

"죄, 죄송해요. 설마 미스트에 이런 사용법이 있을 줄은 생각도 못 했어요."

"나도 교란용으로나 쓰는 마법이라고 생각했어. 간단한 마법이라도 한정된 상황에서는 큰 효과가 있다는 건가. 선입견에 사로잡혀서 응용하는 법을 간과했어."

기본적인 마법도 사용하는 방식에 따라서 상황을 크게 바꿀 수 있다.

"지금은 공기 청정과 시야 확보를 위해서 미스트를 썼지만, 방전 마법을 쓰면 약한 적을 한 번에 마비시킬 수도 있어요. 좁은 공간에서 난전이 벌어질 때 유용하죠."

그렇게 설명하면서 제로스는 인벤토리에서 비옷 세 벌을 꺼내서 하나는 자기가 입고 남은 두 벌을 츠베이트에게 넘겼다.

"이거라도 입으세요. 남은 한 벌은……."

"세레스티나한테 주라고?"

"천장에서 물방울이 떨어지니까 괜히 맞지 맙시다. 마비나 독을 막을 뿐 아니라 나중에 장비를 손질할 때도 힘드니까요."

츠베이트는 비옷 하나를 세레스티나에게 건네고 자기도 입었다.

에로무라는 이미 보이지 않았고 머미 잔해만이 구슬프게 땅바닥에 널브러져 있었다.

"제행무상이로고……. 이게 전쟁의 덧없음인가?"

"머미 상대로 무슨 전쟁 타령이야."

"이 머미는 이국 역사서에 나오는 미라죠? 분명히 사람의 손을 거쳤는데 어떻게 던전에 있는 걸까요?"

"그건 저도 몰라요. 있으니까 있는가 보다 하는 거죠."

"너무 무관심하잖아……."

좀비란 시체에 악의 있는 마력— 독기나 잔류한 원념이 빙의한 마물로, 마력 농도가 높은 땅 혹은 많은 사람이 죽어 독기가 떠도는 전쟁터에서 쉽게 발생한다.

머미도 마찬가지지만, 명백히 사람의 손을 거친 시체라서 자연 발생하기는 어렵다. 던전이 어떻게 이들을 낳았는지 수수께끼였다.

"머미가 되기 전의 미라는 시체에서 내장을 빼고 방부 처리 한 뒤 특수한 용액에 담근 붕대로 감아서 만든댔나? 당연히 매장하니까 던전 안에 대량 발생하는 건 이상하죠. 어떻게 수를 늘렸나 모르겠네요."

"던전이 미라를 만든다고 생각할 수는 없나요?"

"네 말이 맞다면 던전이 다양한 학자를 뛰어넘는 고도의 지식과 지성을 갖췄다는 말이 돼. 지성을 가진 마물이 있기는 하지만, 이건 그런 범주를 뛰어넘었잖아."

"기술이 필요한 함정이 무수히 많으니까 가능성은 충분히 있지 않나요? 언데드는 번식하지 않으니까 어디선가 제조한다고 생각할 수밖에……. 정말로 신기한 장소예요."

"신비로 가득한 위험지대. 그게 바로 던전이죠."

아저씨가 왠지 으쓱하며 말했다.

그러는 제로스 본인도 던전이 어떤 법칙으로 필드를 형성하고 정체불명의 마물을 늘리는지는 알지 못했다.

지식만 놓고 보면 츠베이트나 세레스티나와 그다지 다를 바 없었다.

"에로무라 씨, 어디까지 갔을까요……."

"원래 강한데 폭주까지 했으니까 꽤 멀리 가지 않았을까?"

"머미 잔해를 따라가면 금방 합류하겠죠. 편해서 좋네요."

"아니, 폭주한 원인은 댁(선생님)이잖아(요)……."

에로무라의 희생으로 가는 길은 비교적 편해졌다.

아저씨는 전혀 신경 쓰지 않았지만, 츠베이트와 세레스티나는 복잡한 심경으로 뒤를 따라갔다.

가끔 에로무라가 놓친 머미가 필사적으로 일행에게 붕대를 날리지만, 한 방에 처리할 수 있어서 별다른 위협도 되지 않았다.

"이것들, 왜 붕대를 날리는 거야?"

"머미는 기본적으로 붕대로 상대방의 몸을 묶어서 천천히 사냥감을 해치우죠. 자신이 쓰러져도 마비나 독 효과가 있는 피부 부스러기를 공기 중에 퍼뜨려서 인간을 죽음으로 몰고 가는 성질이 강합니다. 머릿수로 밀어붙이는 마물이라고 기억해 두세요."

"한정된 공간에서는 위험하네요. 지금처럼 사방이 막힌 방이라면 순식간에 포박되겠어요."

"유적형 던전에서는 자주 보이는 적이죠. 아차, 슬슬 에로무라 군에게 건 버프가 끊길 시간이네요. 대체 어디까지 갔으려나?"

상대방에게 능력 상승이나 상태 이상을 부여하는 마법에는 지속 시간이 존재한다.

예를 들어 신체 강화 마법인 【피지컬 부스트】와 기사가 많이 쓰는 【투기법】을 비교하면 후자가 지속 시간이 길다.

그 이유는 【투기법】이 체내에 마력을 순환시키는 기술인 반면 【피지컬 부스트】는 몸 주위로 마력을 두르기 때문이다.

마력은 자연계로 환원되는 성질이 있다. 그로 인해 체내에서 작용하는 기술과 외부에 덧붙이는 마법은 지속 시간에 차이가 생길 수밖에 없다.

제로스가 에로무라에게 건 강화 마법들은 외부에 부가하는 마법이라서 제한 시간이 되면 효과가 사라진다.

예상으로는 이미 제정신으로 돌아올 때가 됐다.

"으아아아아아아아아아아아아아아아아악!"

미궁 안에 에로무라의 비명이 울려 퍼졌다.

"의외로 가까이 있었구만……."

"까무러칠 정도로 소리치는데…… 위험한 상황 아니야?"

"하지만 에로무라 씨 실력으로 머미에게 고전할 리가……."

"그보다 강한 게 나왔나? 어서 가보죠."

강제 폭주로 파괴된 벽을 통과해 머미 잔해를 따라서 에로무라에게 뛰어갔다.

하지만 거기서 아저씨 일행이 본 것은—.

"우후후후, 거기 서렴~♡"

"오, 오지 마……. 나한테 다가오지 말란 말이다아아아아아아아아아아!"

바닷가에서 연인과 술래잡기하는 남자처럼 넓은 공간에서 교태를 부리며 달리는 거대한 파라오 미라와 붕대로 성별은 판단하기 어렵지만 아마 여성형으로 보이는 머미 집단에게 쫓기는 에로무라였다.

에로무라는 벽으로 내몰려 붕대에 묶이면서도 필사적으로 저항하고 있었다.

대단히 꼴사나운 모습이었다.

""""…….""""

제로스와 츠베이트의 눈빛이 죽었다.

"저 녀석…… 왠지 저쪽 취향한테 사랑받네."

"그런가요♡"

"세레스티나 양은 왜 기뻐 보이죠……. 에로무라 군이 순결을 잃을 위기인데."

"오히려 그 뒤가 보고 싶어요! 이건 학술적 호기심이라구요!"

""……""

세레스티나의 딥다크한 취향이 다시 각성하려고 했다.

어디 사는 쿨뷰티 메이드 아가씨가 들었으면 틀림없이 멋진 미소로 엄지를 세웠으리라.

"츠베이트 군……."

"말하지 마, 스승님……. 이미 세레스티나는 돌아올 수 없는 강을 건넜어."

"다들 개성이 참 뚜렷해~. 츠베이트 군만은 평범하게 있어줘요…… 수습이 안 되니까."

"스승님이 할 소리야?"

"저니까 하는 소리죠……. 취미도 너무 깊이 빠지면 마도, 더 파고들면 그 앞은 지옥. 진리나 극의, 혹은 깨달음을 얻을 때까지 멈추지 않아요."

"무게감이 다르군……."

츠베이트는 이미 포기했고, 제로스는 옛 친구들을 떠올렸다.

"떠들지 말고 구해줘어어어어어어어어어어!"

"두 분 다 너무해요! 저는 정말로 생물학적 호기심이 있을 뿐이지 엉큼한 속셈은 조금도 없어요! 순수한 관심뿐이라고요!"

""왜 그렇게 필사적이야?""

"내 말 들려? 세빌 부딕이야! 헬프 미이이이…!"

은밀한 취미와 신변의 위험, 체면 유지용 변명과 구조 요청.

방향성은 전혀 다르지만, 어느 쪽이건 필사적이었다.

"어머나~♡ 또 근사한 아저씨와 파릇파릇한 어린 양이 왔구낭~.

좋아, 아주 좋아~♡ 그치만…… 꼬마 계집은 필요 없어. 밟아버릴까?"

""""……거짓말이지?""""

타깃은 에로무라만이 아니었다.

중성적인 파라오는 츠베이트와 제로스에게도 눈독을 들인 모양이었다.

그 와중에 세레스티나만 혼자 생명을 위협받고 있었다.

아무래도 에로무라가 마지막으로 돌입한 곳은 보스방이었나 보다.

제11화 아저씨, 이세계의 흑역사를 알아 버리다

아한 마을에 신설된 용병 길드 지부.

아직 목재의 나무 향도 채 가시지 않은 이 건물로 한 용병이 숨을 헐떡거리며 뛰어 들어왔다.

어지간히 서둘렀는지, 그는 얼마간 말도 제대로 꺼내지 못했다.

던전에서 한탕 벌려고 이 마을에 온 용병들이 무슨 일인가 싶어 그에게 주목했다.

"허억허억…… 보, 보고……. 던전 안에서…… 대, 대규모…… 구조 변화가 확인, 됐습니다……."

"뭐, 뭐라고?!"

새로운 용병 길드의 길드 마스터는 갑작스럽게 날아든 보고에 놀라서 소리쳤다.

"규모는…… 불명. 현재…… 1층도…… 헉, 헉……. 유적형으로 변화……. 각층에 조사대를 포함한 용병들이 갇혔다고 합니다."

"어떻게 이런 일이…… 1층까지 변화했다고? 그렇게 대규모로 구조 변화가 일어난 사례는 듣도 보도 못했어."

용병 길드는 각국에 반드시 존재하는 용병 알선 조직이다.

그들이 중립을 유지할 수 있는 주된 이유는 자연환경에서 일어나는 마물의 폭주 현상에 독자적으로 대응할 권한을 갖기 때문이지만, 던전 같은 특수한 영역의 조사 및 탐색 또한 그들의 관할이었다.

특히 던전은 감시하기 어려워 마물 폭주 등 사건의 전조를 파악하기 힘들다. 그래서 빈번하게 길드 직할 탐색팀이 조사 활동을 벌인다.

또한 가끔 변화하는 내부 구조 조사도 업무의 일환인데, 이번처럼 대규모 구조 변화는 지금까지 전례가 없었다.

'젠장, 며칠 전에 탐색하러 간 녀석들은 조난당했다고 봐야 하나……. 자력으로 돌아온다면 다행이지만, 최악의 상황은 조사대가 전멸하는 거야. 정보가 부족한 지금 상황에서는 이쪽에서 구조팀을 보낼 수 없어.'

길드 마스터는 속으로 푸념을 늘어놨다.

구조 변화는 지금까지 발견된 던전에서도 자주 일어난 현상이었다.

하지만 상층이나 비교적 지상에서 가까운 영역은 변화가 일어날 가능성이 적다는 전문가의 견해가 있으며, 실제로 대규모 구조 변화는 비교적 하층에서 자주 발생했다.

이번 사태처럼 1층까지 변화가 발생한 경우는 전대미문이라고 해도 좋았다.

던전 안에 남아있던 용병들은 자력으로 탈출해야 하며, 용병 길드에서는 2차 피해를 우려해 수색팀을 보낼 수도 없었다.

심지어 던전에 들어간 용병들이 전멸하지 않았으리라는 보장도 없었다. 정보가 없는 현재 상황에서는 결단을 내리기 어려웠다.

"어쩔 수 없군……. 지금부터 구조 변화가 멈출 때까지는 던전을 폐쇄한다. 다른 용병 길드에도 보고해야겠어……."

"1층…… 보스방은…… 이미 유적형 던전으로 변화했지만, 그것과 다른 새로운 지역도 발견됐습니다……. 1층만이라도 조사할 필요가……."

"안 돼. 던전이 불안정한 상황에서 조사대를 파견할 수는 없다. 지금은 조용히 지켜보는 수밖에……."

이대로 대처방안 없이 조사대를 보내면 2차 피해로 조난당할지도 모른다. 그러면 던전의 힘만 키워주는 꼴이며, 지금도 변화 중인 던전에 어떤 영향을 끼칠지 미지수였다.

피해를 최소한으로 억제하는 것은 길드의 의무지만, 세간의 시선에도 주의해야 했다.

'던전을 일시적으로 폐쇄해도 누군가가 불만을 제기하겠지……. 일이 귀찮아졌어. 특히 국가 소속 연구자가 들이닥치면 우리 권한으로는 막을 수 없어. 그것들은 조사를 명목으로 사고를 친단 말이지…….'

용병 길드는 등록된 용병의 인명을 최우선으로 생각해야 한다.

세간의 평가도 무섭지만, 더 무서운 것은 국가 연구 기관에 소속된 인간들이었다.

던전 연구를 전공하는 연구자 대부분이 귀족 출신이라서 국가의 조사 요청이라는 명분을 들먹이며 강제 돌파할지도 모른다. 더 문제는 그들을 호위하는 것도 용병이라는 점이다.

연구자 태반이 목숨 아까운 줄 모르는 괴짜라는 것은 유명한 이야기로, 그들이 끼칠 피해를 생각하면 연구자의 던전 조사는 민폐일 뿐이었다.

하지만 인근 귀족에게 보고는 해야 하고, 보고하면 조만간 연구자들이 아한 마을에 몰려올 것이다.

연구자의 행동력은 얕볼 수 없었다.

"길드 마스터, 성가신 일이 벌어지겠어."

"보고를 늦춰도 결국 시간문제겠지. 하다못해 던전이 진정된 뒤에 와주면 좋겠지만, 그것도 내 희망 사항일 뿐이야……. 그 녀석들은 제정신이 아닌 짓을 충동적으로 저지르니까……."

솔리스테어 마법 왕국은 마도사의 나라.

지식을 추구하는 것은 연구자의 과업이자 소망이자 욕망, 덧붙이자면 취미였다.

용병 길드에게 그들은 불편한 손님이었고, 남의 말과 충고를 듣지 않는 멍청이들이 밀려드는 사태가 달가울 리 없었다.

몹시 골치 아픈 문제였다.

◇ ◇ ◇ ◇ ◇ ◇ ◇

아한 폐광 던전 3층, 호수 지역.

물속에서 튀어나온 사하긴의 수탄 세례를 피해서 무사히 호수 중앙의 섬에 도착한 【이치죠 나기사】와 【타나베 카츠히코】는 신전 유적 같은 곳 입구에서 쉬고 있었다.

전력 질주하지 않으면 집중포화를 뚫을 수 없고, 물속을 이동하는 사하긴과 싸우기는 불리해서 전투를 피하는 것 말고는 방법이 없었다.

긴 다리를 마력으로 강화한 각력으로 달렸으니 숨이 가쁠 만도 했다.

"……허억허억, 이제 좀 진정됐어."

"우리가 아니면…… 헥헥, 여기까지 올 수나 있어? 무조건…… 도중에 당할걸."

다리 길이는 중앙 섬까지 500미터 가까이 됐다. 도중에 사하긴이 공격해 오리라고 처음부터 예상해서 다행이지만(사실 다행도 아니다), 문제는 사하긴의 가속력과 도약력이었다.

사하긴은 호수 바닥에서 떠오르는 속도에 헤엄치는 속도를 더해서 총알처럼 수면으로 튀어 올랐다.

두 사람은 무작정 달린다는 선택밖에 할 수 없었고, 사하긴들도 그것을 아는지 전방으로 앞질러 가서 가차 없이 수탄을 뱉어댔다.

용사 같은 특별한 신체 능력이 없으면 이곳을 돌파하기는 어려울 것이다. 앞으로도 이곳을 돌파할 사람이 나타날지 의심스러웠다.

“그보다 이제부터 어떡해? 이 신전 유적 같은 곳에 아래층으로 내려가는 길이나 계단이 있다고 예상되지만, 돌아갈 체력도 남겨 둬야 하잖아. 무리할 수는 없어.”

“으음, 다리 말고는 제법 여유로웠으니까 만약 중간 보스급 마물이 나와도 쉽게 이기겠지. 쭉쭉 가도 되지 않아? 적이 나오면 오히려 돈 벌 기회야.”

“그 욕심으로 신세를 망칠지도 모르는데?”

“여기까지 와서 아무것도 안 하고 돌아갈 거면 뭐 하러 집중 공격을 빠져나온 거야? 4층을 보고 나서 생각할래.”

나기사는 카츠히코를 믿지 않았다.

욕심이 생기면 무모한 짓을 벌일 것이 불 보듯 뻔하기 때문이었다. 그래서 이 바보를 끌고 돌아갈 방법을 궁리하기 시작했다.

‘밧줄…… 아직 있던가? 귀찮아지면 이 녀석 목을 묶어서…….’

“야, 이치죠……. 너 왠지 눈매가 무섭게 변했는데, 위험한 생각하는 건 아니지?”

“네가 지금까지 어떤 짓들을 저질렀다는 자각이 있으니까 찔려서 그래? 언제 버려질까 봐 무서워?”

“……지금 날 버린다고…… 야, 정말로 그렇게 생각해? 나를 버리려는 거 아니지?!”

“너랑 연을 끊고 싶은 건 사실이야. 그렇게 생각해도 할 말 없는 짓을 몇 번이나 저질렀으니까.”

카츠히코의 얼굴이 창백해져 갔다.

지금까지 나기사가 한 말과 행동으로 원망을 샀다는 자각은 있었다. 심지어 이곳은 던전이 아니던가. 죽은 자는 던전 코어에 흡수되어 시체조차 남지 않는다.

완전 범죄에는 둘도 없이 좋은 장소였다.

"너…… 설마 그럴 리는 없겠지만, 이번 기회에 나를……."

"약속 지켜. 안 그러면 등에 칼이 꽂힐지도 모르니까."

"지, 진심은 아니지?!"

"그건 너 하기 나름이겠지?"

카츠히코의 반성은 미래까지 이어지지 않는다.

당장의 위기를 모면하기 위한 면피용 핑계에 불과한 것이다. 사실 뒷일 따위는 생각하지도 않는다.

지금까지 그런 짓을 수도 없이 반복한 탓에 이미 나기사는 정나미가 떨어졌다고 이때가 되어서야 겨우 깨달았다.

"우리, 동료지?"

"동료는 신뢰 관계가 성립할 때 쓰는 말이야. 나는 너에 대한 믿음이 조금도 없어. 지금까지 여러 번 말했지?"

"……정말?"

"정말이지, 그럼♡"

난생처음 보는 상쾌한 미소가 카츠히코의 불안을 부추겼다.

"쉬어서 숨도 골랐고, 슬슬 이 신전 유적을 조사할까? 뭐라도 있으면 좋겠네."

"그…… 그러자……."

카츠히코의 정신건강은 방금 전력 질주의 피로에 더해 나기사의 칼침 선언으로 급격히 악화했다.

나기사가 노리지는 않았지만, 카츠히코가 얌전해진 것은 다행이었다. 생각 없는 돌격도 미연에 방지한 셈이었다.

'그래봤자 지금뿐이겠지. 어차피 또 잊을 테니까.'

나기사는 속으로 한숨 쉬면서 신전을 올려다봤다.

건축 양식은 그리스풍.

대리석으로 만든 신전은 나기사의 기억에 있는 어떤 건축물과 유사했다.

"파디옴 신전 같아."

"그러고 보니까 교과서에서 본 신전과 비슷하네."

파디옴 신전은 나기사가 있던 세계에서 세계유산으로 등재된 유적으로, 제로스가 살던 세계의 파르테논 신전에 해당한다.

이곳에 제로스가 있었다면 세계선이 다르다는 사실을 알아차렸겠지만, 지금 두 사람으로서는 알 수 없는 지식이었다.

"무너져 가지만, 아직 형태는 남아있군. 지붕도 있고 조각도 화려하면서 색상이 보존돼 있어."

"이건 여신상인가? 이쪽은 전쟁의 신? 역사를 잘 모르니까 확신이 안 서네."

"문에 들어간 장식도 대단해……. 금세공에 보석까지……."

"보석? 이건 아마 유리야. 색이 들어간 걸 보면 기술력이 뛰어났나 봐. 감탄스러워."

"유리?! 젠장, 훔치려고 했는데……. 던전이니까 서비스 좀 해!"

"……천박해."

카츠히코에게는 역사적 가치보다 돈이 더 중요한 모양이었다.

문을 장식한 금세공을 보고도 『깎아서 녹이면 조금이라도 돈이 될까?』라고 말하고 있었다. 좋게 말하면 현실적이고 나쁘게 말하면 야만인이었다.

“문으로 들어가기 전에 틈으로 들여다보자. 정석대로라면 여기가 보스방일 테니까.”

“그렇군……. 그럼 신중하게 갈까.”

두 사람은 눈앞을 가로막는 금속 문을 조금씩 밀어서 틈새로 안을 엿봤다.

그곳은 허물어져 가는 예배당 같았다. 그리고 예상대로 안쪽에는 거대한 물체가 존재했다.

보스방 확정이었다.

“……저거 뭐라고 생각해? 생물이라기에는 미동도 안 하는데.”

“확실히 생물은 아니네. 당장 떠오르는 건…… 골렘인가.”

“너무 크지 않아? 싸우면 피곤하겠어.”

“의외로 느리지 않겠냐? 우리 레벨이라면 이길 수 있어!”

“……속 편한 소리 하네.”

카츠히코가 자신감 넘치게 문을 열어 예배당으로 진입했다.

나기사도 뒤를 따라갔다.

침입자를 감지했는지, 안쪽에 있던 검은 그림자가 일어나서 무게감 있는 발소리를 내며 천천히 앞으로 걸어왔다.

문에서 들어온 빛이 그 전모를 비췄다.

“역시 골렘이었네.”

“고전 게임에서 본 적 있어. 이런 적 캐릭터…….”

온몸이 흰 대리석으로 구성된 돌 거인이었다.

신전을 떠올리게 하는 몸체에 억지로 팔다리와 머리를 붙인 듯한 언밸런스한 모습이 독특한 불길함을 자아냈다.

그 불길함을 더욱 강조하듯 몸통의 기둥 부분에 무수한 데스마스크가 붙어있고, 모든 시선이 두 사람을 향해 있었다.

"저거 가디언 골렘이랑 비슷하지 않냐? 그래도 분위기가 어딘지 모르게 다르네."

"【시련의 미궁】에서 싸운 골렘? 그때는 다 같이 망치로 깨부쉈지."

"그때와 달리 우리도 레벨이 많이 올랐어. 쉽게 이기겠지."

"그러면 좋겠네."

용사 두 명은 검을 뽑고 가디언 골렘에게로 달려갔다.

충분히 레벨을 올린 두 사람에게 가디언 골렘은 얼마 가지 않아서 쓰러졌다.

한편, 제로스 일행은—.

"왜 그래~? 혹시 내 아름다움에 흠뻑 빠져 버렸엉~?"

—보스방에서 중성적인 보스와 마주하고 있었다.

커스드 파라오 호모— 통칭 파라호모는 기묘하게 꾸물거리는 허리 놀림으로 남자들을 유혹했다. 수심에 찬 야릇한 눈빛(?)이 세레스티나를 제외한 남자들에게 향했다.

분명히 **할** 생각이다.

“위험해요, 츠베이트 군……. 저 녀석, 우리를 노리는 게 확실해요!”
“뭐어?! 아니, 아무리 그래도 마물이 그런 취향이라고? 말이 안 되잖아!”
“어머낭~. 거기 아저씨는 감이 좋으셔~. 내가 열심히 서비스할 겡~♡ 어때?”
““어떠냐니…… 진심으로?””
제로스는 농담으로 한 말이었는데 파라호모는 진심이었나 보다.
“이런 종류의 마물은 보통 한 맺힌 원망을 늘어놓을 뿐이고 대화조차 성립하지 않는데…… 웬 호모? 이 던전은 뭘 하고 싶은 거야? 뭐가 되려고 이러는 거야?”
“이런 녀석이 정말로 세상에 존재한다니…….”
“그보다 파라오 씨는 선생님과 오라버니에게 뭘 할 속셈일까요?! 구체적인 내용을 알려주세요! 더 자세하게, 하나하나 속속들이!”
“어머, 코흘리개인 줄 알았더니 제법 말이 통하는 아가씨였네……. 그래도 안 돼. 남자와 남자 사이에는 말로는 절대로 나눌 수 없는 비밀이 있단다. 네가 멋진 여자가 되면 언젠가 알게 될 거야.”
“멋진 여자가 된다고 알겠냐. 무슨 말을 하는 거야, 저 자식…….”
“건어물이~, 건어물이 몰려온다아아~. 이상한 냄새, 고약한 냄새, 멀리멀리 날아가라~. 이히히히…….”
에로무라는 현실을 직시하지 못하고 마음이 망가졌다.
파라호모뿐 아니라 자기 주위를 둘러싼 머미를 보고 어떤 사실을 깨달았기 때문이었다.
“야아, 에로무라 군은 기분이 좋아 보이네요~?”

"즐거워 보여요."

"저건 마음이 망가진 거지……. 눈빛이 죽었어."

"어머머, 그렇게 기뻐하면 참을 수가 없잖니? 끌어안아서 확 먹어버리고 싶어♡ 물론 성적인 의미로. 그리고 잔뜩 사랑을 나눈 뒤에는 동료가 되어줘야겠엉~."

"싫어어어어어어어어어어어어어어!"

돔 형태의 방에 에로무라의 비명이 메아리쳤다.

"아저씨! 빨리 이 녀석들을 소탕해줘! 이 머미들은 너무 위험해!!"

"아니, 에로무라 군 실력이라면 별거 아니잖아요? 왜 그렇게 겁을 내나 몰라."

"조금 전까지는 신나게 썰고 다녔잖아?"

"이, 이 녀석들의 사타구니에, 말라비틀어졌지만 익숙한 물건이 있다고!"

""뭐……라고……?!""

제로스와 츠베이트는 주위에 있는 머미가 여성 미라라고 생각했지만, 사실 파라호모와 같은 성별이었다.

머미가 아니라 호머미라고 불러야 할까.

"서, 설마…… 이 주위에 있는 머미가 전부?!"

"농담……이겠지……?"

"사실이야~. 옛날 우리 왕국의 병사와 백성을 전부 이쪽 길을 걷게 했엉~. 내가 곧 규칙이라서 내 취향대로 나만의 나라를 만든 거야. 참고로 뉴하프 왕국이라는 이름이었엉."

""""뭐 이런 폭군이 다 있어!""""

"여자는 추방하거나 사형. 남자는 전부 천천히, 진득하게, 뜨겁게 타락시켰어……. 그런데 아이를 못 낳으니까 나라가 망했지 뭐야……. 사방이 사막이라 다른 나라도 없었고 좋은 남자를 잡아 올 수 없었거등~."

""""이딴 흑역사, 알고 싶지 않았어…….""""

파라호모는 상상 이상으로 맛이 갔다.

그리고 그런 하찮은 이유로 멸망한 고대 왕국이 있었다는 사실은 알고 싶지도 않았다.

고고학에 진지하게 매진하는 학자가 알면 정말로 죽고 싶어 할지도 모른다.

"그래도 괜찮앙……. 이렇게 되살아났으니까 이번에는 실패하지 않아. 여기서 나가서 새로운 왕국을 건설하겠어!"

""""죽어서도 무시무시한 야심을 품었잖아?!""""

"……상관없는 이야기지만, 붕대에 감긴 남자는 신기하게 매력이 있어요."

"그 맘 이해해~♡ 정말로 죽이기에는 아까운 꼬마구나. 이렇게 죽이 잘 맞는 애가 옛날 내 곁에 있었으면 그런 일은 벌어지지 않았을 텐데……."

"'당신, 뭘 한 거야?'"

여러 생각이 들지만, 실제로 파라호모가 지상으로 진출하면 세계는 다른 의미로 지옥으로 변할지도 모른다.

무슨 수를 써서라도 이곳에서 물리쳐야 한다고 세 남자는 결의했다.

"수다는 여기까지양~. 지금부터 즐거운 시간이 기다리니까 쪼~끔만 진심으로 상대해줄겡."

"자, 잠깐만요, 아직 묻고 싶은 말이……."

"미안해, 아가씨. 너는 싫지 않지만, 나한테도 역할이 있단다. 정말로 아쉬워……. 만약 생전에 너를 만났더라면 분명 좋은 친구가 됐을 텐데……."

"기다려 주세요! 저는…… 이런 건 싫어요! 아직 나누고 싶은 이야기가……."

"잘못된 만남이었어. 너는 산 자고 나는 죽은 자. 태어난 시대도 달라. 정말…… 신은 잔혹해. 이제야 최고의 이해자와 만나게 해 주다니……."

"파라오 씨…… 알았어요. 저는…… 최선을 다해 저항하겠어요!"

"그래…… 그거면 됐어. 나에게 덤비렴."

두 사람 사이에 기묘한 공감대가 형성됐다.

꼬마 계집에서 아가씨로 변한 것은 파라호모가 세레스티나를 인정했다는 뜻일까.

서로 무언가를 떨쳐내듯 진지한 표정으로 바라보더니, 세레스티나는 메이스를 들고 파라호모는 온몸으로 수많은 붕대를 휘날리며 상대방을 관찰했다.

"뭐야…… 이 상황은……."

마치 옛날 슈퍼 로봇 애니메이션에서 라이벌 적 캐릭터가 우연히 주인공과 만나서 교류하다가 다시 싸움터에서 마주한 분위기였다.

마음이 통하는데 서로 싸워야만 하는 비애와 애수. 양보할 수 없는 신념.

하지만 실제로 눈앞에 펼쳐진 상황은 그런 아름다운 이야기와는 거리가 멀었다.

소신껏 말하겠다. 이건 부정한 우정이라고.

"우선 간을 볼까~? 애들아, 상대해주렴~."

머미 무리가 일제히 움직였다.

동작은 느리지만, 온몸에서 흐느적거리는 붕대가 늘어나서 세레스티나에게 다가왔다.

붕대 자체도 무겁거나 빠르지 않고 사냥감을 속박해서 움직임을 막을 뿐. 호머미의 진짜 무기는 주위로 흩뿌리는 독성 피부 가루였다.

하지만 신체 강화 마법으로 능력을 강화한 세레스티나를 붙잡기에는 역부족이었다.

"미안해요!"

세레스티나는 사과하면서도 호머미를 구타했다.

메이스는 일격에 적을 박살냈고, 옆으로 휘두른 공격에 다른 호머미의 몸통이 도려지듯 두 동강 났다. 땅에 떨어진 머리는 가차 없이 발로 밟아 으스러뜨렸다.

적에게 무자비한 것은 당연하지만, 세레스티나는 평상시 훈련에서도 이토록 과격하게 싸우지 않는다.

이것은 전에 파프란 대산림 지대에서 배운 전투법이었다.

가혹한 환경에서는 죽느냐 죽이느냐는 두 가지 선택밖에 없고 작은 방심이나 양심의 가책이 목숨을 앗아간다.

비정한 마음을 가두는 리미터를 자기 의지로 벗어던져 양심과 자비를 모조리 배제하고, 냉정하게 상황을 판단하는 이성만 남겨 오로지 싸움에 특화한 짐승으로 변한다.

일시적이나마 확실하게 느낀 우정을 위하여 최선을 다하여 싸우겠노라고 결의한 그녀 나름의 예의였다.

"아아…… 멋져. 그래야 나의 벗이지. 아름답게 저항하렴……. 이게 우리의 운명이니까."

"아니, 전력을 다한다면서 왜 저주를 읊지 않죠? 상위 존재니까 가능하잖아요."

"그런 분위기 깨는 짓은 안 해. 나에게도 왕의 긍지가 있엉. 무엇보다 저주는 아름답지 않아."

"긍지라……."

호모의 긍지가 무엇인지 모르겠지만, 커스드 파라오가 저주를 쓰지 않는 것은 다행이기도 했다. 확률은 낮지만 즉사 효과가 있기 때문이었다.

하지만 이런다고 안심할 수 있을 만큼 커스드 파라오라는 마물은 약하지 않다. 그리고 자비롭지도 않다.

"수가 많아……. 나도 가세한다, 세레스티나!"

츠베이트도 롱 소드를 치켜들고 참전했다.

머미는 어차피 약한 마물이라서 특별한 기교 없이도 쉽게 물리칠 수 있다.

츠베이트는 포박 붕대를 경계하면서 검에 최대한 마력을 실어 파괴력을 강화했다. 호머미의 핵과 함께 몸을 분쇄할 작정이었다.

"오라버니, 그러면 장기전에서는 불리해요."

"페이스 분배는 생각하고 있어. 불태울 마력도 남겨둬야 하니까."

"아아…… 동생을 지키기 위해 스스로 검을 들고 일어서다니, 멋진 달링이양. 너무 멋져, 너희들……. 아름다워, 얼마나 나를 기쁘게 해주려는 거니이이잉~♡"

"아니, 그럴 생각은 털끝만큼도 없다만……."

파라호모가 츠베이트를 극찬했다.

그에 비해 에로무라는—.

"노오오오~! 호모 파티 싫어어어어어어어어어!"

—정신 착란을 일으켰다.

마구잡이로 검을 휘둘러 대는 탓에 빈말로도 싸운다고 말하기 어려웠다.

선전하는 두 사람과 대비되는, 너무나도 한심한 모습이었다.

호머미의 주의를 끄는 미끼 역할은 잘하고 있지만…….

'적은 미라 계열 마물, 그것도 상위종인 파라오야. 해치우기는 쉬울지 몰라도 이런 마물은 사멸하는 순간 저주를 남겨. 두 사람의 레벨이라면 즉사할지도 모르겠구만. 주변 호머미도 독이나 마비 효과가 있는 미세 먼지를 남기니까 한 방에 확실하게 보내지 않으면 귀찮아져.'

머미의 상위종인 커스드 파라오는 제로스의 생각대로 소멸할 때 원념이 담긴 독기를 주위로 퍼뜨린다. 상태 이상뿐이라면 어떻게든 해결되지만, 가장 무서운 것은 즉사 확률이 높은 저주였다. 제로스는 이것을 경계했다.

에로무라는 몰라도 마법 내성이 아직 낮은 츠베이트와 세레스티나가 견딜 수 있을 것 같지 않았다.

그렇다면 일격으로 확실하게 처치하는 것이 최선이었다.

'좋아, 【연옥염】으로 파라호모를 불태우자. 조무래기는 에로무라 군한테 맡겨도 되겠지.'

연옥염은 제로스가 개조한 마법으로, 독기를 정화하면서 계속해서 연소하는 성질이 있다.

일반적인 마법이 본인의 마력을 연료 삼아 자연계 마력을 끌어 쓰는 반면, 이 마법은 적의 마력을 이용한다는 콘셉트로 개발됐다. 원리는 독기로 변한 마력을 정화, 흡수해서 마법의 연료로 전환하는 것으로, 언데드 계열 몬스터를 불사르는 데 특화했다.

언데드에 한해서는 이 공격 마법에서 벗어날 수 없다.

'이 파라호모도 운이 없구만. 부활하자마자 소멸하게 됐으니까…….'

아저씨는 마음속으로 파라호모를 살짝 동정했다.

이곳에서 만난 사람이 다른 마도사였다면 언젠가 지상으로 나왔을지도 모르지만, 상대가 제로스인 이상 그 소원은 이룰 수 없는 꿈이다.

이뤄졌으면 하는 마음은 추호도 없지만…….

"으음, 마이 달링들은 식후 디저트로 남겨놓고~, 우선 거기 아저씨부터 맛있게 먹어볼까~? 자, 아저씨~, 내 사랑을 받아줘어엉~♡"

"아이고, 저는 사양하렵니다. 그보다 조금 전까지 하던 얘기랑 다르잖아요?"

"그건 그거, 이건 이거양. 사양할 필요 없어~. 내가 부 · 드 · 럽 · 게 해줄 테니까~. 이래 봬도 제법 기술이 좋거등~."

"저는 여성을 좋아해서요. 죄송하지만, 만나자마자 헤어져야겠군요. 【연옥염】."

부정을 불사르는 연옥의 화염이 파라호모에게 작렬했다.

파라오라는 이름이 붙을 만큼 거한인 미라가 순식간에 횃불처럼 타올랐다.

"뜨거워어엉~♡ 이, 이렇게 격렬한 건, 처음이야아앙~♡"

"""왜 기뻐 보이지?!"""

언데드라는 마물은 변질하는 과정에서 인간 시절의 인격이 비뚤어진다고 알려졌지만, 파라호모는 처음부터 다른 방향으로 비뚤어져 있었다.

"앗, 아아앙~♡ 이것이 열…… 정열의 불, 영혼의 고통…… 오랫동안 잊고 있던 초 · 감 · 각. 쾌감이야♡ 멋져엉~!!"

"아저씨……."

"선생님……."

"스승님……."

"그런 눈으로 보지 마세요. 이건 저도 예상 밖이니까……."

세 사람의 싸늘한 시선이 따가웠다.

정화의 화염에 불타면서도 파라호모는 황홀하게 기쁨을 외쳤다.

보통 언데드라면 정화될 때 고통스러워하다가 재로 변해 소멸한다.

원념 덩어리인 언데드에게 정화는 상충하는 힘이자 치명적 공격이었다.

하지만 자아가 있어서일까? 타인을 원망하며 공격할 뿐인 존재와는 다른지, 정화의 화염이 꼭 공격으로 작용하지는 않는 모양이었다.

정신상태에 따라서는 쾌감이 되기도 하나 보다.

실제로 쾌감이 되었다…… 되고 말았다.

"이 얼마나 멋진 감각이니~? 나 너무 황홀해서…… 승천해버릴 거 같아♡ 간다간다, 간다아아아앗!"

""제발 죽어라. 보기만 해도 눈이 썩는 기분이니까……""

"뜨거워…… 엄청 뜨거워. 정말, 최고야♡ 이, 이게…… 생…… 살아있다는 감각이구나……."

파라호모는 자기 입으로 말했다시피 생전에는 욕망대로 살다가 자국을 멸망시켰다.

그 채워지지 않는 욕망은 죽어서도 육체에 남았고, 언데드가 된 후로도 사라지지 않았다.

동시에 그것은 생전에 존재하던 오감의 상실로 인한 울적하고 왜곡된 삶의 시작이기도 했다.

언데드는 고통을 느끼지 않는다.

언데드는 열을 느끼지 않는다.

언데드는 감촉을 느끼지 않는다.

그것은 바꿔 말하면 생전의 쾌락을 직접 맛볼 수 없다는 뜻이다.

이 거짓된 삶은 파라호모에게 기나긴 감옥이었다.

자신이 바라던 쾌락을 느끼지 못하자 혼은 더욱 어둡고 깊은 곳으로 빠져들었고, 그것이 저주가 되어 자신을 이 세계에 묶는 힘이 되고 말았다.

제로스의 연옥염으로 지금까지 느끼지 못했던 고통이 파라호모의 전신을— 정확히는 영혼을 관통했고, 정화의 화염에 불타는 뜨거움이 살아있다는 실감을 불러일으켜 생의 기쁨마저도 되찾아줬다.

오랜 세월 갇혀있던 불사라는 감옥에서 마침내 영혼이 해방될 때가 온 것이다.

"아아…… 드디어 해방되는구나……. 이 길고 왜곡된 가짜 삶에서……. 죽는 게 이렇게 기분 좋은 줄은…… 나도 몰랐어."

"어라? 뭔가 억지스럽게 좋은 이야기로 끌고 가는 기분이……."

"뭐든 어때요. 승천하면 된 거죠……."

"그보다 날 구해줘! 호머미를 몇 번이나 날려버려도 끈질기게 나한테 달라붙잖아?!"

에로무라가 호머미에게 둘러싸여 있었다.

아무래도 그는 그쪽 취향에게 사랑받는 불행한 체질 같았다.

"아앙…… 그래도 내 허니들을 이대로 남기고 가는 건 쓸쓸해……. 다 같이 쾌락을 느끼며 천국으로 가자……."

파라호모가 그렇게 말하더니 전신에 감긴 대량의 붕대를 채찍처럼 조종해 주변의 호머미에게 감았다.

머미는 건조한 시체라서 당연히 쉽게 불탄다.

타오르는 연옥염이 붕대를 타고 머미에게 옮겨붙고 차차 그 몸을 태웠다.

"스, 스승님…… 이거 위험하지 않아?"

“밀폐된 실내에서 화재라……. 이대로 불이 퍼지면 산소 결핍으로 우리도 위험하겠는데요?”

“도망가요, 선생님!”

“나를 두고 가지 마아!”

제로스 일행은 서둘러 왔던 길을 돌아가서 비교적 좁은 통로에 몸을 숨겼다. 그리고 급하게 열 차단 효과가 있는 마법 장벽을 펼치고 먼발치에서 파라호모와 호머미가 불타는 광경을 지켜봤다.

화려한 화장식이었다.

“간다아아아아아아아아아아아아아아아아아앙~♡”

듣고 싶지도 않은 파라호모 최후의 비명(?)이 들렸다.

“……해치웠나?”

“저만큼 불탔으면 소멸했겠지.”

“더 자세히 이야기를 듣고 싶었어요.”

“……저게 마지막 파라호모라는 생각이 들지 않아요. 놈과 같은 사상을 가진 자가 있는 한 제2, 제3의 파라호모가 나타날지도 모르겠군요…….”

““끔찍한 소리 하지 마?!””

“그건 그거대로 기대되네요.”

““……?!””

세레스티나의 잠들어 있던 BL 취향이 완전히 각성한 듯하지만, 지금은 상관없는 이야기다.

머미 화장식은 계속됐고, 그들이 완전히 불탈 때까지 네 사람은 그 자리에서 꼼짝하지 못했다.

얼마 후 보스방을 들여다보자 야단스럽기 짝이 없는 보물상자가 방 중앙에 하나 놓여있었다.

"진 빠지네. 이상한 녀석과 만나는 바람에 아저씨는 이미 의욕을 잃었어요……."

"그런 게 던전에서 나갔으면 틀림없이 지상은 혼란에 빠졌겠지. 다른 의미로……."

"나는 다른 머미가 호머미가 아니기만 바랄래. 그나저나 보물상자는 안 열어도 돼?"

"던전에서 특정 마물을 해치우면 보물상자가 나온다는 얘기가 사실이었네요. 뭐가 들었을지 굉장히 궁금해요. 설레지 않나요?"

보스급 마물을 쓰러뜨린 보수인 보물상자.

다만, 상대가 상대였던지라 아저씨는 안 좋은 예감을 지울 수 없었다.

그래도 함정이 없는지 확인한 뒤, 천천히 뚜껑을 열어 봤다.

"""……."""

츠베이트와 제로스는 할 말을 잃었다.

그리고 부탁하지도 않은 감정 스킬이 멋대로 발동했다.

두 사람을 놀라게 한 그 내용물이란—.

==============================

【수호의 블루머】

방어력+250

속력 +150

특수 효과

매료, 유인

【고대왕의 황금 가면】

방어력+3

특수 효과

없음

마도 문명기, 도덕성 붕괴의 시대에 소녀들이 돈을 벌 목적으로 음지의 가게에 팔았던 운동복의 일부.

요즘은 착용자를 찾아보기 힘들어진 에로스의 대명사.

뒷세계에서는 전설의 의상으로도 유명하다.

현대에는 어떤 나라의 법황이 신임 성녀에게 입힌다고 한다.

참고로 고대왕의 황금 가면은 고고학적 가치밖에 없다.

===================================

'이딴 사족 필요 없어! 근데 블루머 성능이 왜 이래? 보통은 가면과 반대여야 하지 않나?! 게다가 어디 사는 높으신 분의 은밀한 취향까지 폭로했잖아?! 이딴 게 전설이라니…….'

아저씨는 마음속으로 속사포처럼 의문을 쏟아냈다.

이상한 마물을 해치워서 그런지 보수 역시 이상했다.

"부, 블루머어엇~! Hoooooooooooooou!!"

그에 반해 에로무라는 의욕이 폭발했다.

뭔가가 그의 심금을 울렸나 보다.

“왜 에로무라가 흥분했지?”

“이 블루머는 일부 특수한 사람의 성욕을 자극하는 효과가 있거든요. 던전은 대체 왜 이런 걸…….”

“앗, 대충 알겠어…….”

에로무라는 구제할 도리가 없는 곳까지 추락했다.

한없이 성욕에 충실한 그는 또 이렇게 스스로 평가를 깎아 먹었다.

“이거, 여성용 장비인가요?”

“장비보다는 경기용 복장 중 하나예요. 이거에 상의까지 합쳐서 한 세트인데, 여성의 몸매가 드러나거든요. 막 성에 눈뜬 파릇파릇한 소년에게는 너무 해로워요.”

“제가 입어볼까요?”

부여된 효과에 흥미가 있는지, 세레스티나는 두 손으로 블루머를 펼쳐 뚫어지게 바라봤다. 그녀도 엄연히 연구직에 발 담근 마도사라는 증거였다.

크로이사스와 같은 핏줄이라고 잘 알 수 있는 행동이었다.

‘티나가 브, 블루머를 입는다고?!’

에로무라는 이미 갈 데까지 가버렸다.

이때 그는 세레스티나도 경호 대상이라는 사실을 빛의 속도로 잊어 버렸다.

거친 콧김을 내쉬며 엄청나게 번들거리는 눈빛으로 세레스티나를 보는 것만 봐도 알 수 있었다.

“그만두세요. 매료와 유인 효과가 붙었잖아요. 입기 전부터 에로무라 군이 눈에 핏발을 세우는데, 세레스티나 양이 입었다간 성욕을 주체하지 못하고 짐승으로 돌변할지도 몰라요."

"욕망에 충직한 녀석이니까……."

"이게 그렇게 굉장한가요?"

"에로무라 군 같은 사람에게는 콧김이 거칠어질 만큼 매혹적이라고 하더군요."

"푸후우우~! 푸르르르르으으~!!"

아저씨는 투레질하는 위험인물을 면전에서 욕했다.

제로스는 블루머를 포함한 속옷에 욕정할 만큼 어리지 않았고, 츠베이트와 세레스티나는 문화 차이로 블루머에 대한 시선을 이해하지 못했다.

"……입지, 않는 게 좋겠네요."

"갑자기 왜……? 그걸 장비하면 방어력과 민첩이 올라서 전투력이 강해질 텐데……."

"그러면 에로무라 군이 이 블루머를 장비하면 되지 않을까요? 좋아하죠?"

"소름 끼치는 말 하지 마. 내가 입으면 불룩 튀어나오잖아?! 그런 걸 보고 누가 좋아해!"

"파라호모가? 그런데 불룩 튀어나오는 이유는 국부가 강조되기 때문인가요, 아니면 성적 흥분에서 오는 생물학적 현상 때문인가요?"

"당연히 전자지, 무슨 소리를 하는 거야?!"

제로스는 살짝 의혹이 담긴 시선을 보내면서 『에로무라 군이라면 어쩌면……』이라고 중얼거렸다. 그것을 들은 에로무라가 악을 쓰며 부정했다.

그런 두 사람을 바라보며 츠베이트는『이제 그만 가자……』라며 당연한 반응을 보였다. 그러는 츠베이트도 속으로는 아저씨와 똑같은 생각을 했지만.

이 바보 같은 소란은 길을 가면서도 당분간 이어졌다.

아라포 현자의 이세계 생활 일기 14

초판 1쇄 발행 2024년 8월 10일

지은이_ Kotobuki Yasukiyo
일러스트_ JohnDee
옮긴이_ 김장준

발행인_ 최원영
본부장_ 장혜경
편집장_ 김승신
편집진행_ 권세라 · 최혁수 · 김경민 · 최정민
편집디자인_ 양우연
국제업무_ 박진해 · 남궁명일
관리 · 영업_ 김민원 · 조은걸

펴낸곳_ (주)디앤씨미디어
등록_ 2002년 4월 25일 제20-260호
주소_ 서울특별시 구로구 디지털로32길 30 코오롱디지털타워빌란트 1301-1308호
전화_ 02-333-2513(대표)
팩시밀리_ 02-333-2514
이메일_ lnovellove@naver.com
L노벨 공식 카페_ http://cafe.naver.com/lnovel11

ISBN 979-11-278-7723-1 04830
ISBN 979-11-278-4453-0 (세트)

값 11,000원

가끔씩 툭하고 러시아어로 부끄러워하는 옆자리의 아랴 양 1~7권

SUN SUN SUN 지음 | 모모코 일러스트 | 이승원 옮김

이 나 메냐 토제 아브라티 브니마니에
"И на меня тоже обрати внимание."
"어, 뭐라고 한 거야?"
"별거 아냐. 【이 녀석, 진짜 바보네】 하고 말했어."
"러시아어로 독설 날리지 말아줄래?!"
내 옆자리에 앉은 절세의 은발 미소녀, 아랴 양은 의기양양한 미소를 지었다.
하지만, 사실은 다르다.
방금 그녀가 말한 러시아어는【나도 좀 신경 써줘】란 의미다!
실은 나, 쿠제 마사치카의 러시아어 리스닝은 원어민 레벨이다.
그런 줄도 모르고, 오늘도 달콤한 러시아어로 애교 부리는
아랴 양 때문에 입가가 쉴 새 없이 실룩거리는데?!

전교생이 동경하는 초 하이스펙 러시안 여고생과의
청춘 러브 코미디!